흰 종이수염

흰 종이수염 하근찬 전집 2

초판 1쇄 발행 2021년 10월 15일

지은이 하근찬
펴낸이 강수걸
기획실장 이수현
편집장 권경옥
편집 신지은 김리연 윤소희 강나래
디자인 권문경 조은비
경영관리 공여진
펴낸곳 산지니
등록 2005년 2월 7일 제333-3370000251002005000001호
주소 부산시 해운대구 수영강변대로 140 BCC 613호
전화 051-504-7070 | 팩스 051-507-7543
홈페이지 www.sanzinibook.com
전자우편 sanzini@sanzinibook.com
블로그 http://sanzinibook.tistory.com

ISBN 978-89-6545-751-0 04810
ISBN 978-89-6545-749-7 (세트)

* 본 전집은 문화체육관광부가 주최하고 한국문화예술위원회가 주관하며 국민체육진흥공단에서
후원하는 2021년 한국작고문인선양사업의 일환으로 제작되었습니다.

하근찬 전집 2

흰 종이수염

산지니

밑바닥을 향한 진실한 시선

세상은 속도에 차이는 있겠지만 늘 변해왔다. 그 변화에 사람들은 순응하기도 하고 저항하기도 하면서 발걸음을 맞춰왔다. 좋은 작가에게 우리가 거는 기대가 있다면, '새로운 눈'으로 세상의 변화를 보여주는 것이다. 작가가 보여주는 세계는 새로운 세상의 창조와 같다. 작가가 개성적으로 바라보는 창조적 관점은 세계에 새로운 옷을 입히는 것과 같기 때문이다.

하근찬은 한국전쟁 이후의 상처를 민중의 관점에서 어루만지면서 '치유의 서사'를 펼쳐 보인 좋은 작가다. 그는 전쟁 이후의 혼란한 세계 속에서 '새로운 눈'으로 창조적 소설 작품을 써낸 존재다. 진실을 향한 집념을 가진 작가는 좋은 작품들을 남긴다. 하근찬은 '새로운 눈'과 '진실을 향한 집념'으로 사실의 기록자에 머물지 않고 진정한 창작자가 되었다.

작가는 맑고 정상적인 눈을 가져야 한다. 건강한 눈으로 항상 세상을 골고루 넓게, 그리고 똑바로 바라보아야 한다. 똑바로 바라본다는 것은 바꾸어 말하면 어떤 현상의 밑바닥에 흐르는 진실을 꿰뚫어 보아야 한다는 뜻이다.

세상을 골고루 넓게 바라보는 것도 중요하지만, 똑바로 바라보는, 즉 꿰뚫어 보는 안광이 작가에게는 더욱 중요하다. 그렇지 않고서는 세상이 빚어내는 갖가지 일들의 의미를 파악할 수가 없는 것이다.(하근찬, 「진실을 꿰뚫어야 하는 안광(眼光)」, 『내 안에 내가 있다』, 엔터, 1997, 274쪽.)

하근찬은 세상을 바라보는 '눈'에는 두 가지가 있다고 보았다. 하나는 '세상을 골고루 넓게' 바라보는 눈이고, 또 하나는 '세상을 똑바로' 바라보는 눈이다. 그렇다면 작가가 강조하는 '똑바로 바라보는 눈'이란 무엇일까? 그것은 나타나는 현상에만 머물지 않고, 그 현상의 밑바닥에 있는 원인을 꿰뚫는 혜안을 말한다. '사건이 있었네!'에서, '왜 이 사건이 일어났을까?'라고 질문하는 탐구정신이기도 하다. 하근찬은 '바로 본다는 것'은 보이는 것에만 시선을 두지 않고, "밑바닥에 흐르는 진실"을 밝히는 것이라고 했다. 진실을 위해서는 깊이, 그리고 많이 생각해야 하고, 현상 이면에 담긴 원리와 작용하는 힘을 밝혀내는 노력을 해야 한다.

하근찬은 밑바닥에 흐르는 진실을 탐구한 작가였다. 웅숭깊은 그의 이 시선과 거룩한 문학적 성취는 한국문단에서 보기 드문 문학적 자산이다. 그럼에도 그의 문학세계를 전체적으로 살필 수 있는 전집이 없었으며, 참고할 만한 좋은 선집도 간행되지 못했다는 것은 참으로 안타까운 일이었다.

하근찬 탄생 90주년을 맞아 구성된 '하근찬 문학전집' 간행위원회는 다음과 같은 목표를 설정하였다.

첫째, 하근찬 작품 세계 전체를 충실히 복원하고자 했다. 그간 하근찬의 소설세계는 단편적으로만 알려져 있었다. 하근찬의 등단작 「수난이대」는 일제강점기와 한국전쟁으로 이어져온 민중의 상처를 상징적으로 치유한 수작이다. 그러나 그의 문학세계는 「수난이대」로만 수렴되는 경향이 있었다. 하근찬은 「수난이대」 이후에도 2002년까지 집필 활동을 하면서, 단편집 6권과 장편소설 12편을 창작했고 미완의 장편소설 3편을 남겼다. 문업(文業)만으로도 45년을 이어온 큰 작가였다. '하근찬 문학전집' 간행위원회는 하근찬의 작품 세계를 '중단편 전집' 8권과 '장편 전집' 13권으로 나눠 총 21권을 간행함으로써, 초기의 하근찬 문학에 국한되지 않는 전체적 복원을 기획했다.

둘째, 하근찬 문학세계의 체계적 정리, 원본에 충실한 편집, 발굴 작품 수록을 통해 자료적 가치를 확보하려고 노력했다. 하근찬 문학전집은 '중단편 전집'과 '장편 전집'으로 구분하여 간행했다. 먼저 '중단편 전집'은 단행본 발표 순서인 『수난이대』, 『흰 종이수염』, 『일본도』, 『서울 개구리』, 『화가 남궁 씨의 수염』을 저본으로 삼았다. 이때 각 작품집에 중복 수록된 작품은 제외하여 편집하였다. 또한 단행본에 수록되지 않은 알려지지 않은 하근찬의 작품들도 발굴하여 별도로 엮어냈다. 이를 통해 전집의 자료적 가치를 높였다. 다음으로, 장편의 경우 하근찬 작가의 대표작인 『야호』, 『달섬 이야기』, 『월례소전』, 『산에 들에』뿐만 아니라, 미완으로 남아 있는 『직녀기』, 『산중 눈보라』, 『은장도 이야기』까지 간행하여 전체 문학세계를 조망할 수 있도록 했다.

셋째, 젊은 세대들의 감각과 해석을 반영하여 그의 문학에 새로운 생명력을 불어넣고자 했다. 하근찬의 작품세계가 펼쳐 보이고 있는 한국현대사의 진실한 풍경들도 젊은 세대들에 의해 읽히지 않으면 의미가 반감될 수밖에 없다. 하근찬 문학의 새로운 해석의 발판을 마련하기 위해, 젊은 연구자들의 충실하고 의미 있는 해설을 덧붙였다. 또한, 개작, 제목 바뀜, 재수록 등을 작품 연보에서 제시하여 실증적 가치를 높이기 위해서도 노력했다.

한 작가의 문학적 평가는 전집이 간행되었을 때 비로소 그 발판이 마련된다고 한다. 1957년에 등단, 집필기간만도 45년의 문업을 이루어온 장인적 작가에 대한 본격적 연구의 발판이 60여 년이 지난 이제야 비로소 마련되었다는 것은 안타까운 일이다. 하근찬의 문학세계에 대한 새로운 조명이 2021년 문학전집 간행과 함께 활기를 띨 수 있기를 기대한다.

2021.10.
『하근찬 문학전집』 간행위원회
송주현 · 오창은 · 이정숙 · 이중기

일러두기

1) 『하근찬 중단편전집』과 『하근찬 장편전집』은 하근찬의 소설세계를 일반 독자들에게 널리 소개하고, 그 문학적 의미가 현대적으로 재해석되도록 하는 데 목적이 있다.

2) 이 책의 작품 수록 순서는 단행본으로 발간된 순서에 따랐으며, 출전을 작품의 끝부분에 밝혀두었다.

3) 작가가 지문에서 사용한 방언과 비표준어는 작품을 훼손하지 않는 범위 내에서 현대어로 바꾸었으며, 작가가 의도적으로 구분해서 사용한 '목덜미'와 '목줄기'는 그대로 살렸다.
   예 : 밑둥(밑동), 끄나불(끄나풀), 성냥곽(성냥갑), 넙데데한(넙데데한),
        아리숭(아리송), 열적어(열없어), 나꿔채다(낚아채다), 후줄그레한(후줄근한),
        열어제끼다(열어젖히다) 등.

4) 작가 고유의 표현은 그대로 살렸다.
   예 : 오리막(오르막), 고깃전(어물전), 변솟간(변소), 동넷방(동네 방),
        생각키는/생각히는(생각나는) 등.

5) 한 작품에서 같은 뜻의 단어를 표준어와 비표준어 또는 방언을 혼용해서 사용한 경우 하나로 통일했다.
   예 : 뒤안/뒤란 → 뒤안, 복받치는/북받치는 → 복받치는,
        홀홀단신/혈혈단신 → 혈혈단신, 질급/질겁 → 질겁,
        부시시/부스스 → 부스스, 돋우다/돋구다 → 돋우다 등.

6) 명백한 오류에 해당하는 표현과 문장은 바로잡았다.
   예 : 병신스럽게 → 병신같이, 고물스런 → 고물 같은,
        못지않는 것 → 못지않은 것, 엄청나는 → 엄청난, 마지못하는 듯 → 마지못한 듯,
        대추만씩한 열매 → 대추만큼씩 한 열매 등.

7) 영어 표현의 경우 현행 '외래어표기법'에 따르는 것을 원칙으로 했다.

차례

흰 종이수염

1

아버지가 돌아오던 날 동길(東吉)이는 학교에서 공부를 하지 못하고 교실을 쫓겨났다. 다른 다섯 명의 아이와 함께였다.

아이들은 모두 풀이 죽어 있었다. 어떤 아이는 시퍼런 코가 입으로 흘러드는 것도 아랑곳없이 눈만 대고 깜작거렸고, 입술이 파랗게 질린 아이도 있었다. 여생도 둘은 찔끔찔끔 눈물을 짜내고 있었다. 축 처진 조그마한 어깨들이 볼수록 측은했다.

그러나 동길이만은 그렇지가 않았다. 그는 두 주먹을 발끈 쥐고 있었다. 양쪽 볼에는 발칵 불만을 빼물고 있었고, 수박씨만 한 두 눈은 차갑게 반짝거렸다.

'치! 울엄마 일하는데 어떻게 학교에 오는공. 울아부지 인제 돈 많이 벌어갖고 돌아오면 다 줄낀데 자꾸 지랄같이…….'

동길이는 담임 선생의 처사가 도무지 못마땅하여 속으로 또 한 번 눈을 흘겼다.

쫓겨나온 교실이 마음에 있다거나 선생님의 교탁 안으로 들어간 책보가 걱정이 된다거나 해서가 아니었다. 그런 알량한 몇 권의 헌책 나부랭이, 혹은 사친회비*(예전에 학부모들이 학교 운영에 필요한 돈을 일정하게 내던 것. 나중에 기성회비나 육성회비로 바뀌었다)를 못 내고 덤으로 앉아서 얻어 배우는 치사스러운 공부 같은 것, 차라리 시원했다. 집으로 돌아가서 돈을 가져오라는 호령 따위도 이미 면역이 된 지 오래여서 시들했다. 그러나 돈을 못 가지고 오겠거든 아버지나 어머니를 학교에 데려오라는 데는 딱 질색이었다. 전에 없던 일이었다.

"사람이면 염치가 좀 있어야지. 한두 달도 아니고. 이놈아! 너는 사, 오, 육, 칠, 넉 달 치나 밀렸잖아. 2학년 올라와서 어디 한 번이나 낸 일 있나? 지금 당장 가서 가져오든지 그렇잖음 아버질 데려와!"

냅다 고함을 지르는 바람에 간이 덜렁했으나 동길이는 또렷한 목소리로,

"아부지 집에 없심더."

했다.

"어디 가고 없노?"

"노무자 나갔심더."

"……."

징용에 나갔다는 말을 듣자 선생은 잠시 말이 없다가,

"그럼 어머니라도 데려와."

했다. 목소리가 꽤 누그러졌으나, 매정스럽기는 매양 한가지였다.

"안 데려옴 넌 여름방학 없다. 알겠나?"

"……."

동길이는 대구를 하지 않았다. 입을 꼭 다물고 양쪽 볼에 발칵 힘을 주었다. 그리하여 다른 다섯 아이와 함께 책보는 말하자면 차압을 당하고 교실을 쫓겨났던 것이다.

아이들은 땅바닥을 내려다보며 힘없이 운동장을 걸어 나갔다. 여생도 둘은 유난히 단발머리를 떨어뜨리고 걸었다. 목덜미가 따갑도록 햇볕이 쏟아져 내렸다. 맨 앞장을 서서 가던 동길이는 발끝에 돌멩이 하나가 부딪치자 그만 그것을 사정없이 걷어차 버렸다. 마치 무슨 분풀이라도 하는 듯이…… 발가락 끝에 불이 화끈했으나 그는 어금니를 꽉 지레 물고 아무렇지도 않은 체 했다.

킥! 하고 한 아이가 웃음을 터뜨리자 다른 아이들도 따라서 낄낄 웃었다. 어쩐지 모두 속이 시원했던 것이다.

그러나 누가 먼저 뒤를 돌아보았는지 모른다. 웃음은 일제히 뚝 그치고 말았다. 그들을 쫓아낸 얼굴이 창문 밖으로 이쪽을 내다보고 있었던 것이다. 여섯 개의 가느다란 모가지가 도로 움츠러들지 않을 수 없었다.

교문을 나서자 아이들은 움츠렸던 목을 쑥 뽑아들고 다시 교실 쪽을 돌아보았다. 이제 선생님의 얼굴은 보이지 않고, 장단을 맞추어 구구(九九)를 외는 소리만이 우렁우렁 창밖으로 울려나왔다.

사─이는 팔, 사─삼 십이, 사─사 십육…….

동길이는 별안간 무슨 생각이 났는지 오른쪽 주먹을 왼쪽 손아귀로 가져가더니 그만 힘껏 안으로 밀어내며,

"요놈 먹어라!"

하는 것이었다. 감자를 한 개 내질러준 것이다. 그리고 후닥닥 몸을 날렸다. 뺑소니를 치면서도 냅다,

"사오 이십, 사륙은 이십사, 사칠은 이십팔……."

하고, 고함을 질러댔다.

다른 아이들도 와아 환호성을 울리며 덩달아 사방으로 흩어져갔다. 군용 트럭이 한 대 뿌연 먼지를 날리며 달려오고 있었다.

2

"오—이는 십, 오—삼 십오, 오—사 이십……."

동길이는 중얼중얼 구구를 외면서 신작로를 걸었다. 이마에 맺힌 땀이 뺨을 타고 까만 목줄기로 흘러내렸다.

"아아 덥다."

동길이는 손등으로 아무렇게나 땀줄기를 훔쳤다.

읍 들머리에 냇물이 흐르고 있었다. 물밑에 깔린 자갈들이 손에 잡힐 듯 귀물스럽게 떠올라 보이는 맑은 시내였다. 그 위로 인도교와 철교가 나란히 지나가고 있었다.

다리에 이르자 동길이는 아래를 내려다보았다.

"히야, 용돌이 짜식, 벌써 멱 감고 있대이. 학교는 그만 두고 짜식참 좋겠다."

그리고 쪼르르 강둑을 굴러 내려갔다.

동길이를 보자 용돌이는 물속에서 배꼽을 내밀며,

"동길아! 임마 니 핵교는 안 가고, 히히히……."

웃어댄다.

"갔다 왔어. 짜식아."

"무슨 놈의 핵교를 그렇게 빨리 갔다 오노?"

"돈 안 가져왔다고 안 쫓아내나."

"뭐, 돈?"

"그래, 사친회비 안 냈다고 집에 가서 어무이를 데려오라 안 카나."

"지랄이다 지랄. 그런 놈의 핵교 뭐 할라꼬 댕기노. 나같이 때리챠 버리라구마."

"그렇지만 임마 학교 안 댕기면 높은 사람 못 된다. 아나?"

"개똥이다 캐라. 흐흐흐……."

그리고 용돌이는 개구리처럼 가볍게 물속으로 잠겨버린다. 동길이는 물기슭에 서서 때에 절은 러닝샤쓰와 삼베바지를 홀랑 벗어던졌다.

이때,

"쬐애액!"

기적소리도 요란하게 철교 위로 기차가 달려들었다. 북쪽에서 내려오는 기차였다. 동길이는 까만 고추를 달랑거리며 후닥닥 철교 쪽으로 뛰었다. 용돌이란 놈도 물에서 뿔뿔 기어 나왔다.

커더덩커더덩…… 철교가 요란하게 울리고, 그 위로 시커먼 기차가 바람을 일으키며 신나게 달려간다. 차창마다 사람들이 이쪽을 내려다보고 있다. 어떤 창구에는 철모를 쓴 국군아저씨가 담배연기를 푸우 내뿜고 있는 것이 보인다. 동길이는 저도 모르게 두 손을 번쩍 쳐들었다.

"만세이!"

그리고 용돌이를 돌아보았다. 용돌이란 놈은 까닭도 없이 대고 주먹으로 감자를 내지르고 있다. 고약한 놈이다.

동길이는 웬일인지 기차만 보면 좋았다.

'울아부지도 저런 차를 타고 척 돌아올 끼라. 울아부지 빨리 돌아왔으면 좋겠다.'

사라져가는 기차 꽁무니를 바라보며 동길이는 잠시 노무자로 나간 아버지 생각에 가슴이 뻐근했다. 그러나 얼른,

"용돌아 임마, 내기할래?"

고함을 지르면서 후닥닥 몸을 날렸다. 풍덩! 물소리와 함께 까만 몸뚱어리가 미끄러이 물속으로 자맥질해 들어갔다. 용돌이도 뒤따라 풍덩! 물밑으로 잠긴다.

물고기들 부럽잖게 얼마를 놀았는지 모른다. 뚜우 하고 정오를 알리는 사이렌소리가 울려왔을 때에야 동길이는 물에서 나왔다. 배가 홀쭉했다. 주섬주섬 옷가지를 주워 걸치며,

"짜식아, 그만 안 갈래?"

용돌이를 돌아보았다. 용돌이란 놈은 무슨 물고기 삼신인 듯 아직도 나올 생각을 않고 풍덩거리며 벌쭉벌쭉 웃고만 있다.

"배 안 고프나?"

"배사 고프다. 그렇지만 임마, 집에 가야 밥이 있어야지. 너거 집엔 오늘 점심 있나?"

"몰라. 있을 끼다."

"정말이가?"

"짜식아, 있으면 니 줄까 봐."

그리고 동길이는 타박타박 자갈밭을 걸었다.

다리를 지날 때 후끈한 바람결에 난데없이 노랫소리가 흘러왔다. 극장에서 울려나오는 스피커소리였다. 이 무더운 대낮에 누가 극장엘 가는지 모르지만 그래도 사람을 끌어 모으려고, 아리랑 시리랑…… 하고 악을 써쌓는다.

그러나 동길이는 배가 고파서 그런 건 도무지 흥이 나질 않았다. 오늘따라 왜 이렇게 시장기가 치미는지 알 수 없었다. 너무 오래 먹을 감은 탓일까? 타박타박 옮기는 걸음이 자꾸 무거워만 갔다.

3

집 사립문 앞에 이르자 동길이는 흠칫 그 자리에 멈추어 섰다. 마루에 벌렁 드러누워 있는 사람이 있었던 것이다.

어머니도 아니었다. 남자였다.

동길이는 조심조심 사립 안으로 걸어 들어갔다. 어머니는 부엌문 앞에서 무엇을 북북 치대고 있었다. 인기척에 후딱 뒤를 돌아본 어머니는 마루에 누워 있는 사람을 눈으로 가리켰다. 어머니의 두 눈에는 슬픈 빛이 서려 있었다.

동길이는 어찌된 영문인지 알 수가 없었다. 그러나 마루에 누워 있는 사람이 누구라는 것을 알아챘다.

"아부지!"

동길이는 얼른 누워 있는 아버지 곁으로 가까이 갔다. 아버지는 자고 있었다. 그러나 동길이는 아버지를 향해 꾸벅 절을 했다.

'아까 그 기차를 타고 오신 모양이지. 헤 참, 그럴 줄 알았으면 얼른 집에 올 걸 가따가야······.'

꼬박 이 년 만에 돌아온 아버지······ 동길이는 조심히 아버지의 얼굴을 들여다보았다. 꺼멓게 탄 얼굴에 움푹 꺼져 들어간 두 눈자위, 그리고 코밑이랑 턱에는 수염이 지저분했다. 목덜미로 식은땀이 흐르고 있었고, 입언저리에는 파리 떼가 바글바글 엉겨 붙어 있었다. 그러나 아버지는 그런 줄도 모르고 푸푸 코를 불면서 자고만 있다. 동길이는 파리란 놈들을 쫓았다.

어머니가 조심스러운 눈길로 동길이를 힐끗 돌아본다. 집에 와서 갈아입었는지 아버지의 입성은 깨끗했다. 징용에 나가기 전, 목공소에 다닐 때 입던 누런 작업복 하의에 삼베 샤쓰······ 그런데,

"에!"

이게 웬일일까?

동길이는 두 눈이 휘둥그레지고, 입이 딱 벌어졌다. 그러나 어머니는 동길이의 놀라는 모습을 돌아보지 않고 후유 한숨을 쉴 따름이었다. 동길이는 떨리는 손으로 한쪽 소맷부리를 들추어 보았다.

없다. 분명히 없다.

동길이는 어머니를 향해 소리쳤다.

"어무이, 아부지 팔 하나 없다."

"······."

"팔 하나 없어. 팔!"

"······."

"잉?"

"……."

말없이 돌아보는 어머니의 두 눈에는 눈물이 흥건히 괴어 있었다. 동길이는 아버지가 슬그머니 무서워지는 것이었다.

어머니 곁으로 가서 부엌문에 붙어 서서도 곧장 아버지의 한쪽 소맷자락을 힐끗힐끗 건너다보았다.

어머니는 또 한 번 후유 한숨을 쉬면서 함지박을 들고 부엌으로 들어갔다. 밀가루 수제비를 뜨는 것이었다. 어머니의 손끝에서 똑똑 떨어져서 부글부글 끓어오는 물속으로 들어가는 수제비를 바라보자 동길이는 배에서 꼬르르 소리가 났다. 꿀떡 침을 삼켰다. 아버지의 팔뚝 생각 같은 것은 이미 없었다.

수제비를 떠서 두 그릇 상에 받쳐 들고 어머니가 부엌을 나오자 동길이는 앞질러 마루로 올라갔다 아버지는 아직 쿨쿨 자고 있었다. 아버지의 한쪽 소맷자락이 눈에 띄자 동길이는 다시 흠칫했다.

"보이소 예! 그만 일어나이소. 점심 가져왔구마."

어머니가 흔들어 깨우는 바람에 아버지는,

"으으윽."

한 개 밖에 없는 팔을 내뻗어 기지개를 켜며 부스스 일어났다. 동길이는 저도 모르게 뒤로 한 걸음 물러섰다. 그리고 얼른 아버지를 향해 절을 하기는 했으나, 겁을 집어먹은 듯이 눈이 둥그레졌다. 아버지는 동길이를 보더니,

"으으…… 핵교 잘 댕깄나? 어무이 말 잘 듣고?"

그리고 아아윽! 커다랗게 하품이었다.

점심상을 가운데 놓고 아버지와 동길이가 마주앉았다. 그 곁에 어머니는 뚝배기를 마룻바닥에 놓고 앉았다.

몰씬몰씬 김이 오르는 수제비죽……. 동길이는 목젖이 튀어나오는 것 같았다. 후딱 숟가락을 들었다. 그리고 그 뜨끈뜨끈한 놈을 푹 한 숟갈 떠올리기가 무섭게 아가리를 짝 벌렸다. 아버지도 숟가락을 들었다. 왼쪽 손이었다. 없어진 팔이 하필이면 오른쪽이었던 것이다. 어머니는 그것을 보자 이마에 슬픈 주름을 잡으며 얼른 외면을 했다. 그러나 동길이는 수제비를 퍼 올리기에 바빠서 아버지의 남은 손이 왼손인지 오른손인지 그런덴 도무지 관심이 없는 듯했다.

돼지새끼처럼 한참을 그렇게 퍼먹고 나서야 좀 숨이 돌리는 듯 동길이는 힐끗 아버지를 거들떠보았다. 아버지의 숟가락질은 도무지 서툴기만 했다.

'아버지 팔이 하나 없어져서 참 큰일났제. 저런! 오른쪽 팔이 없어졌구나. 우짜다가 저랬는고이?'

그리고 동길이는 남은 국물을 홀홀 마저 들이마셨다. 콧등에 맺힌 땀방울이 또르르 굴러 내린다.

"아아."

이제 좀 살겠다는 것이다.

4

이튿날 아침,

"동길아 학교 가자아!"

사립문 밖에서 부르는 소리가 났다. 이웃에 사는 창식(昌植)이었다.

"동길아, 학교 안 갈래?"

동길이는 가만히 마루로 나와 신을 찾았다.

이때, 뒷간에서 나온 동길이 아버지가 한 손으로 을씨년스럽게 고의춤을 여미면서,

"누구냐! 이리 들어와서 같이 가거라."

했다.

창식이가 들어섰다. 창식이는 동길이 아버지를 보자 냉큼 허리를 꺾었다. 그리고 동길이 아버지의 팔뚝이 없는 소맷자락으로 눈이 가자 희한한 것이라도 발견한 듯 두 눈이 번쩍 빛났다.

동길이는 신을 신고 조심조심 마당으로 내려섰다. 아버지는 동길이를 보고,

"길아! 니 책보 우쨌노?"

"……."

동길이는 얼른 대답이 나오질 않았다. 마치 저에게 무슨 잘못이라도 있는 것처럼…….

"응? 책보 우쨌어?"

그러자 옆에서 창식이란 놈이 가벼운 조동아리를 내밀었다.

"빼앗깄심더."

"빼앗기다니 누구한테?"

"선생님한테예."

"뭐 선생님한테?"

"예."

"와?"

"사친회비 안 낸 아이들은 다 빼앗고 집에 쫓았심더. 사친회비 안 가져온 사람은 방학도 없답니다."

"……."

동길이 아버지는 입술이 파랗게 굳어져갔다.

"아부지!"

동길이가 입을 떼었다.

"아부지, 나 학교 안 댕길랍니다."

"뭐?"

"때리챠 버릴랍니다."

"음—"

아버지의 입에서는 무거운 신음소리가 새어나왔다. 그리고 왈칵 성이 복받치는 듯,

"까불지 말고 빨리 갓!"

하고, 고함을 질렀다 부엌에서 설거지를 하고 있던 어머니가 눈을 휘둥그레 가지고 바라본다.

동길이와 창식이는 어깨를 나란히 하고 걸었다. 다리를 건너면서 창식이가,

"동길아, 느그 아부지 팔 하나 없어졌제?"

했다.

"……."

"노무자로 나가서 그랬제?"

"……."

"팔이 하나 없어져서 어떻게 목수질 하노? 인제 못하제, 그제?"

"몰라! 이 짜식아."

동길이는 발끈해졌다. 눈꺼풀이 파르르 떨렸다. 곧 한 대 올려붙일 기세였다.

창식이는 겁을 집어먹고 한 걸음 떨어져 섰다. 그리고 두 눈을 대고 껌벅거렸다.

창식이는 내빼듯이 똑바로 학교로 갔으나, 동길이는 다리를 건너자 강둑을 굴러 내려갔다.

용돌이가 아직 보이지 않았으나, 그런대로 동길이는 옷을 벗었다.

대낮이 가까워졌을 무렵, 동길이는 아이들이 떠들어대는 소리를 듣고, 다리 위를 쳐다보았다.

"외팔뚝이―"

"하나, 둘, 셋!"

"외팔뚝이―"

다리 난간에 붙어 서서 이쪽을 내려다보며 소리를 모아 고함을 질러대는 아이들은 틀림없는 자기 학급 아이들이었다. 동길이는 귀뿌리를 한 대 얻어맞은 듯했다. 동길이가 쳐다보자 이번엔 한 놈씩 차례차례 고함을 질러나간다.

"똥길이 즈그 아부지 외팔뚝이―"

"외팔뚝이 새끼 모욕*('목욕'의 방언)하네―"

"학교는 안 오고 모욕만 하네―"

맨 마지막으로,

"외팔뚝이 오늘 학교 왔더라―"

하는 소리는 어딘지 모르게 속으로 기어들어가는 소리였다. 그리고 살금*('살짝'의 방언) 아이들 뒤로 숨어버리는 것이 아닌가. 창식이란 놈이 틀림없었다.

동길이는 온몸에 쥐가 나는 듯했다. 치가 떨렸다. 부리나케 밖으로 헤엄쳐 나온 그는 후닥닥 돌멩이를 집어 들었다. 돌멩이는 다리 난간을 향해서 핑핑 날았다. 그러나 한 개도 거기까지 가서 닿지는 않았다.

다리 위에서는 와아 환호성을 울리며 좋아라 하고 웃어댄다. 그리고 어떤 놈이 뱉었는지 침이 날아왔다.

약이 오를 대로 오른 동길이는 두 손에 돌멩이를 발끈 쥐고 그냥 막 자갈밭을 내달았다. 강둑을 뛰어올라 다리를 향해 마구 달리는 것이었다. 빨간 알몸뚱이가 마치 다람쥐 같았다.

욕지거리를 퍼부어쌓던 아이들은 큰소리로 웃어대면서 우르르 도망을 친다. 도저히 따를 만한 거리가 아니었다. 팔매가 가서 닿을만한 거리도 아니었다. 그러나 동길이는 손에 쥔 돌멩이를 힘껏 내던졌다.

분해서 견딜 수가 없었다.

"짜식들 어디 두고 보자. 창식이 요놈 새끼, 죽여 버릴끼다. 요놈 새끼……."

5

그날 저녁 동길이는 아버지에게 되게 꾸지람을 들었다.

아버지는 어디에서 술을 마셨는지 얼굴이 벌겋게 익어가지고 비칠비칠 사립문을 들어서더니 대뜸,

"길이 이놈 어디 갔노, 응?"

하고, 소리를 질렀다. 손에 웬 책보 하나와 흰 종이를 포개 쥐고 있었다.

마루에서 저녁을 먹고 있던 동길이와 어머니는 눈이 둥그레졌다.

"아, 이놈 여깄구나. 니 오늘 어딜 갔더노? 핵교 안 가고, 어딜 싸돌아댕깄노? 응?"

마루에 올라와 덜커덩 엉덩방아를 찧으며 눈알을 부라렸다.

"아이구 어디서 저렇게 술을……."

어머니는 혼잣말처럼 중얼거리며 밥상을 가지러 일어선다.

"아, 오늘 김 주사가 한 턱 내더라. 우리 목공소 주인 김 주사가 말이지, 징용 나가서 고생 많이 했다고 한 턱 내더라니까. 고생 많이 했다고…… 팔뚝을 하나 나라에 바쳤다고…… 으흐흐흐흐……."

그러고는 또,

"이놈! 너 오늘 와 핵교 안 갔노? 응? 돈이 없어서 안 갔나? 응? 응? 이 못난 자식아! 뭐 핵교를 안 댕기겠다고?"

하고 마구 퍼부어댄다.

"이놈아, 오늘 내가 핵교에 갔다. 핵교에 갔어. 너거 선생 만나서 다 얘기했다. 이 봐라, 이놈아! 내 팔이 하나 안 없어졌나. 이것을 내보이면서 다 얘기하니까 너거 선생 오히려 미안해서 죽을라 카더라. 죽을라 캐. 봐라 이렇게 책보도 안 받아 왔는강."

아버지는 책보를 동길이 앞에 불쑥 내밀었다. 동길이는 책보와 흰 종이를 한꺼번에 받아 안으며 모가지를 움츠렸다.

"이놈아, 아부지가 징용에 나갔다고 선생님한테 와 말을 못하노.

아부지가 돌아오면 다 갖다 바치겠다고 와 말을 못 하노 말이다. 입은 뒀다가 뭐 할라카는 입이고?"

"아부지 노무자 나갔다고 캤심더."

동길이는 약간 보로통해졌다.

"뭐, 이놈아? 니가 똑똑하게 말을 못 했으니까 그렇지. 병신자식 같으니……."

어머니가 밥상을 들고 와서 아버지 앞에 놓으며,

"자아 그만 하고 어서 저녁이나 드이소."

했다. 아버지는 숟가락을 들었다. 그러나 밥을 떠올릴 생각은 않고 연방 떠들어댄다.

"내가 비록 이렇게 팔이 하나 없어지긴 했지만, 이놈아 니 사친회비 하나를 못 댈 줄 아나? 지금까지 밀린 것 모두 며칠 안으로 장만해 준다. 방학할 때까진 어떠한 일이 있어도 장만해 준단 말이다. 오늘 너거 선생한테도 그렇게 약속했다. 문제없단 말이다. 애비의 이 맘을 알고 니가 더 열심히 핵교에 댕겨야지, 나 핵교 때리챠 버릴랍니더가 다 뭐고? 이눔으 자식, 그게 말이라구 하는 기가?"

동길이는 그만 울먹울먹해졌다. 그러나 한사코 눈물을 흘리지는 않았다.

아버지는 밥을 몇 숟갈 입에 떠넣다가 별안간 또 무슨 생각이 났는지 이번에는 어머니에게,

"이봐, 나 오늘 취직했어. 취직. 손이 하나 없으니까 목수질은 못 하지만 그래도 다 쐬어먹을 데가 있단 말이여. 쐬어먹을 데가……."

정말인지 거짓부렁인지 알 수 없는 소리를 대고 주워섬긴다.

"아니, 참말로 카능교? 부로*('거짓말'의 방언) 카능교?"

"허, 부로 카긴 와 부로 캐. 내가 언제 거짓말 하더나?"

"……"

"극장에 취직이 됐어. 극장에……"

"뭐 극장에요?"

"그래 와, 나는 극장에 취직하면 안 될 사람이가? 그것도 다 김 주사, 우리 오야붕 덕택이란 말이여. 팔뚝을 한 개 나라에 바친 그 덕택이란 말이여. 으흐흐흐…… 내일 나갈 적에 종이로 쉬염을 만들어 갖고 가야 돼. 바로 이 종이가 쉬염 만들 종이 앙이가."

동길이가 책보와 함께 받아가지고 있는 흰 종이를 숟가락으로 가리켰다.

때마침 저녁 손님을 부르는 극장의 스피커소리가 우렁우렁 울려왔다.

"얼씨구, 저 봐라, 우리 극장 선전이다. 이래봬도 나도 내일부턴 극장직원이란 말이여. 직원. 으흐흐……"

그러고는 벌떡 일어서서 흘러오는 스피커의 노랫소리에 맞추어 우쭐우쭐 춤을 추기 시작했다. 하나밖에 없는 팔을 대고 내저으며 제법 궁둥이까지 흔들어댄다. 꼴불견이다. 동길이는 낄낄낄 웃었다. 그러나 어머니는 이맛살을 찌푸리며,

"아이구, 무슨 놈의 술을 저렇게도 마셨노. 쯧쯧쯧……"

혀를 찼다.

아리아리랑 시리시리랑…… 하고 돌아쌓던 아버지는 그만 방 아랫목에 가서 벌떡 드러누우며,

"아으흐—"

하고 괴로운 소리를 질렀다.

"밥 그만 잡숫능교?"

어머니가 묻자,

"안 먹을란다."

했다.

그리고 잠시 후 아버지는 훌쩍훌쩍 느끼기 시작하는 것이었다. 두 눈에서 솟구친 눈물이 양쪽 귓전으로 추적추적 걷잡을 수 없이 흘러내렸다. 동길이는 도무지 어찌된 영문인지 알 수가 없었다. 그러면서도 덩달아 코끝이 매워왔다.

6

부엌에서 달그락거리는 소리에 동길이는 눈을 떴다. 어느새 아버지는 일어나서 윗목에 쭈그리고 앉아 뭣을 열심히 만지작거리고 있었다.

동길이는 발딱 몸을 일으켰다. 모기에 물려 부르튼 자리를 득득 긁으면서 아버지 곁으로 다가갔다.

아버지는 가위질을 하고 있었다. 두 발로 종이를 밟고, 왼쪽 손에 든 가위로 을씨년스럽게 그것을 오리고 있는 것이었다.

"아부지, 그거 뭐합니꾜?"

"쉬염 만든다 안 카더나. 어젯밤에 안 카더나."

"쉬염 만들어서 뭐하는데예?"

"넌 알끼 아니다."

"……"

"요렇게 좀 삐져나 도고."

동길이는 아버지한테서 가위를 받아 쥐고 종이를 국수처럼 가닥가닥 오려나갔다. 그리고 아버지가 시키는 대로 그것을 실로 꿰매기 시작했다.

어머니가 밥상을 들고 들어왔을 때는 한 다발의 흰 종이수염이 제법 그럴 듯하게 만들어졌다. 어머니는 밥상을 놓으며,

"그걸로 대체 머하는 게? 광대놀음 하는 게?"

했다.

"광대놀음? 흐흐흐……."

아버지는 서글피 웃었다.

창식이란 놈이 부르러 올 리 없었다. 그러나 동길이는 밥숟갈을 놓기가 바쁘게 책보를 들고 일어섰다. 아버지도 방구석에 걸린 낡은 보릿짚 모자를 벗겨서 입으로 푸푸 먼지를 부는 것이었다. 책보를 옆구리에 낀 동길이가 앞서고, 종이로 만든 수염을 손에 든 아버지가 뒤따라 집을 나섰다.

아버지와 동길이는 삼거리에서 헤어졌다. 헤어질 때, 아버지는 동길이에게,

"걱정 말고 꼭 핵교에 가거래이. 응?"

다짐을 했고 동길이는,

"예!"

또렷한 목소리로 대답을 했다.

동길이는 선생님을 대하기가 매우 거북스러웠다. 그러나 선생님은 별로 못마땅해 하는 기색이 없이,

"결석하면 안 된다. 알겠나?"

예사로 한마디 던질 뿐이었다.

학급 아이들이야 뭐라건 그건 조금도 두려울 게 없었다. 감히 동길이 앞에서 뭐라고 빈정거릴만한 아이도 없기는 했지만……. 그만큼 동길이의 수박씨만 한 두 눈은 반짝거렸고, 주먹은 야무졌던 것이다.

동길이가 등교를 하자 창식이는 고양이를 피하는 쥐새끼처럼 곧장 눈치를 살피며 아이들 뒤로 살금살금 돌아가는 것이었다. 어제 일을 생각하면 창식이란 놈을 당장 족쳐버렸으면 싶었으나, 동길이는 웬일인지 오늘은 얼른 그런 용기가 나지 않았다. 사친회비를 못 가져와서 아무래도 선생님의 눈치가 보이는 탓인지, 혹은 어제 팔 하나 없는 아버지가 학교에 왔었다는 그 때문인지, 아무튼 어깨가 벌어지지 않았다.

동길이는 얌전히 앉아서 네 시간을 마쳤다. 동길이네 분단이 청소 당번이었다. 시간이 끝나자 창식이들은 우르르 집으로 돌아갔고, 동길이네는 빗자루를 들었다.

청소가 끝나자 동길이는 책보를 옆구리에 끼고 교실을 뛰쳐나왔다. 운동장에는 뙤약볕이 훅훅 쏟아지고 있었다. 찌는 듯 무더웠다.

'시원한 아이스케이크라도 한 개 먹었으면…….'

동길이는 이런 생각을 하며 침을 꿀꺽 삼켰다. 배도 고파왔다. 이마에 맺히는 땀을 씻으며 타박타박 신작로를 걸었다. 냇물로 내려갈까 했으나, 아침에 먹다 남겨놓은 밥사발이 눈앞에 어른거려 그냥 똑바로 다리를 건넜다.

삼거리에 이르렀을 때였다. 동길이는 눈이 번쩍 뜨였다. 참 희한한 것을 보았기 때문이다.

저만큼 먼 거리였으나 얼른 보아 그것이 무슨 광고판이라는 것을 알 수 있었다. 가마니 한 장만이나 한 크기일까? 그런 광고판이 길 한가운데를 이쪽으로 걸어오고 있는 것이었다. 그 움직이는 광고판을 따라 우르르 아이들이 떠들어대며 몰려오고 있었다.

동길이는 저도 모르게 뛰고 있었다. 차츰 가까워지면서 보니 그것은 틀림없는 광고판이었다. 그러나 그 광고판에는 다리가 두 개 달려 있고, 머리도 하나 붙어 있었다.

사람이었다. 사람이 가슴 앞에 큼직한 광고판을 매달고 걸어오고 있는 것이었다. 등에도 똑같은 광고판을 짊어지고 있는 듯했다. 머리에는 알롱달롱하고 쭈뼛한 고깔을 쓰고 있었고, 얼굴에는 밀가룬지 뭔지 모를 뿌연 분이 덕지덕지 칠해져 있었다. 그리고 턱에는 수염이 허옇게 나부끼고 있었다. 아주 늙은 노인인 것 같기도 했고, 어찌 보면 그렇지 않은 듯도 했다.

이 희한한 사람이 간간이 또 메가폰을 입에다 갖다 대고, 뭐라고 빽빽 소리를 질러대는 것이 아닌가. 재미있는 구경거리가 아닐 수 없었다.

"아아 오늘 밤의 아아 오늘밤의 활동사진은 쌍권총을 든 사나이. 아아 쌍권총을 든 사나이. 많이 구경하러 오이소! 많이많이 구경하러 오이소!"

그러고는 쑥스러운 듯 얼른 메가폰을 입에서 떼어버리는 것이었

다. 그럴라치면 이번에는 아이들이 제가끔 목소리를 돋우어,

"아아 오늘밤에는 쌍권총을 든 사나이."

"아아 쌍권총을 든 사나이, 구경하러 오이소."

"아아 오늘밤에 많이많이 구경하러 오이소."

하고, 떠들어댔다.

동길이는 공연히 즐거웠고, 가슴이 울렁거렸다. 우뚝 멈추어 서서 우선 광고판의 그림부터 바라보았다.

시커먼 안경을 낀 코쟁이가 큼직한 권총을 두 자루 양쪽 손에 쥐고 있는 그림이었다. 노란 머리카락과 새파란 눈깔을 가진 여자도 하나 윗도리를 거의 벗은 것처럼 하고 권총을 든 사나이 등 뒤에 납작 붙어 있었다. 괴상한 그림이었다.

"아아 쌍권총을 든 사나이. 아아 오늘밤의 활동사진은 쌍권총을 든 사나이. 많이 구경 오이소! 많이많이 구경 오이소!"

그리고 메가폰을 입에서 뗀 그 희한한 사람의 시선이 동길이의 시선과 마주쳤다.

순간 동길이는 가슴이 철렁 내려앉고 말았다. 뒤통수를 야물게 한 대 얻어맞은 것 같았다. 그리고 눈물이 핑 돌았다. 어처구니가 없었다.

그 희한한 사람이 바로 아버지였던 것이다.

아버지는 동길이와 눈이 마주치자 약간 멋쩍은 듯했다. 그러고는 얼른 시선을 돌려버리는 것이었다. 동길이는 코끝이 매워 오며 뿌옇게 눈앞이 흐려져 갔다.

아이들은 더욱 신명이 나서 떠들어댄다.

"아아 오늘밤에는 쌍권총입니다."

"아아 쌍권총을 든 사나이 재미가 있습니다."

이런 소리에 섞여 분명히,

"동길아! 느그 아부지다. 느그 아부지 참 멋쟁이다."

하는 소리가 동길이의 귓전을 때렸다. 용돌이란 놈의 목소리에 틀림없었다.

동길이는 온몸의 피가 얼굴로 치솟는 듯했다. 주먹으로 아무렇게나 눈물을 뿌리쳤다. 뿌옇던 눈앞이 확 트이며 얼른 눈에 들어온 것은 소리를 지른 용돌이가 아닌 창식이란 놈이었다. 요놈이 나무꼬챙이를 가지고 아버지의 수염을 곧장 건드리면서,

"진짜 앙이다야. 종이로 만든 기다. 종이로."

하고, 켈켈 웃어쌓는 것이 아닌가.

동길이는 가슴 속에 불이 확 붙는 것 같았다. 순간 동길이의 눈은 매섭게 빛났다. 이미 물불을 가릴 계제가 아니었다.

살쾡이처럼 내달을 따름이었다.

"으악!"

비명소리와 함께 길바닥에 나가떨어진 것은 물론 창식이었다. 개구리처럼 뻗었다. 그러나 동길이는 그 위에 덮쳐서 사정없이 마구 깔고 문댔다.

"아이크, 아야야야…… 캥!"

창식이의 얼굴은 떡이 되는 판이었다.

아이들은 덩달아서 와아와아 소리를 지르며 떠들어댔다.

동길이 아버지는 두 눈이 휘둥그레지며 손에서 메가폰을 떨어뜨렸다. 어찌된 영문인지 알 수가 없었다.

창식이는 이제 소리도 제대로 지르지 못하고 윽! 윽! 넘어가고 있

었다.

"와이카노? 와 이카노? 잉! 와 이캐?"

동길이 아버지는 후닥닥 광고판을 벗어던졌다. 그리고 하나 남은 손을 대고 내저으며 어쩔 줄을 몰라 했다. 턱에 붙였던 수염의 실밥이 떨어져서 흰 종이수염이 가슴 앞에 매달려 너풀너풀 춤을 춘다.

"이눔으 자식이 미쳤나, 와 이카노, 와 이캐 잉?"

《사상계》(1959. 10)

죽창을 버리던 날

　내 스크랩북의 네째 페이지 한쪽에 「8.15와 나」라는 조그마한 잡문 하나가 오려 붙여져 있다. '죽창을 어깨에 메고'라는 소제목이 붙어 있는 글이다. 꽤 오래 전에 어떤 신문에 발표했던 것으로, 어느덧 종이 빛깔도 바래었고, 거기 곁들여 있는 동전짝만 한 사진도 희끄무레해져 가고 있다.

　보잘것없는 것이지만, 그 잡문이 눈에 띌 때마다 나는 묘한 감회에 사로잡힌다.

　그 글은 다음과 같이 되어 있다.

　국방색 반즈봉*(반바지)에 각반을 치고 맨발로 죽창을 어깨에 멘 소년 모의병정(模擬兵丁)— 생각만 해도 웃음이 나온다. 그게 바로 8.15해방 직전의 나의 모습이었다.

　해방이 되던 그해 봄, 그러니까 해방을 몇 개월 앞두고 중학교에 입학을 했었다. 말이 중학이지, 그건 숫제 근로혹사대가 아니면, 모의병정 양성소였다. 산에 가서 소나무뿌리 캐기가 아니면, 목총을 들고 운동장(그때는 연병장이라고 했다.)에서 꽥꽥 소리 지르기였다.

우리는 갓 입학한 애송이들이었기 때문에 목총도 차례가 돌아오지 않고, 고작 대나무막대기였다. 대나무막대기를 가지고 야! 야! 고함을 질러대야 했다. 그러면서도 일본이 반드시 이긴다는 말을 곧이들었었다.

삼사 개월 동안 그런 생활을 하다가, 여름방학이 되어 귀향했는데, 그 방학이라는 것이 겨우 보름밖에 안 되어 안타깝기 짝이 없었다.

학교로 다시 돌아가는 날이 바로 8월 15일이었다.

글은 좀 더 계속되지만, 이쯤에서 그만 두는 게 좋을 것 같다. 왜냐하면, 이 잡문을 볼 때마다 나는 8월 15일 그날의 일을 가지고 한 편의 작품을 만들어 보리라 생각해왔기 때문이다. 벌써 이십오륙년 전의 일이지만, 그날 일은 마치 얼마 전의 일인 것처럼 하나부터 열까지가 선명하게 머리에 떠오른다. 생각하면 절로 웃음이 나오기도 한다.

새벽에 눈을 뜬 나는,

"아— 빌어묵을 놈의 날이 벌써 샜구나."

이렇게 투덜거렸다.

여느 때와 다름없는 우리 집 모기장 속이었다. 그러나 여느 아침과는 달리, 오늘은 날이 새는 게 여간 안타깝고 심란하지가 않은 것이다.

모기장 밖에 놓여 있는 책가방과 보따리가 눈에 띄자, 나는 그만 울상이 되어 돌아누웠다.

식구들은 아직 모두 자고 있었다.

돌아눕자, 아버지의 자는 얼굴이 눈에 들어왔다. 나는 공연히 아버지의 얼굴이 못마땅해서 "흥!" 콧방귀를 한 번 뀌고, 눈을 찔끔 감아버렸다.

간밤에 아버지가,

"일찍 자거라. 그래야 낼 새벽 일찍 일나지."

이렇게 말했던 것이다.

나는 아버지를 순 거짓말쟁이라고 생각하고 있는 것이다.

내가 방학이 되어 돌아왔을 때, 아버지는 두 눈에 눈물까지 글썽거리며,

"학교 다니지 마라. 그런 놈의 학교가 도대체 어딨단 말이고."

분명히 이렇게 말했었다.

일기장을 보고서였다. 아버지는 그동안, 그러니까 4월 초에 입학을 해서 방학이 될 때까지, 약 사 개월 동안의 내 일기장을 처음부터 차례차례 다 읽어보았던 것이다. 중학생이 된 아들의 학교생활이 어떤 것인가, 기대에 찬 마음으로 말이다. 그런데 기대했던 것과는 딴판으로 너무나도 어이가 없는 하루하루들이어서, 그만 자기도 모르게 불쑥 그런 소리가 나왔던 것이다.

사실 그 무렵의 학교생활이란 말이 아니었다. 공부를 하는 날은 거의 없고, 연일 일 뜸질이었다. 산에 가서 장작 운반해 내려오기, 관솔*(송진이 많이 엉긴 소나무의 가지나 옹이) 따기, 소나무뿌리 캐기,

황무지 개간하기, 보리 베기, 모심기, 퇴비 만들기, 심지어 학교운동장 둘레까지 파 일구어 피마자를 심는다, 콩을 심는다 야단이었다.

그리고 걸핏하면 교련이었다. 대나무 막대기를 가지고 '기찌꾸베이에이(귀축미영鬼畜米英)'를 섬멸한다고 야! 야! 고함을 질러대는 것이었다.

그런 학교생활도 생활이지만, 그에 못지않게 괴로운 것이 기숙사생활이었다. 신입생들은 시내에 자택이 있는 사람 외는 전원 기숙사에 수용되었었다. 1학년생에게는 하숙이라는 것이 허락되지가 않았다. 그런데 그 기숙사생활은 무엇보다도 배가 고파 견딜 수가 없었다. 밥이라고 먹고 돌아서면 벌써 배가 고플 지경이었다. 노상 옥수수밥 아니면 콩깻묵밥이 식기에 절반도 차지 않은 판이니, 그럴 수밖에 없었다.

그리고 상급생들의 성화에 정신을 차릴 수가 없었다. 마치 무슨 잘못이라도 저지른 것처럼 늘 눈치를 보아야 하고, 굽신거려야 했다. 그렇지 않으면 걸핏하면 기합이었다. 기합도 그저 몇 차례 두들기거나 엎드려 뻗게 하는 그런 것이 아니라, 이건 사람을 아주 놀림감으로 생각하려 드는 것이었다.

예를 들면, 꿇어앉아서 코가 방바닥에 닿도록 절을 하라는 것이다. 그것도 천천히 해서는 안 되고, 절도 있게 빨리빨리 해야 되는 것이다. 그렇게 남은 절을 시켜놓고, 자기들은 재미있다는 듯이 킬킬 웃기도 하면서 자기네 할 일을 한다. 말하자면 이쪽은 절하는 오뚝이처럼 누구를 향해서도 아니고, 그저 그만하라는 명령이 있을 때까지 그렇게 꾸뻑거려대야 하는 것이다. 정말 견딜 수 없는 모욕이었다. 그것도 무슨 큰 잘못을 저지르고 그런다면 또 모른다.

조금 눈에 거슬리기만 하면 그런 식이었다.

그런 유의 기합이 한두 가지가 아니었다. 그리고 상급생 중에서도 한 학년 위인 2학년짜리들이 제일 고약하게 굴었다. 더러워서 죽을 지경이었다.

낮에는 학교에서 일 뜸질을 하고, 기숙사에 돌아와서는 걸핏하면 그런 기합을 당해야 하고, 배는 고프고…… 정말 미칠 것 같았다. 그러니 절로 고향집이 그리울 수밖에 없었다. 그래서 밤에 잘 때 이불 속에서 소리 없이 눈물을 흘리기도 했고, 남몰래 변소 안에 들어가 울기도 했다. 우는 것도 아무데서나 울다가는, 이 병신 같은 새끼! 하고 또 틀림없이 기합인 것이다.

그런 학교생활, 기숙사생활의 가지가지 이야기를 나는 일기장에 열심히 적었던 것이다.

그러니 부모로서 그것을 읽고 기분이 좋을 까닭이 없어 아버지는 눈물까지 글썽거리며,

"학교 다니지 마라. 그런 놈의 학교가 도대체 어딨단 말이고."

불쑥 이런 말이 나왔던 것이다.

아버지는 국민학교 훈도였다. 그러니까 그 무렵의 교육이 어떤 것이라는 것을 누구보다도 잘 알고 있었다. 중학교는 국민학교보다 근로동원이 심하다는 것도 알고 있었다. 그러나 고생은 많겠지만, 중학생이니 무언가 좀 의젓하고 보람 있는 생활이 있으리라 기대에 찬 마음으로 일기장을 읽기 시작했는데, 이건 너무나도 어처구니가 없는 나날들이어서 불쌍한 생각이 들어 눈물이 글썽해지며, 그만 그런 소리가 나왔던 것이다. 그것은 어쩌면 아버지의 분노의 표출이라고 할 수가 있을 것이다.

어쨌든 나는 아버지의 그 말에 귀가 번쩍했었다. 얼떨떨하면서도 기쁘기 한량없었다. 그 지긋지긋한 학교 이제 안 가도 되는구나 생각하니, 속에서 무엇이 쑥 내려가는 듯 후련하기만 했다. 사실 나는 그 무렵, 그런 놈의 학교 조금도 다니고 싶은 생각이 없었다. 그런데 먼저 아버지의 입에서 그런 말이 나왔으니 신이 날 수밖에.

나는 아버지의 그 말을 정말로 믿고 있었다. 그런데 며칠 전 아버지는 뜻밖에도,

"인제 학교 갈 날도 메칠 안 남았구나. 준빌 해라."

이러는 것이 아닌가.

나는 이게 무슨 소린가 싶어서,

"예?"

하고, 눈을 크게 뜨고 아버지를 똑바로 바라보았다.

"15일까지 방학이라메? 그럼 인제 메칠 안 남았잖나."

"……."

나는 어이가 없어서 아무 말도 나오지가 않았다.

"다께야리(죽창)는 학교 소사한테 부탁해놓았으니, 내일쯤 갖고 올 끼다."

아버지는 멀쩡한 얼굴로 지껄이고 있었다.

그때 나는 차마 입 밖으로 내지는 못하고 속으로,

'순 거짓말쟁이!'

하고 뇌까렸다.

학교 다니지 말라는 소리는 누구 입에서 나왔던가 말이다.

이튿날 학교 소사가 죽창을 가지고 왔다. 죽창은 여름방학의 과제물 중의 하나였다. 끝을 뾰족하게 깎아서, 튼튼한 놈을 한 개씩

가지고 오라는 것이었다. 과연 끝이 뾰족하게 잘 깎여진 죽창을 보고, 나는 코로 히죽 웃었다. 그리고 속으로,

'안 간다구마!'

했다.

그러나 간밤에 아버지가,

"일찍 자거라. 그래야 낼 새벽에 일찍 일나지."

했을 때는 그저 못마땅하기만 했을 뿐, 속으로나마 무어라고 뇌까려지지가 않았다.

그리고 심란해서 도무지 자정이 넘도록 잠을 이룰 수가 없었다.

그런데 오늘 새벽 벌써 이렇게 잠이 깬 것이다.

잠시 후, 어머니가 일어나 부엌에 나가 밥을 짓기 시작했고, 딸그락거리는 소리에 아버지도 깼다. 그러나 나는 그대로 눈을 감고 죽은 듯이 누워 있었다. 동생들은 여전히 자고 있었다.

한참 만에 어머니가 밥상을 가지고 들어왔다. 그러자 아버지가,

"일나라! 일나라!"

하고, 나를 찔벅거렸다*(집적거렸다).

나는 자는 체 버티고 있다가, 아버지의 목소리가 거세어지자, 발딱 일어났다. 으윽— 기지개라도 켜면서 천천히 일어나는 것이 아니라, 될 수 있는 대로 아버지의 신경이 거슬리도록 발딱 말이다.

내가 얼굴에 물을 찍어 바르는 둥 마는 둥하고 아침을 먹는 동안, 아버지도 어쩔 셈인지 북북 세수를 해대는 것이었다.

그리고 내가 숟가락을 놓고, 반즈봉 밑으로 드러난 맨다리에 각반을 치기 시작하자, 빙그레 웃으면서,

"교복이 얼른 나와야 될 낀데……."

하고, 중얼거렸다.

　교복 배급이 안 나와서, 중학생이라는 것이 국민학교 때 입던 양복을 그대로 입고 있었다. 그러니까 자연히 맨다리에다가 각반을 치는 도리밖에 없었다. 나 혼자만 그런 것이 아니라, 1학년생은 모두 그런 꼬락서니였다.

　그런 꼬락서니로 가방을 메고, 한 손에는 보따리를, 한 손에는 죽창을 들고 집을 나서자, 아버지가 얼른 보따리를 받아 들었다.

"무겁다. 내가 좀 들어다 주지."

"……."

　그러나 나는 조금도 고맙지가 않았다, 오히려 따라오는 것이 싫었다. 순 거짓말쟁이가 말이다.

　어머니는 사립 밖에 나와 언제까지나 서 있었다.

　신작로를 걸으면서, 아버지는 아침공기가 매우 상쾌한 듯 심호흡을 하곤 했다. 나는 공기가 상쾌하거나 말거나, 도무지 그런 건 흥미가 없었다. 공연히 모든 게 못마땅하기만 했다.

　한참 가다가 아버지가,

"이거 받아라."

　보따리를 내밀었다. 나는 말없이 보따리를 받았다.

"자, 그럼 난 여기서 돌아간다."

"……."

"자주 편지 해래이."

　아버지는 얼굴에 웃음을 띠고 있었다. 어쩐지 매우 기분이 좋은 듯, 그러면서도 약간은 섭섭한 듯한 그런 표정이었다.

　나는 말없이 몇 걸음 걸어가다가 후딱 뒤로 돌아섰다. 그리고 냅다 아버지를 향해 뇌까렸다.

"나 학교 안 갈랍니더!"

"……."

아버지는 어이가 없는 모양이었다. 금세 얼굴에서 싹 웃음이 가셨다.

나는 곧 또 내뱉었다.

"학교 다니지 마라 캤잖아예!"

"머?"

"……."

"머라고?"

아버지의 얼굴에 노기가 떠오르고 있었다.

그러나 나는 또 입을 열었다.

"아부지가 그랬잖아요."

그러자 아버지는 뜻밖에도,

"시간 늦을라. 빨리 가아라."

부드러운 목소리로 애원하듯 말했다.

"안 갈랍니더!"

"……."

"학교 다니지 마라 캐놓고……."

"정말 안 갈 끼가?"

"예."

나는 단호이 대답했다.

순간, 아버지는 주먹 한 개를 번쩍 쳐들었다. 그리고,

"이눔으 자식!"

냅다 고함을 지르며 달려드는 것이었다.

나는 재빠르게 몸을 날렸다. 뺑소니를 치면서 나는 거추장스러운 죽창을 아무렇게나 길바닥에 떨어뜨려버렸다.

그러자 아버지는 그 죽창을 주워 들고 마구 뒤쫓아 오는 것이었다. 그것으로 사정없이 후려치려는 듯이.

그러나 아버지가 내 달음질을 당할 턱이 없었다. 아버지는 분해서 못 견디겠다는 듯,

"이 못된 놈으 자식!"

소리를 지르면서, 냅다 죽창을 나를 향해 내던졌다. 그리고 돌아서버리는 것이었다.

돌아서서 집으로 돌아가는 아버지의 뒷모습을 나는 가만히 지켜보고 있었다,

아버지의 모습이 사라지자, 나는 정말로 어떻게 할 것인가, 한참 서서 망설였다. 정말 어떻게 했으면 좋을지 몰랐다. 그러나 결국 나는 다시,

'안 간다! 안 간다!'

이렇게 속으로 다졌다.

도저히 이런 기분으로 기차를 타러 이십 리 길을 걸을 수는 없는 것이었다.

그래서 나는 길에 내던져진 죽창을 주워 들고, 어처구니없게도 오던 길을 되돌아 터벅터벅 걷기 시작했다. 그리고 한참 가다가 신작로에서 옆으로 뻗은 들길로 들어섰다.

들길을 조금 가면 숲이 있었다. 나는 숲속으로 들어갔다. 그 숲 저쪽으로 국민학교가 보였다.

나는 숲속에서 아버지가 학교에 나가는 것을 확인하고, 집으로 들어갈 생각인 것이었다. 아버지는 요즘 일직이었다. 그러니까 조금 있으면 출근시간이 되어 학교에 갈 게 틀림없는 것이었다.

이슬에 젖은 숲속에서 나는 앉았다가 섰다가, 혹은 오줌을 누었다가 하면서, 학교 쪽을 바라보고 있었다. 지루하기 짝이 없었다. 얼마나 기다렸을까. 아마 두 시간은 족히 기다렸을 것이다.

마침내 학교로 가는 아버지의 모습이 보였다. 꽤 먼 거리였으나 아버지의 모습이 보이자, 나는 어쩐지 온몸이 움츠러드는 것 같았다. 그래서 얼른 소나무 뒤에 몸을 숨겼다.

아버지가 학교로 사라지자, 나는 당당히 숲을 나와 집을 향했다.

내가 터벅터벅 마당으로 걸어 들어가자, 어머니는 눈이 휘둥그레졌다. 지금쯤은 읍내에 도착해서 정거장에서 기차를 기다리고 있을 시간인데, 뚱한 얼굴로 터벅터벅 돌아오니 그럴 수밖에 없었다.

"앙이 우째 된 일이고?"

"……."

"와, 응?"

"……."

나는 말없이 죽창을 던져버리고, 보따리를 마루에 놓았다. 그리고 가방을 벗었다.

"와, 머가 우째 됐는데?"

"……."

"야야, 말 좀 해라."

그제야 나는 퉁명스럽게 입을 열었다.

"나 학교 안 갈 끼다."

"머, 학교 안 가?"

"……."

"와, 와 학꼴 안 가노?"

"……."

"응이?"

"……."

"학교 안 가고, 집에서 머 할 끼고?"

"몰라. 좌우간 학교 안 갈 끼다."

"후유—"

어머니는 한숨을 쉬었다. 무엇 때문에 내가 심사가 뒤틀렸는지 어머니가 알 턱이 없었다. 학교생활이 고생이 많다는 것은 어머니도 알고 있었다. 그러나 이렇게 내가 학교에 안 간다고까지 나올 줄은 꿈에도 생각하지 못했던 것이다.

어머니는 그만 슬퍼진 듯 울먹이는 소리로 변했다.

"학꼴 안 가면 그럼 우얄라 카노? 집에 논이 있어서 농살 짓나…… 머 우얄 끼고?"

"……."

"아이고, 야야 니가 와 카노. 니가 와 캐? 공불 안 하면 나중에 멀 묵고 사노 말이다. 멀 묵고 살아…….."

마침내 어머니의 눈에서 눈물이 흐르고 있었다. 나도 콧등이 씽해지는 것을 어쩌지 못했다.

"학꼴 나와야 선생질이라도 해서 살지. 야야—"

"……."

"와 학꼴 안 갈라 카노. 안 갈라 캐?"

"어무이! 알았어."

그만 나도 울기 시작했다.

어머니와 나는 잠시 그렇게 마주앉아 울었다. 그리고 나는 눈물을 닦고 성큼 일어섰다.

그 길로 나는 이십 리 길을 읍을 향해 부지런히 걸었다. 뒤틀렸던 심사는 말짱 풀리고, 어쩐지 좀 슬픈 것 같은, 그러면서도 애써 기운을 내야 한다는 그런 심정이었다.

읍에 당도했을 때는 어느덧 정오가 가까워져 있었다. 읍 들머리 신작로 가에 숲이 있었다. 나는 시장기를 느끼며 숲으로 걸어 들어갔다. 오전 기차는 놓쳤고, 오후 기차는 아직 시간이 얼마든지 있었다. 나는 가방에서 도시락을 꺼내 먹고, 그 자리에 반드시 드러누웠다. 낮잠을 한숨 자는 도리밖에 없었다. 간밤에 잠이 부족했던 탓으로 낮잠은 곧 왔다.

얼마를 잤을까. 나는 눈을 부비며 부스스 일어났다.

그런데 바로 저만큼 떨어진 곳에 사람들이 모여앉아 떠들어대고 있었다. 처음에는 그저 어른들이 모여앉아 쉬고 있는 것이려니 하고 예사로 생각했는데, 그 하는 소리들이 어쩐지 이상했다. 나는 가만히 귀를 기울였다.

"앞으로 우리 조선은 우째 되노?"

"글씨, 우째 될똥⋯⋯."

"좌우간 인제 전쟁이 끝났으니, 살기가 좋아 안 지겠나."

"좋아져야지."

"일본 놈들은 다 돌아가겠지?"

"돌아가겠지."

"아이고, 그놈들 꼴 안 보게 돼서 인제 살겠다."

"정말이다."

나는 귀가 번쩍했다. 도대체 무엇이 어떻게 되었단 말인가? 일본 놈들이 돌아가다니…… 얼떨떨하기만 했다.

내가 가방을 메고 보따리와 죽창을 들고 걸음을 떼놓는 것을 보자 어른들 중에서 한 사람이,

"학생, 인제 그 놈의 죽창 내삐리지."

하면서 웃는 것이었다.

"와예? 머가 우째 됐는데예?"

"일본이 손 들었어. 손 들어."

"예?"

나는 깜짝 놀랐다. 정말 천만뜻밖의 일이 아닐 수 없었다.

"……"

"인제 학교 안 가도 된다. 일본이 졌는데, 학교가 무신 놈의 학교고."

"정말예?"

나는 또 한 번 귀가 번쩍했다. 일본이 항복을 했다는 사실은 잘된 일인지 어떤지, 나로서는 알 수가 없고, 그저 얼떨떨하기만 했지만, 학교 안 가도 된다는 말은 나에게는 다시없이 반갑고 신나는 일이 아닐 수 없었다. 이게 웬 떡이냐 싶었다.

"아저씨, 정말이지예?"

"생각해 바라. 일본이 져서 일본 놈들은 다 즈그 나라로 돌아갈 판인데, 학교가 어딨겠노. 안 그렇나?"

"예— 그렇심더!"

나는 어찌나 기분이 좋은지 힘껏 대답을 했다.

내가 집으로 돌아간 것은 그날 해질 무렵이었다. 읍내에서 같은 학급 친구를 만나 거리를 돌아다니며, 이런 소문 저런 소문 떠도는 소문을 들으며 놀다가, 해가 꽤 기울어져서야 집으로 향했던 것이다.

마을이 가까워지자, 나는 어쩐지 조금 긴장이 되는 것 같았다. 아버지 때문이었다. 아버지가 무어라고 할지 모르겠는 것이었다. 그래서 오는 도중에 죽창을 내버릴까 하다가 혹시 아버지가 무어라고 할지 알 수가 없어, 그냥 질질 끌고 오는 길이었다.

그런데 공교롭게도 그때, 아버지도 막 학교에서 일직을 마치고 마을로 돌아오고 있었다. 아버지의 모습이 저쪽 길에 보이자 나는 가슴이 약간 두근거렸다. 어쩐지 좀 켕기는 것이었다. 아버지는 일본이 항복한 것을 모르고 있는 것일까? 안다면 무엇 하러 일본이 졌는데 지금까지 일직을 하고 있었을까 싶기도 했다.

아버지와의 거리가 가까워지자 나는 조심스럽게,

"아부지."

불러보았다.

아버지는 대답이 없었다. 그러나 빙그레 웃고 있었다. 나는 대번에 온몸이 훈훈하게 풀리는 느낌이었다. 그래서,

"아부지! 일본이 항복했심더!"

하고, 소리쳤다.

"응, 나도 안다. 어서 집에 가자."

아버지는 여전히 벙글벙글 웃으면서 말했다.

이제 나는 모든 것이 무사히 끝난 것 같아 속이 후련하고 가뿐하

기만 했다. 아버지한테 얄궂게 뒤틀어졌던 기분도 끝나고, 그 지긋
지긋한 학교의 일 뜸질도 끝나고, 대나무 막대기로 야! 야! 하는 교
련도, 상급생들의 모욕적인 기합도, 견딜 수 없는 배고픔도 다 말
이다.

"아부지."

"와?"

"이 죽창 인제 내삐리도 되지예?"

"그래, 내삐리라. 그놈의 걸 머 할라고 도로 갖고 오노. 오다가 아
무 데나 내삐릴 끼지."

나는 좋아서 힉 웃었다. 그리고 어디다 내버릴까 두리번거렸다.

"저 시궁창에 내삐릴까예?"

"그래, 아무 데나 니 맘대로……."

"예, 아부지 이것 좀 받으이소."

나는 아버지에게 보따리를 건넸다. 그리고 시궁창 쪽으로 몇 걸
음 달려가며, 마치 투창선수가 창을 던지듯이 힘껏 죽창을 내던졌
다. 그러나 투창선수의 솜씨처럼 그렇게 멋있게 날아가는 것이 아
니라, 아무렇게나 날아가서는 그 시꺼면 시궁창 속에 죽창은 철버
덕 떨어져 형편없는 꼴이 되어버렸다.

아버지는 여전히 벙그레 웃는 얼굴로 보고 있었다.

《창조》(1971. 10)

삼십이 매의 엽서

　무슨 가보나 되는 것처럼 나는 서른 두 장의 엽서를 소중히 간직하고 있다. 사실 그 서른두 장의 엽서는 나에게 있어서는 무엇과도 바꿀 수 없는 값진 물건이 아닐 수 없다.

　6.25의 전란 속에서도 나는 그것을 잘 간직해냈고, 그 후 지금까지 이리저리 수없이 옮겨 다니면서도 그 엽서만은 한 장도 흘려버리는 일 없이 고이 간직해오고 있다.

　그것은 다름 아니라, 가친(家親)이 나에게 보내주신 엽서인 것이다. 정확하게 말하면 1945년 4월부터 7월까지 사 개월 동안에 보내주신 것이다. 중학교에 입학하여 기숙사생활을 하고 있는 아들에게 아버지는 불과 넉 달 동안에 서른두 장이나 되는 엽서를 주셨던 것이다. 아무리 처음으로 아들을 객지에 내보낸 부모의 마음이라고는 하지만, 넉 달 동안에 서른두 장의 편지를 보내다니, 이건 보통 이야기가 아니다.

사 개월이면 대략 백이십 일, 백이십 일 동안에 삼십이 매면 평균 사 일에 일 매꼴이 되는 셈이다.

나흘에 한 장— 그러니까 아들 답장을 받고 보내는 것이 아니라, 답장이야 오거나 말거나 수시로 써 보내신, 말하자면 일방적인 편지질이었던 것 같다.

확실한 기억은 없지만, 나는 그렇게 많은 편지를 아버지에게 보낸 것 같지가 않다. 아마 나는 그 절반 정도도 못 보냈으리라 싶다. 그 서른두 장의 엽서 내용을 하나하나 잘 읽어보면 틀림없이 그런 것 같다. 내 편지를 받아 보시고 쓴 것 같은 엽서는 채 절반이 못 되는 것이다.

그러니까 아버지의 엽서에는 대개가 무슨 용건이 적혀 있는 것이 아니라, 아들에 대한 걱정과 격려, 그리고 고향소식과 가족들 이야기 같은 것으로 메워져 있다. 말하자면 그저 쓰고 싶어서 쓴 엽서인 것이다. 그런 점으로 보아 처음으로 중학생이 되어 객지에 나가 있는 아들을 아버지는 늘 머릿속에 담고 계셨던 게 틀림없다.

아무 용건이 없이 쓰는 편지, 그저 쓰고 싶어서 쓰는 편지, 그것은 내부로부터의 간절한 것이 없고는 안 되는 법이다. 그런 편지를 더구나 나흘에 한 장씩이라니…….

나는 그 서른두 장의 엽서를 꺼내 볼 때마다 그저 숙연해질 따름이다. 그리고 필적이 어찌나 달필이고 문장도 좋은지, 은근한 자랑스러움을 느끼기도 한다.

또 그 엽서를 볼 때마다 그 시절의 가지가지 일이 회상 되어 절로 미소가 지어지기도 한다. 그러나 그 시절의 가지가지 일을 다 이야기 할 수는 없고, 여기서는 직접 아버지의 엽서와 관련되는 이야기만을 해볼까 한다.

어쩌면 나의 최초의 반항이라고도 할 수 있는, 기숙사생활에서의 조그마한 사건도 바로 아버지의 엽서로 인해서 일어났던 것이다.

기숙사의 식당은 굉장히 넓었다. 어지간한 강당만 했다. 삼백여 명의 기숙사생이 한꺼번에 앉아 식사를 하는 판이니, 그럴 수밖에 없었다.

처음으로 식당에 들어가 앉은 나는 그저 얼떨떨하기만 했다. 입학식이 있은 그날 저녁이었다. 말하자면 신입 기숙사생을 환영하는 만찬인 셈이었다.

밥은 팥밥이었고, 국에는 제법 기름기 같은 것도 떠 있었다. 그리고 반찬도 꽤 먹음직스러운 것이 몇 가지 공동용으로 큰 접시에 담겨 놓여 있었다.

별로 배가 고픈 것은 아니었지만, 눈앞의 음식을 보니 절로 침이 꿀꺽 삼켜졌다. 그러나 식사는 얼른 시작되지가 않았다.

연대장의 훈화가 좀처럼 끝나질 않는 것이었다. 어찌된 셈인지, 교장을 연대장이라고 했다. 나는 교장 선생을 연대장이라고 부르는 것이 어쩐지 우습고 기분이 묘했다. 낮의 입학식 때부터 연대장, 연대장 해쌓는 것이 아닌가. 우습고 기분이 묘하면서도, 과연 중학교가 다르기는 다르구나 싶었다.

그 무렵, 중학교 이상은 학교 편성이 군대 편제와 마찬가지로 되어 있었던 것이다.

코 밑 수염을 카이젤 식으로 기르고 있는 연대장의 훈화가 겨우 끝나자, 또 1중대 중대장의 훈화가 뒤를 잇는 것이었다. 1중대 중대장은 1학년 학년주임인 셈이었다. 그러니까 신입생인 우리들의 대장인 것이다.

눈썹이 남달리 굵고 짙은 우리 중대장의 훈화 역시 길었다. 훈화란 짧아서는 권위가 서지 않는 모양인지, 별로 잘 귀에 들어오지도 않는 소리를 자꾸 주워 섬겨댔다. 그러나 연대장의 훈화보다는 확실히 좀 짧은 것 같았다. 연대장 밑의 중대장이라 그런 모양이었다.

그것으로도 끝이 아니었다. 이번에는 또 사감이었다. 나는 배에서 꼬르르 소리가 내려가는 것을 느꼈다.

사감의 훈화는 연대장이나 중대장의 훈화에 비하면 아주 기분 좋을 정도로 간단했다. 간단한 훈화를 마치자 사감은,

"갓쇼!(합장!)"

하고 소리를 질렀다.

그리고 사감은 두 손을 뾰족한 턱 밑에 갖다 합장을 하고, 두 눈을 지그시 감는 것이었다.

그러자 넓은 식당 안의 모든 학생들이 일제히 그렇게 따랐다. 물론 연대장도 중대장도 그렇게 했다. 나도 옆 사람을 힐끗 한 번 보고, 얼른 그렇게 했다. 내가 옆 사람을 힐끗 한 번 본 것은 자리가 낯설어서 그랬던 것이지, 그렇게 하는 일 자체가 처음이어서 그런 것은 결코 아니었다. 처음이라니, 국민학교에서도 점심때마다 수없이 되풀이 한 일이었다. 그러니까 그 다음에 사감의 입에서 어떤 것이 흘러나오는가도 다 잘 알고 있었다.

"도요아시하라노 지이오아끼노 미스호노 구니와……(풍위원豐葦原의 천오백추千五百秋 서수瑞穗의 국國*(『日本書記』에 나오는 것으로 '풍요로운 갈대밭이 무성한 벌판에서 영구히 벼 이삭을 거둘 수 있는 땅'이라는 내

용)은······.)"

어쩌고, 사감이 선창을 하자, 모두 따라서 중얼중얼 외어대기 시작했다. 물론 나도 그런 것쯤 문제가 아니어서 힘차게 외어댔다.

식당 안이 온통 우렁우렁 울렸다. 그리고 끝에 가서,

"이다다끼마수!(잘 먹겠습니다!)"

일제히 소리를 지르고는, 그제야 비로소 시작인 것이었다. 밥 한 그릇 먹는데 참 절차도 더럽게 많았다. 물론 입사(入舍) 첫날이라 그렇겠지만.

우루루― 숟가락질, 젓가락질을 해대기 시작하자, 나도 공연히 마음이 바빠져서 부지런히 손과 입을 놀렸다.

이렇게 우리가 식사를 하고 있는 식당 밖에서는 많은 학부형들이 유리창으로 안을 들여다보고 있었다. 물론 그 속에는 아버지도 섞여 있었다.

한참 정신없이 숟가락질, 젓가락질을 해대던 나는 문득 얼굴을 들었다. 마치 누가 부르는 것 같았던 것이다. 아버지였다. 아버지의 얼굴이 맞은편 유리창 밖에서 빙그레 웃고 있었다.

나도 히죽 웃었다. 내가 웃자, 아버지는 고개를 끄덕거려 보이는 것이었다. 어쩐지 나는 좀 부끄러운 생각이 들었다. 그래서 나는 얼른 고개를 숙이고, 다시 손과 입을 놀리기 시작했다. 그러나 이제 아까처럼 그렇게 정신없이 놀리는 것이 아니라, 되도록 얌전히 놀렸다.

식사가 끝나고 밖으로 나가자 아버지는,

"배부르나?"

물었다.

"예."

"팥밥이제?"

"예."

"반찬도 그만하면 되겠더라."

아버지는 식사가 그만하면 마음이 놓인다는 듯이 또 고개를 끄덕거렸다.

어느덧 해가 지고, 서쪽 넓은 운동장에도 땅거미가 깔리고 있었다.

"그럼, 나는 간다."

"……."

"몸조심해서 잘 해래이."

"예."

"그리고 편지 자주 해래이."

"예."

편지 자주 하라는 말을 남기고 돌아서는 아버지를 향해 나는 꾸벅 절을 했다.

그로부터 사흘인가 나흘 뒤의 일이었다. 저녁식사를 마치고서였다.

저녁 식사를 마치면 자습 시간이 시작될 때까지 약 한 시간가량 자유 시간이었다. 그러나 말이 자유 시간이지, 우리 신입생에게는 요만큼도 자유라는 것이 없었다. 변소에 가는데도 허가를 맡아야 하고, 방을 나갈 때는 문 앞에 무릎을 꿇고 앉아 변소에 간다는 소리를 크게 외치고, 이마가 방바닥에 닿도록 절을 하고 나가야 하는 그런 판인데, 자유가 무슨 놈의 자윤가 말이다.

중학교의 기숙사라는 곳이 이런 곳인 줄은 정말 몰랐던 것이다. 생각했던 것과 너무나 차이가 있어서, 나는 이거 뭐 이렇노, 싶었다. 얼떨떨하고 참 더러웠다.

그래서 우리 신입생은 자유 시간에도 숫제 책상 앞에 앉아 상급생들의 눈치를 살피는 것이 일이었다. 그리고 귀를 곤두세우고 있어야만 했다. 이 시간에는 으레 사역이 있는 것이었다.

"전달— 각 실에서 두 명씩 농구창고 앞으로 집합—"

혹은,

"전달— 바께쓰를 가지고 각 실에서 한 사람씩 취사장 앞으로 모여라—"

이런 소리가 복도의 한쪽 끝에서 울려오면, 우리 신입생은 앞을 다투어 뛰어나가야 하는 것이다.

한 방에 신입생이 여섯 사람씩 들어 있었다. 그러니까 그 여섯 명이 서로 앞을 다투어 뛰어 일어서는 것이다. 두 명 차출(差出)일 때는 그 두 명 중의 한 명이 되려고, 한 명 차출일 때는 자기가 그것을 차지하려고. 마치 그것이 무슨 대단한 영광이라도 되는 듯이.

그러나 실상 내심은 그와 정반대라고 할 수 있었다. 그렇게 하라니까 그러는 것이지, 누가 사역에 나가기를 좋아하겠는가 말이다. 남보다 먼저 뛰어 일어나 사역에 자주 나가는 사람은 부지런하고 좋은 사람으로, 실장을 비롯해서 상급생들의 눈에 들고, 그렇지 않은 사람은 요령만 피우는 나쁜 놈으로 여겨지는 판이니, 기를 쓰고 덤빌 수밖에 없었다.

그날도 한 사람 차출이 있었다. 그러나 나는 그 영광(?)을 차지하지 못하고, 그냥 책상 앞에 앉아 있었다. 물론 전달— 하는 소리를 듣고 뛰어 일어났었다. 여섯 명이 모두 뛰어 일어났었다. 그러니까 그 영광을 놓친 다섯 사람이라고 해서 요령만 피우는 나쁜 놈일 수는 없었다. 실장 이하 상급생들도 그것을 인정하는 표정들이었다. 그렇게 서로 앞을 다투어 뛰어 일어나는 광경이 우습고 재미있다는 듯한 얼굴들이었다.

상급생들의 눈 밖에 나질 않고, 사역을 면한다는 것은 즐거운 일이 아닐 수 없었다. 그래서 나는 책상 밑에서 발로 까딱까딱 장단을 치기 시작했다. 3학년생 하나가 흥얼흥얼 노래를 흥얼거리기 시작했던 것이다. 약간 코 먹은 소리였다. 약간 코 먹은 주제에 그는 곧잘 노래를 흥얼거렸다. 입이 합죽하고, 턱이 넓적해서 사람이 좋아 보이는, '마쓰다'(松田)라는 일인 학생이었다.

그렇게 비교적 자유 시간다운, 부드러운 분위기가 되어 있는데, 잠시 후, 방문이 드르릉 열렸다. 편지였다. 엽서 한 장이 방 안으로 나부껴 떨어졌다. 그리고 드르릉 도로 문이 닫혔다. 당번생이 우편물을 나누어주고 다니는 것이었다.

그 엽서를 얼른 주워든 것은 '미우라'(三浦)라는 2학년생이었다. 눈이 가느다랗고, 유난히 눈썹과 눈썹 사이가 좁은, 묘한 인상의 얼굴이었다. 역시 일인 학생이었다.

조선인 학생과 일인 학생과의 비율은 학교 전체로도 대략 반반이었고, 기숙사의 각 실에도 대개 반반씩이었다.

엽서를 집어든 미우라는 거기에 적힌 이름을 큰소리로 외쳤다.

"예!"

나는 무의식중에 얼른 대답했다. 내 이름이었던 것이다.

미우라는 그 엽서를 나에게 던져주었다. 물론 그것은 아버지에게

서 온 것이었다. 말하자면 첫 번째 엽서였다. 삼십이 매 중의 제 일
매였던 것이다.

"야— 빠른데……."

"제일착인데……."

"빨리도 편질 했군."

상급생들이 나를 향해 빙글빙글 웃으며 이런 소리를 던졌다.

"누구한테서 온 거야?"

실장이 물었다.

"아버지한테서 왔습니다."

"아버지 뭐 하시는 분이야?"

"선생입니다."

"음—"

아버지는 그 무렵 국민학교 훈도(訓導)였다.

그러자 편지를 던져준 미우라가,

"어디, 편지 뭐라고 썼는지 한 번 읽어 봐."

했다.

편지를 읽어보라니, 나는 어쩐지 난처했다. 상급생이 읽어 보라는
데 안 읽을 수도 없고, 그렇다고 아버지한테서 온 편지를 남들 앞
에 소리를 내어 읽는다는 것도 말이 아니고……. 우물쭈물하는 수
밖에 없었다.

"한 번 읽어 보라니까!"

"……."

"안 읽어 볼 테야?"

미우라의 가뜩이나 좁은 미간이 딱 붙는 듯했다. 밑으로 처진, 가

느다란 눈꼬리도 떨고 있었다.

나는 울상이 되어 힐끗 실장을 바라보았다. 그것은 어쩌면 실장에게 구원을 청하는 안타까운 시선이었는지도 모른다.

실장은 말했다.

"미우라! 그만둬! 남의 편지 내용까지 알 권리는 없는 거야."

그렇고말고, 아무리 상급생이지만, 남의 편지까지 읽어 보라고 할 권리는 없는 것이다.

나는 살았다 싶었다. 광대뼈가 두드러지고, 살결이 거무스름한 실장이 어쩌나 고맙고 믿음직스러운지, 마치 친 형님이나 되는 듯한 느낌이었다. 실장은 5학년생이었고, 조선 사람이었다.

미우라는 더 뭐라고 입을 떼지 못했다. 실장이 판정을 내렸으니, 그럴 수밖에 없었다. 그러나 여러 실원(實員)들 앞에서 망신을 당해서 분해 못 견디겠다는 듯이 이를 악물고 나를 째려보았다. 이 새끼 어디 두고 보자는 듯이.

나는 미우라의 시선을 피해 얼른 고개를 숙였다. 그리고 아버지의 엽서를 가만히 눈으로 읽기 시작했다. 그러나 미우라의 째려보는 시선이 느껴져서, 도무지 엽서에 쓰인 말이 잘 머리에 들어오지가 않았다.

마쓰다는 재미있다는 듯이 또 코 먹은 소리로,

"우찌노 오야지와 기쯔네까 다누끼, 요루노 요나까니……(우리 집 아버지는 여우거나 너구리, 어두운 한밤중에…….)"

하고, 짓궂은 노래를 흥얼거리기 시작했다.

그렇게 날아들기 시작한 아버지의 엽서는 끊일 줄을 모르고 계속

되었다. 어떤 때는 이틀 만에 오기도 했고, 오래 간격을 두어야 대엿새 만에 으레 날아들었다. 그러니까 편지가 우리 방에 던져질 때마다 아버지의 엽서가 섞여 있지 않은 적이 없다고 해도 과언이 아니었다. 혹 아버지의 엽서가 없을 때는,

"웬일로 오늘은 너거 아버지 엽서가 안 왔다."

하고 실원들이 오히려 신기하게 여길 정도였다.

그리고 아버지는 나한테만 엽서를 보내는 것이 아니라, 실장 앞으로도 보냈다. 물론 실장 앞으로는 나한테처럼 그렇게 자주 보내는 것은 아니었지만, 어쨌든 아들을 잘 부탁한다는 사연을 이따금 보냈던 것이다.

아버지는 기숙사의 실장한테뿐 아니라 학교의 담임선생, 그러니까 우리 소대장 앞으로도 그렇게 했던 것이다.

아무튼 아버지의 엽서는 나에게 큰 힘이 되었다. 학교생활, 기숙사생활의 가지가지 괴로움을 잘 견뎌서 여름방학이 되면 즐겁게 고향으로 돌아가야지 하는 생각을 일깨워 주고 또 일깨워 주는 것이었다.

학교생활, 기숙사생활의 가지가지 괴로움 중에서도 가장 견딜 수 없는 고통은 배가 고픈 일이었다. 도무지 정신을 차릴 수가 없을 지경으로 배가 고팠다.

입사(入舍)한 첫날 저녁의 식사는 양적으로나 질적으로 그야말로 만찬이라 아니 할 수 없었다. 그 이튿날 아침부터 벌써 식사는 형편이 없었다. 팥밥이 거의 가득 담겨졌던 그 알루미늄 식기에 이번에는 옥수수밥이 움푹 꺼져 들어가 있는 것이 아닌가. 국도 그저 된장에 시래기를 넣고 소금을 친 그런 것이었다. 그리고 다꾸앙이

몇 쪼가리 놓여 있었다. 그것뿐이었다.

처음 얼마 동안은 그것을 먹고도 별로 못 견딜 정도로 배가 고픈 것은 아니었다. 말하자면 아직 속에 집에서의 기름기가 남아 있었던 셈이다. 그러나 날이 감에 따라 도무지 견딜 수가 없었다.

그런 것이나마 먹고 학교에 가서 그냥 공부만 한다면 또 모르겠는데, 교실에 앉아 공부를 하는 일은 우천일 경우 외엔 거의 없고, 연일 근로봉사라고 해서 산으로 들로 일 뜸질을 하러 다니는 판이니 도저히 견딜 재간이 없었다.

하루하루 눈이 꺼져 들어가고 볼이 홀쭉 빠지고 앙상한 몰골이 되어 갔다.

배가 고플 때마다 못 견디게 그리운 것은 고향 집이었다. 고향 집의 부모 형제도 물론 그립지만, 그것보다도 고봉으로 수북이 밥이 담긴 커다란 밥그릇이 그리운 것이었다. 고향 집이라고 해서 그 무렵, 먹을 것이 풍부한 것은 물론 아니었지만.

그래서 한 번은 그만 나는 변소로 들어가 앉아서 실컷 울어버렸다. 그러나 엉엉 소리를 내어 운 것이 아니라, 그저 눈물만 추적추적 흘려댔던 것이다. 소리를 내어 울다가는 발각이 되어 웃음거리가 됨과 동시에 어떤 모욕적인 기합을 당할지 모르는 것이다. 이 새끼 무슨 불만이 있어서 병신같이 변소 속에 들어가 우느냐고 말이다. 말하자면 운다는 그 자체가 벌써 기합감인 것이다.

그렇게 배가 고파 견딜 수 없는 생활이고 보니, 날짜 가는 것도 여간 더디지가 않았다. 그러나 결국 4월도 지나고 5월도 지나, 6월— 여름으로 접어들었다.

초여름이 되자 학교 실습지는 물론이고, 기숙사의 밭에도 오이니 가지니 토마토니 하는 것들이 열려 익어가기 시작했다. 초여름의 눈부신 햇빛을 받아 싱싱하게 익어가는 그 열매들을 볼 때마다 절로 배에서 꼬르르 소리가 나지 않을 수 없었다. 그러나 아무리 배가 고파 현기증이 나도 감히 그 열매를 어째 볼 생각은 할 수가 없었다. 그것에 손을 댄다는 것은 어쩌면 폭발물에 손을 대는 만큼이나 위험한 노릇이었다. 만일 발각이 되는 날에는 요절이 나는 것이다.

그런데 어느 날 밤 나는 감히 그 열매에 손을 대고 말았던 것이다.

몹시 달이 좋은 밤이었다. 그날 밤, 우리는 불침번이었다. 하룻밤에 한 방씩 차례차례 불침번이 돌아왔다. 실원은 전부 열네 사람인데, 실장 부실장은 제외하고, 열두 명으로 삼개 조를 만들어, 세 시간 교대로 야경실(夜警室)에서 불침번을 하는 것이었다.

그날 밤, 나는 자정부터 세 시까지의 가장 재수 없는 조에 들어있었다. 우리 조의 조장은 마쓰다였고, 부조장은 미우라였다. 그리고 나와 1학년생 또 하나가 조원이었다. 네 사람으로 구성된 조에도 그렇게 분명히 명령권자와 피명령자가 정해져 있었다. 그렇게 굳이 정하지 않아도 마쓰다는 3학년이고, 미우라는 2학년, 그리고 우리 두 사람은 1학년이니 당연히 명령 계통이 설 터인데 말이다. 아무튼 매사에 지휘 계통을 엄격히 하는 것이 그 무렵 교육의 특색인셈이었다. 매사가 군대식이니 그럴 수밖에 없었다.

불침번은 야경실에 그냥 뜬 눈으로 앉아만 있는 것이 아니라, 시간마다 순찰을 돌아야 했다. 그것도 기숙사 주위만 도는 것이 아니라, 학교 전체를 도는 것이었다. 교내의 요소요소에 순찰함이 마련되어 있었다. 그 속에 들어 있는 도장을 하나하나 순찰표에 찍어야만 했다. 그러니까 한 군데라도 빼먹고 적당히 할 수는 없었다.

한밤중에 적막하고 음침한 학교 안의 이 구석 저 구석을 돌아다닌다는 것은 여간 켕기는 노릇이 아니었다. 비라도 부슬부슬 내리는 음산한 밤이면 정말 간이 얼어붙고, 머리끝이 쭈뼛쭈뼛 곤두서기 마련이었다. 비록 순찰을 혼자서 도는 것이 아니라, 두 사람이 함께 돌기는 하지만 말이다.

비가 오는 궂은날이면 한밤중에 음악실에서 피아노소리가 난다는 이야기가 있었다. 피아노에 미쳐 죽은 학생이 있었는데, 그 학생의 넋이 나타나 피아노를 친다는 것이었다. 그리고 기숙사의 취사장에서는 도마에 칼질하는 소리가 난다는 이야기도 있었다. 역시 취사부로 있다가 죽은 사람의 넋이 와서 그런다고 했다. 그런 괴상한 소리를 실지로 들은 사람이 많다는 것이다.

그날 밤은 아주 달이 좋은 밤이었다. 그러니까 피아노소리나 칼질하는 소리가 나지는 않을 게 분명했다. 그런 소리는 으레 비가 오는 궂은날 밤이라야 일어난다는 것이니까.

그러나 아무리 달이 밝기는 하지만 순찰은 역시 기분 좋은 일이 못 되었다. 나는 미우라와 함께 순찰이었다. 재수가 좋다고 볼 수 없었다. 아버지의 편지 때문에 이 새끼 어디 두고 보자고 쌔려보던 그 미우라와 단 둘이 한밤중에 교내를 돌게 되었으니 말이다.

미우라가 앞장을 서고 내가 뒤를 따랐다. 자정을 지난 한밤중의 교내는 호젓하기 이를 데 없었다. 어쩌면 깊은 물밑의 세계가 이런 것이 아닐까 싶었다.

나는 몹시 긴장이 되어 있었다. 사방이 너무 호젓하고 달빛이 너무나도 시퍼렇기 때문이기도 했지만, 그것보다도 앞을 걷고 있는 것이 미우라이기 때문이었다. 그게 미우라가 아니고 코 먹은 소리로 곧잘 노래를 흥얼거리는 마쓰다였다면 나는 결코 그렇게 긴장이 되진 않았을 것이다. 오히려 약간 재미가 나서,

"마쓰다상, 무섭지 않으세요?"

이런 말이라도 걸었을 것이다.

그러면 그는 틀림없이 그 합죽한 입으로,

"무섭긴…… 짜식."

하고, 또 '우찌노 오야지와 기쓰네까 다누끼……'라도 흥얼거렸을 것이다.

그러나 미우라는 그게 아닌 것이었다. 어쩐지 나를 데리고 자꾸만 호젓한 구석을 찾아가고 있는 듯했고, 나는 어쩌지 못하고 끌려가고 있는 듯한 느낌이었다.

그러나 강당 모퉁이를 돌아 음침한 그늘 속으로 들어서자 미우라는,

"어쩐지 무시무시한데……."

이렇게 말했다. 나를 돌아보면서,

그래서 나도 얼른,

"곧 무엇이 나올 것 같아요."

했다.

그제야 나는 온몸의 긴장이 확 풀리는 것이었다.

순찰함을 하나하나 찾아다닌 끝에 마지막으로 찾아간 곳은 실습지 가에 있는 농기구 창고였다. 농기구 창고 한쪽 모서리에 걸려 있는 순찰함에서 도장을 꺼내어 순찰표에 날인을 하고 난 미우라

는 무슨 생각에서인지 얼른 그 자리를 뜰 생각을 않고, 가만히 서서 실습지를 멀뚱히 바라보고 있었다.

　잠시 후, 미우라의 아랫도리에서 좍— 물줄기가 뻗쳤다. 오줌을 누는 것이었다. 포물선이 달빛에 번쩍거렸다.

　소변을 다 보고 나더니 미우라는 나에게,

　"혼자 먼저 가. 난 대변까지 좀 누고 가야겠어."

하는 것이었다.

　그리고 허리띠를 풀며 밭 속으로 어정어정 걸어 들어가는 것이 아닌가.

　나는 어정어정 밭 속으로 걸어 들어가는 미우라를 잠시 바라보다가 시키는 대로 혼자 터벅터벅 걷기 시작했다. 그러나 나는 아무래도 이상하다는 생각이 들었다. 소변을 보고 나서 대변을 보러 가다니……. 보통 대변이 마려우면 소변은 대변과 함께 보기 마련인데 말이다. 더구나 하필 왜 대변이 실습지에 와서 마려우며, 또 대변이 마려우면 변소를 찾아갈 일이지, 밭 속으로 어정어정 들어갈 것은 무엇인가. 오이니 가지니 토마토 같은 것이 한창 익어가고 있는 밭 속으로 말이다.

　나는 걸음을 멈추고 미우라를 돌아보았다. 그러나 이미 미우라는 시꺼먼 야채 덤불속에 묻혀 보이지가 않았다.

　"흠—"

　나는 코로 히죽 웃었다. 다 알겠는 것이었다. 야채 덤불속에 쭈그리고 앉아 그가 무엇을 하고 있는지 뻔한 노릇이었다. 정말 대변을 보고 있는지는 모르지만, 아무튼 지금쯤 손과 입이 열심히 무슨 짓을 하고 있는지 생각을 하니 나는 그만 슬그머니 화가 치밀었다.

억울한 것이었다. 저만 혼자 재미를 보고, 나는 먼저 돌아가라니 심장이 상할 노릇이 아닐 수 없었다.

"빌어먹을 것."

나는 뱃속에서 꼬르르 소리가 내려가는 것을 느끼며 어금니를 물었다. 그리고 주먹을 쥐었다. 상급생도 그러는데, 나라고 그러지 말라는 법이 어디 있느냐 싶었다.

실습지에서 기숙사 야경실까지는 꽤 거리가 있었다. 그리고 중간에 기숙사용 채마밭이 있었다. 주로 오이, 가지, 완두, 캐비지*('양배추'를 말함) 같은 것이 가꾸어져 있었다. 사역을 나가서 흙을 주무르고 인분을 퍼다 붓고 한 밭이었다. 그래 그런지, 야채들은 밤이라 시꺼머면서도 파들파들 생기가 넘쳐보였다. 이슬이 내리고 있는 듯 잎사귀들이 달빛을 받아 번질번질 빛나기도 했다.

나는 가만히 걸음을 멈추었다. 그리고 숨을 죽이고 사방을 둘러보았다. 가슴이 걷잡을 수 없이 두근거렸다. 사방은 죽은 듯이 고요하기만 했다.

나는 무슨 대단한 결심이라도 하는 듯 다시 어금니를 질끈 물고 주먹을 쥐었다. 그리고 아랫배에 힘을 꾹 주었다. 배에 힘을 주자 또 꼬르르 소리가 났다. 마치 대찬성이라는 듯이.

순간, 나는 잽싸게 몸을 날렸다.

오이 덤불 쪽으로 가서 납작 쪼그리고 앉은 나는 우선 숨부터 좀 쉬었다. 그리고 살그머니 손을 뻗었다. 손아귀에 오이가 부듯하게 만져지자 약간 떨렸다. 마치 폭발물에라도 손을 댄 것처럼 으스스한 것이었다. 그러나 나는 그것을 뚝 땄다. 그리고 두 개로 잘라서 냉큼 입으로 가져갔다. 와사삭와사삭 사정없이 마구 바수어대는 것이었다.

몇 개를 그렇게 바수어댔는지 모른다. 정신없이 바수어대느라고 맛도 제대로 몰랐다. 아무튼 배가 좀 불러오자, 슬그머니 겁이 났다. 자꾸 이러다가는 큰일 난다는 생각이 들어 슬그머니 자리에서 일어나려 하자 그르르— 트림이 나왔다. 그리고 등허리가 선득했다. 빈속에 찬 것을 너무 많이 때려 넣은 모양이었다. 어쩌면 배탈이 날지도 몰랐다.

자리에서 일어난 나는 재빠르게 밖으로 뛰어나갔다. 그러나 재수 더러웠다. 마침 그때 미우라가 밭모퉁이를 돌아 이쪽으로 오고 있는 것이 아닌가. 나는 어찌 할 바를 몰랐다. 혹시 밭에서 뛰어나오는 것을 그가 못 보았는지도 알 수 없어서 나는 그냥 시치미를 뚝 떼고 걸어가려 했다. 그러나 허사였다.

"가와무라!"

그의 부르는 소리가 날카롭게 들려왔다. '가와무라'(河村)는 나의 창씨(創氏)였다.

나는 뒤통수를 한 대 얻어맞은 것처럼 꼼짝을 못하고, 그 자리에 서서 미우라를 기다리는 수밖에 없었다.

가까이 다가온 미우라는

"어디서 뛰어나오는 거야?"

하고, 눈을 부릅떴다. 그러나 곧 히죽이 웃는 것이었다.

그가 웃는 바람에 그만 나도 힉 웃으며 슬그머니 뒤통수를 긁었다. 피차일반이 아니냐는 듯이.

그런데 그때 마침 난처하게도 또 그르르— 크게 트림이 올라오는 것이 아닌가. 나는 얼굴이 화끈 달아오르는 것을 어쩌지 못했다.

그러자 미우라는,

"이 짜식 너 배가 터지도록 따먹었구나. 나쁜 자식!"

화가 나는 듯이 이렇게 내뱉고는 성큼성큼 앞장을 서는 것이었다.

이튿날이었다.

학교에 갔다 돌아오자, 실장이 불렀다. 대뜸 꿇어 앉으라는 것이었다. 실장의 얼굴은 모가 져 있었다.

나는 영문을 모르고 꿇어앉았다.

"왜 꿇어앉으라는지 알겠나?"

실장의 목소리는 거칠었다.

"……."

"응? 왜 대답이 없어?"

나는 조심조심 입을 열었다.

"잘 모르겠습니다."

"뭐? 잘 몰라? 이 새끼!"

눈에 불이 번쩍 했다. 따귀를 사정없이 올려붙이는 것이었다.

"아직 모르겠어?"

"……."

나는 사실 알 수가 없었다. 무슨 영문인지, 도무지 덜덜덜 떨리기만 했다.

그러자 실장은,

"어젯밤에 너 나쁜 짓 한 일 없나? 불침번 때……."

하고 무섭게 쏘아보았다.

나는 그만 눈앞이 아찔해지며, 속에서 무엇이 와르르 무너지는 듯한 느낌이었다.

"그래도 말 못하겠어?"

"잘못했습니다. 실장님!"

나는 덮어놓고 고개를 푹 숙였다.

"고개 들어!"

발발 떨며 고개를 들었다.

"왜 밭에 들어가서 뭘 따먹은 거야?"

"……."

"응?"

미우라가 밭에 들어갔기 때문에 나도 그랬다는 말이 목구멍까지 올라왔으나 꿀컥 삼키고,

"잘못했습니다. 실장님. 한 번만 용서해 주십쇼."

하고, 또 고개를 굽실거렸다.

"무얼 따먹었어?"

"오일 따먹었습니다."

"몇 개나?"

"두 갭니다."

그러자 실장은,

"왜 한 개만 따먹지. 이놈아, 두 개나 따먹은 거야?"

하고 그만 힉 웃었다.

방 안에 있던 실원들도 모두 웃음을 터뜨렸다.

나는 몹시 창피했으나, 아무튼 이제 살았구나 싶었다.

실장은 곧 음! 하고 목소리를 가다듬어 제법 위엄 있는 어조로 말했다.

"이놈아, 불침번이 그런 것을 따먹으면 되나. 불침번은 그런 것을 따먹지 못하게 지키는 것이 목적인데, 도리어 불침번이 그런 짓을 하다니……. 도둑을 지킬 사람이 도둑질을 하다니 말이 되느냐 말이야."

"……."

도둑질이라는 말에 나는 그만 눈앞이 캄캄해지는 느낌이었다. 현기증이 지나가는 것이었다. 내가 도둑질을 하다니…… 나는 그것을 도둑질이라고까지는 생각하지 않았다. 그저 배가 고파서 몇 개 실례를 했다고만 여겼다. 물론 좋지 않은 짓이라는 것은 알고 있었지만. 그런데 그것이 도둑질이라니…… 그러면 내가 도둑놈이 아닌가. 덜컥 겁이 나며, 곧 울음이 터질 것만 같았다.

"안 그래?"

"……."

나는 울음을 참느라고 아랫입술을 물고, 고개를 더 깊숙이 숙였다.

실장의 훈계는 계속되었다.

"너의 아버지는 아주 훌륭한 분이야. 나한테 너를 잘 이끌어 달라고 몇 번이나 엽서를 보내왔는지 아나? 너한테도 그렇게 많은 엽서를 보내지 않느냐 말이야. 왜 그러는지 아나? 그게 다 착하고 훌륭한 사람 되라고 그러는 거야. 다른 사람 아버지가 누가 그러더냐? 너의 아버지는 글씨도 잘 쓰고, 정말 훌륭한 분이야."

"……."

"그런 훌륭하고 좋은 아버지의 마음도 모르고, 너는 학교 밭의 오이나 몰래 따먹다니……."

"실장님—"

나는 복받쳐 오르는 것을 더 이상 견딜 수가 없었다. 주르르 뜨거운 눈물을 흘리며 그만 흑흑 느껴 울기 시작했다.

그날 밤, 이부자리 속에서도 나는 울었다. 실장이 한 말을 생각하니, 묘하게 슬퍼지는 것이었다. 도둑질이라는 말과 아버지에 관한 이야기는 생각할수록 가슴을 에이는 듯했다. 나는 속으로 아버지 용서해 주세요. 너무 배가 고파서 그랬습니다. 다시는 그런 짓 안 하겠습니다. 정말 아버지 잘못 했습니다. 하고 뇌면서 소리 없이 추적추적 베개를 적셨다.

그러면서도 한편으로는 미우라란 놈 저도 틀림없이 그랬으면서 일러바치다니…… 괘씸하고 야속해서 이를 물기도 했다.

그런 일이 있은 지 얼마 후, 기숙사에 재미있는 일이 생겼다. 다름이 아니라, 기숙사생의 수효가 절반가량으로 줄어든 것이다. 그렇다고 뭐 학생들이 자진해서 기숙사를 나가거나 학교 당국에서 퇴사를 시키거나 한 것이 아니었다. 근로동원이 실시된 것이었다. 3,4,5학년생 전원이 비행장 닦는 공사에 동원되어 학교를 떠나간 것이다. 공사현장이 학교 소재지에서 백 리 가량이나 떨어진 곳이기 때문에 그곳에 가서 합숙을 하며 근로봉사를 하게 된 것이다. 말이 좋아 근로봉사지 숫제 강제노동인 셈이었다.

어쨌든 그렇게 3학년생 이상이 떠나가자, 학교에는 1,2학년생만 남게 되었다. 그러니 자연 기숙사에도 1,2학년생만 남게 되어, 인원이 절반가량으로 줄어든 것이다.

1,2학년생만 남게 되자, 기숙사의 분위기는 눈에 띄게 달라졌다.

전에는 1학년에서 5학년까지 다섯 층의 학년이 뒤섞여 있었으나, 모든 일이 기계 돌아가듯이 잘 돌아갔다.

다시 말하면, 엄한 규율 아래 질서가 정연했다. 그런데 3,4,5학년 생들이 떠나가자, 규율은 전보다 훨씬 엄해졌는데 질서는 도무지 말이 아니었다. 두 학년만 남았으니, 다섯 학년이 뒤섞여 있을 때보다 어느 모로나 질서가 더 잘 잡힐 것 같은데 그게 아닌 것이었다. 규율은 1학년생들에게만 엄하지, 2학년생들에게는 해당이 없는 것과 마찬가지였다. 그들은 마치 제 세상을 만난 물고기들 같은 상태였다. 살판이 났다는 듯이 날뛰는 것이었다. 그러니 죽어나는 것은 우리 1학년생들이었다. 전보다 훨씬 더 긴장이 되었고, 항상 불안한 생각이 떠나질 않았고, 슬그머니 겁이 먹어지기도 했다.

우리 1학년생들에게 가장 공포감을 자아내게 하는 것은 '후꾸로 다다끼'라는 기합이었다. 자루나 보자기 같은 것으로 얼굴을 덮어 씌워놓고 여러 사람이 빙 둘러서서 마구 두들겨대는 기합이었다. 한 사람이 여러 사람에게 전체 기합을 주는 수는 흔히 있지만, 여러 사람이 한 사람에게 집단으로 기합을 준다는 것은 기합이라기보다도 일종의 잔혹행위가 아닐 수 없었다.

그 '후꾸로다다끼'의 맛을 본 1학년 동료에게 이야기를 들으니 정말 어처구니가 없었다. 방 한가운데에 꿇어앉혀 놓고, 각 실에서 모여든 2학년생들이 빙 둘러서서 이불보를 가지고 온몸을 온통 덮어 씌운 다음, 이놈이 때리고, 저놈이 치고, 전후좌우에서 마구 두들겨 대더라는 것이다. 그리고 나중에는 그만 데굴데굴 굴리며 발로 짓밟아대기도 하더라는 것이다. 그런데 더 기가 막히는 것은 그렇게 남은 떡이 되도록 하면서 저희들은 좋아서 킬킬 웃고, 농담을 해대더라는 것이다. 말하자면 저희들은 야릇한 재미를 보는 셈이었다.

그렇게 기숙사가 온통 2학년생들의 왕국이 되자, 미우라의 콧대도 이만저만 높아진 것이 아니었다. 우리 방에 있는 세 사람의 2학년생 중에서 가장 거드름을 피우고 눈꼴사납게 놀았다.

그러나 그가 눈꼴사납게 놀수록 나는 조심을 하지 않으면 안 되었다. 나에 대한 그의 감정이 결코 좋은 것이 아니라는 것을 잘 알고 있기 때문이었다. 아버지의 엽서 건 때문에 말이다. 불침번 때, 오이 따먹은 일을 실장에게 일러바쳐 실장에게 뺨을 얻어맞도록 해서 조금은 속이 풀렸을지도 모르지만.

미우라는 저녁 자유 시간 같은 때는 무슨 재미있는 일이라도 없는가 하고 이 방 저 방 냄새를 맡으며 돌아다니기가 일쑤였고, 때로는 창문턱에 걸터앉아 아래층을 향해,

"야—! 어디 '후꾸로다다끼' 감 없나—?"

냅다 악을 쓰다시피 하고는 공연히 혼자 킬킬킬 웃어대기도 했다. 마치 굶주린 이리처럼 말이다.

그럴 때면 우리 1학년생들은 숨도 크게 못 쉬고, 죽은 것처럼 하고 있었다. 굶주린 이리의 먹이가 되지 않기 위해서.

그러나 겉으로는 죽은 것처럼 하고 있었지만 속으로는,

"개새끼, 개새끼, 개새끼……."

하고 나는 뇌었다.

그리고 그런 일은 반드시 일기에다가 적었다.

우리는 수양일기(修養日記)라는 것을 매일 쓰도록 되어 있었다. 취침 직전에 일기 쓰는 시간이 마련되어 있는 것이었다.

그러니까 3,4,5학년들이 동원되어 나간 뒤로 내 일기장에는 2학

년생들의 해대는 수작, 특히 미우라의 노는 꼬락서니 같은 것이 자주 오르게 되었다.

어느 날, 소나기라도 쏟아지려는 듯 몹시 후덥지근한 저녁이었다.

사역에 나갔다 돌아오니 방 안이 떠들썩했다. 미우라가 창문턱에 걸터앉아 무슨 종이를 한 장 들고 뭐라고 뭐라고 주워섬기며 킬킬거리자 모두 따라서 웃고 있는 중이었다.

내가 들어서자 뚝 그치고 방 안은 물을 끼얹은 듯 조용해졌다. 그러나 그것은 잠시 뿐이고 곧 미우라가,

"가와무라 도노!"

하고, 빽 소리를 질렀다.

가와무라 도노라니, 나는 어리둥절하지 않을 수 없었다.

"가와무라 도노, 수고가 많았습니다."

미우라의 말에 또 웃음이 터졌다.

그제야 나는 미우라가 쥐고 있는 종이가 엽서라는 것을 알았고, 나한테 온 아버지의 엽서라는 생각이 들었다.

틀림없었다. 미우라는 그것을 픽 던져주며,

"가와무라 도노, 감밧데 구레요.(열심히 해다오.)"

하고, 킬킬킬 웃었다. 남의 엽서를 읽어본 모양이었다. 남의 편지를 장난삼아 읽으며 웃어댄 게 틀림없었다.

나는 얼굴이 화끈해지며 슬그머니 화가 치밀기도 했으나, 참는 수밖에 없었다. 엽서를 들고 자리에 가 앉았다. 그리고 꿀꺽 침을 한 번 삼켰다.

아버지는 나한테 보내는 엽서에도 '사마(樣)', 아니면 '도노(殿)' 자를 많이 붙였다. '군(君)' 자보다도 말이다.(정확히 헤아려 보니, 삼십이

매의 엽서 가운데 '樣' 자가 일곱 매, '殿' 자가 열일곱 매, '君'이 여덟 매다.)

오늘 엽서는 '도노(殿)'였던 것이다.

아버지가 아들에게 보낸 편지에 그렇게 존칭이 사용되어 있는 것이 미우라의 눈에는 몹시 얄궂고 재미있게 느껴졌던 모양이다.

그래서 장난기와 심술이 동한 게 틀림없었다. 더구나 전에 엽서 때문에 체면이 깎인 일도 있었으니 말이다.

책상 앞에 앉아 대강 엽서를 훑어 읽고 나서 나는 얼른 그것을 서랍 속에 집어넣으려 했다.

"가와무라 도노! 엽서 서랍 속에 넣지 마라!"

물론 미우라의 고함소리였다.

서랍 속에 들어가려던 엽서는 그 자리에 멎었다.

"일어섯!"

"……?"

"엽서 들고!"

"……?"

나는 어안이 벙벙했다. 손끝에서 엽서가 가늘게 떨고 있었다. 일어서라는데 안 일어설 도리가 없었다. 한 손에 엽서를 쥐고 엉거주춤 일어서자, 미우라는 가뜩이나 가느다란 눈을 더욱 가느다랗게 뜨며,

"어디 한 번 읽어 봐. 엽서……."

하고, 노오란 웃음을 웃었다.

바야흐로 전에 잃었던 체면을 돌이킬 때가 왔다는 듯이.

"너거 아버지 글씨도 잘 쓰고, 문장도 보통 넘는 모양인데, 어디 한 번 들어보자."

"……."

"모두 듣도록 큰 소리로 읽어 봐."

"……."

나는 가만히 서 있기만 했다.

"모범적인 엽서니 얼마나 자랑스러우냐 말이야."

"……."

"어서!"

"……."

"안 읽을 테야?"

"……."

그러나 나는 고개를 약간 숙이고 여전히 말이 없었다.

"정말 말 안 들을 테야?"

"……."

나는 아랫도리가 후들거리는 것을 느꼈다. 그러나 차마 아버지의 엽서를 남들 앞에서 소리를 내어 읽을 수는 없었다.

"이 새끼, 맛을 봐야 알겠나?"

"……."

"이 새끼!"

미우라는 가느다란 눈꼬리를 바르르 떨며 날쌔게 다가오더니 다짜고짜 그만 귀싸대기를 올려붙이는 것이었다.

그것도 한두 대가 아니라, 양쪽 볼때기를 두 손으로 번갈아 가며 사정없이 마구 후려갈기는 것이었다. 눈에서 불이 번쩍번쩍했다. 정신을 차릴 수가 없었다. 몸이 비틀거렸다. 그러나 나는 한사코 쓰러지지 않으려고 이를 악물었다.

내가 그렇게 이를 악물고 버티는 것이 미우라는 몹시 아니꼽고 건방지게 생각되는 모양이었다. 비실비실 힘없이 쓰러졌더라면 좀 직성이 풀렸을 텐데 말이다. 이 새끼가 끝까지 반항을 하는구나 싶었는지, 미우라는 이번에는 주먹으로 냅다 내 앞가슴을 한 대 보기 좋게 먹이는 것이었다.

"윽!"

나는 뒤로 쿵 나가 떨어졌다.

그러나 나는 후다닥 다시 일어나 이를 악물고 부동자세를 취했다. 물론 손에는 여전히 엽서를 쥐고. 그러자 미우라는 자기가 마치 무슨 모욕을 당하기라도 한 듯 가뜩이나 좁은 미간을 더욱 좁혀가지고 가벼운 경련까지 일으키며,

"이 새끼! 건방진 새끼! 꿇어 앉아!"

냅다 악을 썼다.

뒤로 나가 떨어졌을 때 엄살로라도 좀 끙끙거리며 죽는 시늉을 했더라면 괜찮았을지 모르는데, 오뚝이처럼 발딱 일어나 이를 악물며 다시 부동자세를 취했으니…….

나는 꿇어앉았다.

내가 여전히 잘못했다는 기색이 없이, 다시 말하면 엽서를 읽을 생각을 않고 고통을 달게 받으려 꿇어앉는 것을 보자, 미우라는 증오의 감정이 더욱 끓어오르는 모양이었다. 그러나 그는 가느다란 두 눈과 코로 비시그레 웃었다. 물론 싸늘하고 섬찍하기까지 한 웃음이었다.

그리고 그는 말하는 것이었다.

"아무래도 후꾸로다다끼 맛을 좀 보고 싶은 모양이지."

'후꾸로다다끼'라는 말에 나는 그만 야코가 팍 죽었다. 악물고 있
던 이에서 절로 힘이 스르르 빠지는 것 같았다. 뱃속이 덜덜덜 떨리
기 시작했다.

그러나 나는 아직도 한 가닥 버티는 힘을 잃지 않고 있었다.

그 힘은 손에 나타나고 있었다. 아버지의 엽서를 쥔 손에 힘을 주
고 있었다. 그리고 아무리 짓궂고 못된 미우라지만 설마 아버지의
엽서를 소리 내어 안 읽는다고 '후꾸로다다끼'까지야 하겠느냐 싶
었다. 말하자면 마지막 희망을 걸고 있는 셈이었다.

그 마지막 희망도 헛것이었다.

"후꾸로다다끼도 두렵지 않다, 그 말씀이지?"

"……."

"요오씨!(좋아!)"

미우라는 얼른 가서 자기의 '도다나(일종의 벽장)' 속에서 홑이불
을 꺼내는 것이었다. 그리고 그것을 내 앞으로 아무렇게나 던져놓
고는 방문 밖으로 나가려는 것이 아닌가. 다른 방 2학년생들을 모
으기 위해서 말이다.

같은 1학년생들이 안타까운 눈으로 나를 보고 있었다. 얼른 읽지
않고 무얼 하고 있느냐는 듯이.

나는 꿀컥 침을 삼켰다. 그리고 얼른 말했다.

"읽겠습니다."

그러자 방문을 열고 나가려던 미우라는 돌아섰다. 코언저리에 웃
음을 흘리면서. 그러면 그렇지 네가 별수 있느냐는 듯이.

"어디 읽어 봐."

항복을 받아 매우 흡족한 듯 미우라는 두 손을 허리에 짚고 내 앞

에 턱 버티고 서는 것이었다. 마치 무슨 개선장군이나 된 것처럼, 가느다란 두 눈에 노오란 경멸의 웃음을 흘리면서 말이다.

실내의 모든 시선이 나에게 집중되어 있었다. 숨소리 하나 들리지 않았다.

나는 또 침을 꿀꺽 삼켰다. 목구멍을 넘어가는 침이 꽤 뜨거웠다.

"뭐 하는 거야? 빨리 안 읽고……."

"……."

"아니, 안 읽는 거야?"

순간, 나의 눈에 새삼스럽게 번쩍 띈 것은 내 앞에 아무렇게나 던져진 미우라의 울긋불긋한 홑이불이었다. 그 유난스러운 일본식 무늬의 홑이불— 나는 가벼운 현기증 같은 것을 느끼며 오스스 몸을 떨었다.

그리고 한 손에 쥐고 있던 엽서를 나도 모르게 얼른 두 손으로 잡고, 입을 달싹거리기 시작했다.

"날씨가 꽤 더워졌구나. 몸 성히 잘 지내고 있느냐? 이곳은 지금 모심기가……."

"안 돼! 큰 소리로! 처음부터 다시!"

나는 아랫입술을 한 번 물었다. 그러나 얼른 목소리를 좀 돋우어 다시 읽기 시작했다.

"날씨가 꽤 더워졌구나. 몸 성히 잘 지내고……."

"그게 큰 소리야? 이 새끼 밥도 안 처먹었나?"

나는 그만 에라 모르겠다 하고, 냅다 큰 소리를 내질렀다.

"날씨가 꽤 더워졌구나. 몸성히 잘 지내고 있느냐? 이곳은 지금 모심기가 한창이다. 4학년 이상은 연일 모심기 동원이다. 그곳도 아마 그러리라 생각한다. 아무쪼록 건강에 조심하며, 열심히 해다오. 그리고……"

나의 목소리가 이번에는 터무니없이 컸던지 방 안에 킥킥킥 웃는 소리가 일어났다. 미우라도 코로 히죽이 소리 없이 웃고 있었다. 매우 재미가 좋고, 이제 속이 좀 쑥 내려간다는 듯이.

"……그럼 오늘은 이만 그친다. 실장님께 안부 전해다오."

편지를 다 읽고 나자 미우라는,

"실장님이 있어야 안부를 전하지, 히히히……."

그리고,

"참 잘 쓴 편지야. 누가 누구한테 보낸 것인지, 그것도 똑똑히 알아야 될 게 아냐. 앞면도 읽어보란 말이야."

했다.

이건 뭐 숫제 사람을 노리갯감으로 아는 모양이었다. 어처구니가 없었다. 정말 해도 너무하는 것이었다.

나는 정신이 나간 사람처럼 멍하게 앉아만 있었다.

"안 들려? 내 말이……."

"……."

"이것 봐라. 또 반항인가?"

미우라는 이것 잊었느냐는 듯이 방바닥에 던져져 있는 홑이불을 발로 쑥 내 앞으로 밀었다.

그때, 나와 친한 1학년생 하나가 나를 향해 눈을 끔쩍거려 보였다. 까짓것 '후꾸로다다끼'보다야 낫지 않느냐, 어서 읽으라는 안타까운 신호였다.

그 친구의 표정에 그만 나는 코허리가 찡해지는 것을 느끼며 엽서를 뒤집었다. 그리고 읽기 시작했다.

두 줄로 된 이쪽 주소를 읽자, 다음은 수취인, 즉 내 이름이었다. 밑에 '도노' 자가 붙어있는 내 이름을 나는 마치 벌레라도 깨무는 듯한 기분으로 읽었다. 몹시 쑥스럽고 언짢았다.

물론 다음은 송신인, 즉 아버지의 주소였고, 그리고 아버지의 성함이었다.

아버지의 주소까지는 그런대로 읽을 수가 있었으나, 차마 아버지의 성함만은 입에서 떨어지지가 않았다.

내가 몹시 난처한 표정으로 우물쭈물하고 있자 미우라는,

"왜 그 다음은 안 읽는 거야? 누가 보냈는지 알아야 될 게 아냐."

하고 씩 웃었다.

나는 목구멍에서 뜨거운 것이 치솟아, 아랫입술을 물었다. 그러자 어찌 된 셈인지 눈앞의 엽서가 뿌옇게 흐려지는 것이었다.

"안 읽을 거야? 응!"

미우라는 다시 발끈해지며 한쪽 발로 방바닥을 쾅! 굴렀다.

순간, 나도 모르게 그만 아버지의 성함이 입에서 흘러나와 버렸다. 그리고 뿌옇게 흐렸던 눈앞이 흔들리며 주르르─ 눈물이 쏟아져 내렸다.

지금까지 참았던 분함과 설움이 일시에 터져 나오는 듯 눈물은 걷잡을 수 없이 흘렀고, 나는 어깨를 들먹이며 흑흑 흐느껴 울었다.

그제야 미우라는,

"울긴, 병신같이……."

하면서, 슬금슬금 제자리로 돌아가는 것이었다. 이제 끝났다는 듯이.

그러나 일은 그것으로 끝나질 않고 또 계속 있었다. 일기 때문이었다.

그날 일기에 나는 그 사실을 자세히 기록했다. '부글부글 끓어오르는 반항심을 참을 길이 없어 어깨를 들먹이며 울었다' 이렇게 일기를 끝맺었다. 그런데 그 '부글부글 끓어오르는 반항심'이 또 문제가 된 것이다.

1학년생들은 일기를 꼬박꼬박 열심히 적었다. 그러나 상급생들은 적어도 간단히 몇 줄 적거나, 아니면 숫제 적지 않다가, 학교에서 일기 검사가 있게 되면 남의 일기, 주로 1학년생 것을 빌려 보고 대강 두들겨 맞추는 것이었다. 2학년생들도 상급생이랍시고 그렇게 일기 적기를 게을리했다. 마치 꼬박꼬박 일기를 적는다는 것은 위신에 관한 문제라는 듯이.

미우라고 그렇지 않을 까닭이 없었다. 오히려 다른 2학년생들보다 더 일기를 무시하는 것 같았다.

그날 밤, 일기 쓰는 시간에도 미우라는 숫제 일기장을 꺼내지도 않고 창문턱에 걸터앉아 다리를 간들거리며 그다지 듣기 좋지도 않은 비음(鼻音)으로 '와까이 지시오노 요까렌노(젊은 혈기의 像科兵들의)……' 하고 군가를 흥얼거리고 있었다. 보아라, 나는 이렇게 일기 같은 것 적당히 무시한다는 듯이 말이다.

저야 까불거나 말거나 거들떠보지도 않고 나는 내 할 일만 열심히 했다. 글씨도 또박또박하게 오늘의 모욕적인 사건을 기록해 나갔다. 어금니를 지그시 물기도 하면서.

그런 내 표정을 미우라는 군가를 흥얼거리며 지켜보고 있었던지, 내가 연필을 놓자 문턱에서 내려서는 것이었다. 그리고 나에게로

다가왔다.

"가와무라, 일기장 좀 빌자."

"⋯⋯."

나는 아찔했다. 이거 야단났구나 싶었다.

"내 일기장을 좀 정리해야겠어. 며칠 못 썼단 말이야."

"⋯⋯."

나는 어쩔 줄을 몰랐다. 일기까지 검사하려 들 줄은 몰랐던 것이다. 덜컥 겁을 집어먹은 얼굴로 애원하다시피 미우라를 바라보기도 했다.

"잠시만⋯⋯."

미우라는 내 책상 위에 놓인 일기장을 얼른 집어가지고, 자기 자리로 갔다.

미우라가 내 일기를 읽고 있는 동안, 나는 정신이 하나도 없었다. 온몸이 마치 얼어서 굳어드는 듯한 느낌이었다. 이제 죽었구나 하는 생각이 머리에서 뱅뱅 맴을 돌 뿐이었다.

아니나 다를까, 잠시 후 미우라는 마치 무슨 기가 막히게 신나는 것이라도 발견한 듯 벌떡 자리에서 일어났다.

"부글부글 끓어오르는 반항심― 됐어! 됐어!"

냅다 소리를 지르면서. 이제야말로 변명할 여지가 없는 확고부동한 기합거리를 잡았다는 듯이.

미우라는 곧 창문 쪽으로 달려가더니 창밖으로 상반신을 내밀며,

"어―이! 부글부글 끓어오르는 반항심을 가진 놈이 우리 방에 있다―"

하고 아래층을 향해 고래고래 고함을 지르는 것이었다. 마치 한 마

리 잡았다는 듯이 말이다.

나는 사색이 다 되어 있었다. 1학년생들은 모두 굳어진 자세로 나와 미우라를 힐끗힐끗 바라보고 있었다.

"부글부글 반항심이 끓어오르는 놈 '후꾸로다다끼다'— 우리 방에서—"

미우라는 굶주린 이리처럼 악을 써댔다.

그때 복도에서,

"점호 준비—"

하는 소리가 들렸다.

나는 살았다는 생각이 들었다. 우선 당장의 '후꾸로다다끼'는 면했으니 말이다.

그러자 미우라는 매우 애석하다는 듯이,

"그럼, 후꾸로다다끼는 내일이다—"

했다.

점호 때, 사감 선생은 뜻밖에 나를 보고 어디 아프냐고 물었다. 나는 얼른 뭐라고 대답이 나오지가 않았다.

"얼굴빛이 좋지 않은데……."

사감 선생의 말에 나는 어쩐지 눈시울이 뜨끈해지는 것을 느끼며,

"아픈 데는 없습니다."

했다.

사실 아픈 데는 없었다. 그러나 몸이 아픈 것보다도 더 견딜 수 없는 불안과 공포가 나를 짓누르고 있는 것이었다.

잠자리에 들었으나 잠이 올 턱이 없었다. 울긋불긋 유난스러운

일본식 무늬의 홑이불이 자꾸 눈앞에 어른거렸다. 그 유난스러운 무늬가 커다랗게 확대되며 곧 나의 전신을 뒤덮을 것만 같아 견딜 수가 없었다. 내일은 그런 일이 바로 현실화된다고 생각하니 아찔했다.

그런 불안과 공포에 짓눌리면서도, 한편으로는 그야말로 부글부글 분노가 끓어오르고 있었다. 내가 무슨 잘못한 일이 있다고, 나하고 무슨 원수가 졌다고 놈이 그렇게 나를 못 잡아먹어서 야단인지 정말 기가 막히고 치가 떨렸다.

그리고 한편, 자꾸 눈물이 나려 해서 애를 먹었다. 사감 선생의 말을 생각해도 그렇고, 눈을 끔쩍거리며 빨리 읽으라고 안타까운 신호를 보내던 친구의 표정을 생각해도 그랬다.

밤은 깊어가고 있었다.

잠을 못 이루어 홑이불을 휘감고 이리 뒤척 저리 뒤척 하고 있는데,

꽥—

기적소리가 들렸다.

밤차가 떠나는 모양이었다. 정거장이 꽤 먼데 기적소리는 지척에서 들리는 듯했다. 날씨 탓인 모양이었다.

기적소리를 듣자 나는 기분이 묘해졌다. 짜릿한 그리움 같은 것이 가슴에 물처럼 고여 오르는 것이었다. 고향 생각이었다.

아버지 생각, 어머니 생각, 그리고 동생들 생각이었다. 아버지, 어머니, 그리고 동생들의 얼굴이 차례차례 눈앞에 떠오르자 나는 도저히 가만히 누워 있을 수가 없었다. 그만 벌떡 일어나 앉았다.

바깥에는 비가 오는 모양이었다. 눅눅한 공기가 창문으로 흘러

들어와 모기장 안으로도 스며들고 있었다. 한 모기장 안에 세 사람씩 자고 있는 것이었다.

나는 잠시 멀뚱히 앉았다가 그만 무엇에 씌우기라도 한 사람처럼,

"가야지, 가야지."

하고 중얼거렸다.

그리고 뿌드득 소리가 나도록 이를 물며 이부자리를 개기 시작했다.

어처구니없게도 나는 학교를 그만두고 집으로 돌아가야겠다고 결심을 한 것이었다.

일단 그렇게 마음을 먹고 나니 두려울 게 없었다. 미우라 제 까짓 게 뭐냐 싶었다. 학교를 그만두는데 상급생이 다 어디 있으며 '후꾸로다다끼'가 무슨 놈의 '후꾸로다다끼'냐 말이다.

홑이불과 요를 개고 난 나는 모기장 밖으로 나갔다. 그리고 전등불을 켰다.

어차피 학교를 그만두고 집으로 돌아갈 바에야 미우라란 놈한테 할 말을 좀 하고 가야겠다는 생각이 들었던 것이다. 말하자면 간덩이가 벙벙해진 셈이었다.

미우라는 혼자 모기장 하나를 차지하고 누워 있었다. 3,4,5학년생들이 근로동원을 나가서 모기장이 몇 개 남아 있었던 것이다.

나는 잘 되었다 싶었다. 뿌드득 다시 어금니를 물고 두 주먹에 힘을 주었다. 그리고 미우라의 모기장으로 다가갔다.

미우라는 그 울긋불긋한 유난스러운 무늬의 홑이불을 덮고 쿨쿨 자고 있었다. 내가 다가온 줄도 모르고.

모기장 밖에서도 그 울긋불긋한 홑이불은 잘 보였다. 그 홑이불

을 보자 나는 어쩐지 좀 으스스했다. 약간 켕기는 것이었다. 그러나 그 켕기는 기운에 대한 반발인지 곧 야릇한 힘이 온몸을 후끈하게 했다.

획 모기장을 들추고 나는 서슴없이 안으로 들어갔다. 그리고 냅다.

"미우라상!"

소리를 지르며 그 울긋불긋한 홑이불을 훌렁 걷어붙였다.

"응— 응—"

미우라는 잠결이라 무슨 영문인지 모르고, 곧장 눈을 비벼댔다.

"일어나요!"

"응?"

"할 말이 있어요!"

"응? 누구야?"

그제야 미우라는 부스스 일어나는 것이었다.

미우라가 일어나자, 나는 또 약간 켕겼다. 그러나 까짓것 학교를 그만두는데 뭐…… 하고 아랫배에 꾹 힘을 주었다.

일어나 앉은 미우라는 아직 정신이 제대로 돌아오지 않는 듯 희멀건 눈으로 나를 바라보며,

"뭐야?"

하고 커다랗게 하품을 했다.

나는 들이대듯이 말했다.

"나 학교 퇴학할랍니다! 퇴학하고 집에 돌아갈랍니다!"

"……"

"도저히 학교 다닐 수가 없습니다. 지금 돌아갈랍니다. 지금 사감

선생님한테 가서 이야길 하고······."

"뭐?"

"사감 선생님한테 왜 학교를 못 다니겠는지 자세히 이야길 하고 집에 돌아간단 말입니다."

"······."

미우라의 얼굴에 분명히 당황하는 빛이 떠오르고 있었다.

그런 기색을 본 나는 더욱 열을 올려 들이댔다. 그러나 타성 때문인지 말은 여전히 경어로 나왔다.

"도저히 견딜 수가 없습니다. 내가 무슨 잘못을 저질렀다고 그렇게까지 사람을 못 살게 하는 겁니까? 나하고 무슨 원수진 일이라도 있나요?"

"······."

"미우라상은 자기 아버지한테서 온 편지를 남들 앞에서 큰 소리로 읽으라면 기분이 좋겠어요? 그런 꼴을 당하고도 반항심이 안 일어나는 사람이 있을 것 같아요? 안 그래요?"

"······."

"그런데 그것을 트집 잡아 내일 '후꾸로다다끼'를 하다니······ 정말 기가 막혀요. 학교고 뭐고 이제 다니고 싶은 생각 조금도 없어요. 빌어먹을 것, 퇴학합니다!"

나는 주먹을 불끈 쥐었다.

그러자 미우라는 주먹으로 자기를 치려는 줄 알고 훔칫*('흠칫'의 영천말) 놀라는 것이었다. 좁은 미간을 더 좁히며 가느다란 눈꼬리에 바르르 경련을 일으켰다. 그러나 그것은 화가 치밀어서라기보다도 덜컥 겁을 집어먹었기 때문인 듯했다. 보기 딱할 정도로 패색이 역력한 얼굴이었다.

창밖에 부슬부슬 내리던 비가 별안간 좍— 소나기로 변했다. 무서운 기세였다.

미우라는 그 소리에 또 흠칠 놀라는 것이었다. 말하자면 형편없었다.

무서운 기세로 쏟아지는 밤 소나기— 역시 어떤 두려움 같은 것을 느끼게 했으나, 한편 으스스하도록 후련해지며 온몸의 피가 끓어오르는 듯해서 나는 자리에서 벌떡 일어서며 냅다 소리를 질렀다.

"갑니다! 지금 사감 선생님한테 가서 이야기 할랍니다!"

그리고 나는 모기장을 되도록 거칠게 훌렁 들추고 밖으로 나왔다.

그러자 미우라도 후닥닥 따라 나오며 내 손목을 덥석 두 손으로 거머쥐는 것이었다. 그리고 무어라고 지껄였다. 그러나 쏟아지는 빗소리 때문에 무슨 말인지 잘 알아들을 수가 없었다. 좌우간 자기가 너무했으니 사감한테 찾아가지는 말아 달라는 그런 말인 것 같았다. 애원하는 듯한 그 표정으로 보아 능히 알 수가 있었다.

나는 몹시 기분이 좋았다. 코가 우뚝해지는 듯한 느낌이었다.

그때 전등불이 꺼졌다. 비 때문에 정전인 모양이었다. 방 안이 갑자기 숨이 막힐 지경으로 어두워졌다.

그렇지 않았더라면 나는 우쭐해진 김에,

"갈랍니다! 갈랍니다!"

하고, 좀 더 기염을 토했을 텐데 말이다.

잠시 어둠 속에 말없이 서 있다가 더듬더듬 더듬어서 제자리로 찾아 돌아온 나는 도로 이부자리를 깔고 슬그머니 드러누웠다. 빗소리는 더욱 요란해지는 것 같았다. 칠흑 같은 어둠 속에 온통 세상천지를 두들겨대는 듯한 빗소리, 정말 굉장한 밤이었다.

그러나 나는 조금도 겁나는 생각 같은 것은 없었고, 오히려 시원하고 통쾌하기까지 했다. 두 다리를 쭉 뻗었다. 쭉 뻗은 두 다리에 짜릿한 기운이 흘렀다. 그것은 참으로 묘한 기분 좋음이 아닐 수 없었다. 짓눌려 굳어졌던 온몸이 훈훈하게 풀리는 듯한, 희한한 쾌감이었다.

그때, 어둠 속에서 슬그머니 와서 나를 찔벅 하는 손이 있었다. 자는 줄 알았던 옆의 친구였다. 눈을 찔끔해 보이며 어서 읽으라고 안타까워하던 그 친구였다.

"가와무라, 잘했어. 잘해."

친구는 속삭이듯이 말했다.

빗소리 속에서도 그 소리는 잘 들렸다. 바로 귀 곁이기 때문이었다.

"정말 놀랐어."

"……."

"에라이, 에라이.(장해, 장해.)"

"뭐 보통이지."

나는 어둠 속에서 싱그레 웃었다.

이튿날, 물론 '후꾸로다다끼'는 없었다. '후꾸로다다끼'가 없었을 뿐 아니라, 어딘지 모르게 미우라는 한풀 꺾여 있었다. 여느 때의 그 으스대고 멋대로 까불어대던 방자함이 눈에 띄게 줄어든 것이었다. 마치 어디 몸이라도 아픈 사람 같았다. 그리고 나를 되도록 피하는 눈치였다. 나는 속으로 짜식 별수 없구나 하고 웃었다. 그러나 그럴수록 나는 내 할일을 잘 해야지 싶었다.

그날 저녁 자유 시간 때, 나는 아버지에게 편지를 썼다. 또박또박한 글씨로.

아버지, 그동안 안녕하십니까? 저는 여전히 건강하게 학교에 잘 다니고 있습니다.

이곳도 날씨가 매우 더워졌습니다. 그리고 간밤에는 굉장한 소나기가 쏟아졌습니다. 그곳에도 소나기가 왔는지요?

요즘 기숙사에는 1,2학년만 남아 있습니다. 3,4,5학년은 먼 곳으로 근로동원을 나갔습니다. 그래서 기숙사가 더 넓어진 것 같고, 즐거운 일도 많습니다. 어제는 아주 재미있고 즐거운 일이 있었습니다. 그러나 그 이야기를 편지로 다 할 수는 없습니다.

여름방학에 돌아가면 재미있는 이야기를 많이 들려 드리겠습니다. 여름방학도 이제 멀지 않았군요…….

내가 편지를 쓰고 있는 동안, 미우라는 못 본 체하고 창문턱에 걸터앉아 바깥을 내다보고 있었다. 그러나 여느 때처럼 다리를 간들간들 흔들지도 않았고, 아래층을 향해 냅다 소리를 지르는 일도 없었다.

반딧불 두 개가 천천히 날아가고 있었다.

미우라는 그것을 가만히 바라보고 있는 모양이었다.

《월간중앙》(1972. 6)

조랑말

용식이네 말을 아이들은 곧잘 '빌빌이'라고 놀렸다. 몸집이 작은 재래종인데, 어디 시원찮은 데라도 있는 듯 몰골이 말이 아니었다. 갈빗대가 드러나 보일 뿐 아니라, 온몸의 털이 부스스 일어서 있어서, 노상 추위를 타고 있는 것처럼 보였다. 눈에는 눈곱이 끼어 있기가 일쑤였고, 힘없이 벌어진 입에서는 걸핏하면 지르르 침이 흘렀다.

먼데서 얼른 보면 말이 갈색으로 보이는 것이 아니라, 어쩐지 회색으로 보였다.

윤기가 조금도 없고, 버석하게 찌들기만 해서 그런 모양이었다.

그러나 영 쓸모없이 되어버린 것은 아니었다. 그런 주제에도 채찍을 휘두르기만 하면 곧잘 짐을 끌었다. 헐떡거리면서도 꺾어져 주저앉는 일없이 끝까지 일을 해내는 것이었다.

때로는 앙상한 갈빗대 사이로 물 같은 땀이 흘러내렸다. 보기에

딱할 지경이었다.

그러나 아이들은 그런 측은한 꼴이 재미있기만 했다.

"야, 땀 흘린대이."

"말도 다 땀 흘리나?"

"말도 덥우면 땀 안 흘리까 봐."

"히히히…… 곧 쓰러질라 칸대이."

"참 빌빌이다, 빌빌이라…… 헹편없다."

빌빌이라는 이름이 붙게 된 것도 그래서였다.

아이들이 말을 빌빌이라고 부르는 게 용식이는 여간 못마땅하지가 않았다. 팍 기분이 상하는 것이었다. 그런 소릴 들을 것 같으면 용식이는 결코 그냥 가만히 있질 않았다.

"빌빌이면 우짜란 말이고?"

발칵 화를 내며 주먹을 쥐고 대들었다.

그래서 아이들은 용식이 있는 데서는 빌빌이라는 말을 조심했다.

아이들이 깔보는 것만이 기분 나쁜 게 아니라, 사실 빌빌이 소리를 듣고도 남을 그런 말을 팔아버리지 않고, 그대로 놓아두고 있는 아버지의 처사 역시 못마땅했다. 그렇다고 자주 부리는 것도 아니었다. 집 앞의 숲에 내다가 매어두기 일쑤였다.

나무에 매여 곧잘 졸고 있는 꼬락서니가 비위에 거슬려서, 용식이는 어떤 때는 사방을 살펴보고는 아무도 보는 사람이 없을 것 같으면 그만 다가가서 냅다 발길로 배때기를 걷어차기도 했다.

"뒤져라! 뒤져! 이눔으 빌빌이야!"

하고.

그래야 좀 속이 시원했다. 다른 아이들이 빌빌이라고 놀리는 것은 질색이지만, 제 입으로 내뱉는 것은 오히려 기분이 좋았다.

마을에 '다께오'(竹雄)라는 아이가 있었다.

그 아이를 용식이들은 '가분수'라고 불렀다. 머리통이 남달리 크기 때문이었다. 이마가 튀어나오고, 뒤통수가 불거진 것이 마치 어설프게 생겨먹은 모과덩어리 같았다. 그러나 누우런 모과덩어리가 아니라, 허연 모과덩어리였다. 모과덩어리 같은 주제에 살결은 여간 희지가 않았다. 게다가 혈색이 좋아 양쪽 볼은 언제나 알맞게 불그스레했고, 입술도 노상 선명한 빛깔이었다. 입성도 마찬가지였다. 노상 양복이었고, 신은 운동화였다. 그리고 란도셀*(일본의 초등학교 학생들이 메고 다니는 책가방. 란도세루)을 메고 학교에 다녔다.

용식이들이 그를 "가분수, 가분수" 하고 놀리는 것은 어쩌면 그 란도셀 때문인지도 몰랐다. 용식이들은 책보였다. 란도셀 같은 것은 어디서 파는지도 알 수가 없었다. 면내에 그런 것을 파는 점방은 없었다. 면내뿐 아니라, 군청소재지인 읍내에 나가도 란도셀 같은 것을 파는 곳은 눈에 띄지가 않았다. 그런 것은 아마 큰 도회지나, 아니면 일본 같은 데서나 파는 것이려니 생각했다. 그런 란도셀을 가분수 녀석이 마치 자랑이라도 하듯이 매일 메고 다니는 판이니, 공연히 밸이 꼴리고 못마땅하지 않을 수 없었다.

못마땅한 것은 란도셀뿐 아니라, 양복과 운동화도 마찬가지였다. 용식이들은 바지저고리였다. 그러나 간혹 양복을 안 입는 것은 아니었다. 그들의 양복은 대개가 낡아서 궁둥이를 호박전만 한 헝겊대기로 깁거나, 팔 뒤꿈치를 꿰맨 그런 것이었다. 단추도 다섯 개 붙어있기는 했지만, 다섯 개가 다 똑 같은 애초의 양복단추는 아니고, 두어 개는 으레 크기도 다르고, 색깔도 달랐다. 운동화 역시 명색이 운동화일 뿐, 베 조각과 가죽 부스러기로 누덕누덕 땜질을 한 그런 몰골사나운 것이었다. 그런 것이나마 노상 발에 꿸 수 있었으면 그래도 괜찮을 것인데, 그런 것도 없어서 짚신 아니면 '조오리'(왜 짚신), 혹은 나막신이나 게다짝 같은 것을 끌고 다녔다. 그것도 추울 때나 그럴 뿐, 그렇지 않을 때는 숫제 맨발이었다. 그런 판국인데 가분수만은 늘 해어지지 않은 양복에 땜질을 하지 않은 운동화를 신고 다니는 것이었다.

그러나 용식이들이 가분수를 못마땅하게 여기는 것은 란도셀이나 양복, 운동화 같은 것 때문이기도 했지만, 그것보다도 그가 자기들과 한 학교엘 다니지 않는다는 데에 보다 큰 까닭이 있었다.

마을에 국민학교가 두 개 있었다. 하나는 남국민학교였고, 하나는 동국민학교였다. 남국민학교는 마을의 남쪽 들 가운데에 있었고, 동국민학교는 마을의 동쪽, 바로 신작로 가에 있었다. 그리고 학교 옆은 숲이었다. 용식이네 집 앞 숲, 그러니까 빌빌이가 노상 매여 있는 그 숲이었다.

남국민학교는 교실이 열 몇 개나 되었고, 운동장도 꽤 넓었다. 그러나 동국민학교는 교실이라고 달랑 두 칸뿐이었다. 그러니 운동장이라는 것도 뻔했다. 손바닥만 하다고 표현할 수밖에 없었다.

교실이 많은 남국민학교는 조선 아이들이 다니는 학교였고, 교실이 달랑 두 개뿐인 동국민학교는 일본 아이들이 다니는 학교였다. 그러니까 말할 것도 없이 용식이들은 남국민학교에 다니고 있었다. 그런데 가분수는 동국민학교엘 다니는 것이었다. 일본 아이들이 다니는 학교엘 말이다. 이름은 다께오지만, 분명히 조선 아이면서.

일본서 살다가 고향으로 소개(疏開)를 나온 것이었다. 그래서 조선 아이면서 일본 아이들 학교에 전학을 한 모양이었다.

알 수 없는 일이었다. 일본 아이들 속에 섞여 들어가 있는 유일한 조선 아이. 일본 아이들과 마찬가지로 노상 양복과 운동화에 란도셀을 메고 다니는 조선 아이. 이마가 튀어나오고, 뒤통수가 불거진 것이 마치 어설프게 생겨먹은 모과덩어리 같긴 하지만, 그러나 누우런 모과덩어리가 아니라, 허연 모과덩어리인 가분수. 용식이들이 공연히 밸이 꼴리고 못마땅한 생각이 드는 것도 무리가 아니었다.

용식이들은 일본 아이들이 양복을 입고, 운동화를 신고 그리고 란도셀을 메고 학교에 다니는 것은 별로 이상한 눈으로 보질 않았다. 그들은 일본 아이들이니까 으레 그러려니 싶었다. 약간 부러운 생각과 어쩐지 좀 아니꼽다는 생각이 없는 것은 아니었지만.

그러나 자기들과 똑같은 조선 아이가 어째서 일본 아이들처럼 해어지지 않은 양복에 땜질을 하지 않은 운동화를 신고, 란도셀을 메고, 일본 아이들의 학교에 다니는지, 도무지 알 수가 없는 일이었다. 일본서 살다가 왔으면 왔지 말이다.

그래서 용식이들은 그 가분수를 만나기만 하면 공연히 어디가 근질근질해지는 듯,

"야 임마, 까불지 마."

"쪽발이 학교 댕기면 젤인 줄 아나?"

"니 임마, 쪽발이 사촌이가?"

이런 식이었다.

어느 날, 학교에서 돌아온 용식이는 책보를 아무렇게나 마루에 내던졌다. 팔뚝이 뻐근하고 기분이 몹시 언짢은 것이었다. 학교에서 주번 선생에게 벌을 받았던 것이다.

공부가 끝나고, 소제시간이었다. 혼자 낭하를 쓸어나가고 있는데, 이웃 교실 여생도 둘이 바께쓰에 물을 길어가지고 오고 있었다. 공연히 장난기가 동한 용식이는 그 앞을 가로막았다. 그리고 짓궂게 빗자루로 쓰레기를 마구 여생도 치마 밑으로 날려댔다. 먼지가 부옇게 일었다.

"아이고—"

"어마—"

두 여생도가 비명을 지르자, 용식이는 재미가 좋아서 더욱 빗자루를 재게 놀렸다.

"고노 빠가야로!(이 나쁜 자식아!)"

"센세이니 유우요!(선생님한테 이른다!)"

용식이는 히죽 웃으며,

"뭐, 일러? 일러 봐, 가만 두능강!"

했다.

"유우요, 유우요."

"고노야로, 기미와 센세이니 분나구라레루요.(이 자식, 너 선생님한테 두들겨 맞을 끼다.)"

그러자 용식이는 그만 빗자루를 바께쓰 물속에 텀벙 집어넣어 냅다 휘저으며,

"이눔으 가시나들아! 와 조선 밥 묵고 일본 똥 뀌노!"

하고, 내뱉었다.

"아이고—"

"센세이—"

그때 마침 팔에 완장을 두른 선생이 교무실 문을 열고 낭하로 나왔던 것이다.

그래서 결국 용식이는 교무실로 끌려가 호된 벌을 받았다.

여생도가 물 길어오는 것을 훼방한 것도 잘못이 크지만, 그보다도 "조선 밥 먹고 일본 똥 뀐다"는 말은 도저히 용서할 수가 없다는 것이었다. 매일 귀가 아프도록 '고꾸고 죠오요오'(국어 상용, 그러니까 그 당시는 일본어)를 강조하는 판국이니, 그럴 수밖에 없었다. 그런 판국이 아니라 하더라도 그 무렵 그런 말은 용납될 수 없는 것이었다.

주번 선생은 이마에 여덟팔자를 꿈틀거리면서,

"난또 니혼노 헤오 후꾸? 코노야로—(뭐라? 일본 똥을 뀌어? 이 새끼—)"

하면서, 마구 뺨을 갈겨댔다. 일인 교사였다.

뺨을 수없이 얻어맞고, 또 꿇어앉아 두 손으로 걸상을 쳐들고 있어야 했다. 용식이는 뺨이나 종아리를 맞아본 일은 더러 있지만, 꿇어앉아 걸상을 쳐들고 있는 벌은 처음이었다. 조그마한 풍금 걸상이긴 했지만, 꿇어앉아 그것을 쳐들고 있다는 것은 이만저만한 고통이 아니었다. 팔이 이내 발발 떨렸다.

눈물을 빠뜨릴 대로 쭉 빠뜨리고 놓여난 용식이는 그러나 이를 뽀도독 물었다. 이놈의 가시나들 어디 두고 보자 하고.

그렇게 벌을 받고 집에 돌아온 터이라, 책보 같은 것 귀찮을 수밖에 없었다.

책보를 아무렇게나 마루에 내던진 용식이는 마당에 멍석을 깔고 말려놓은 올목화*(보통보다 빨리 익은 목화)를 흙 묻은 맨발로 저벅저벅 밟으며 사립을 나섰다. 어디 가서 만만한 놈을 아무나 한 놈 잡아 시비를 걸어서 드잡이라도 한 번 할 참이었다. 그래야 좀 속이 누그러질 것 같았다.

그래서 사립을 나서는데, 마침 숲에 아이들이 보였다. 얼른 보아도 동국민학교 아이들이라는 것을 알 수 있었다. 모두 란도셀이었다. 여생도 몇과 남생도 하나인 듯했다.

그런데 그것들이 말 주위에 모여 있는 것이 아닌가. 말을 놀리고 있는 게 분명했다.

용식이는 옳지 됐구나 싶었다. 코로 한 번 히죽 웃고, 뛰기 시작했다.

용식이가 뛰어오고 있는 줄을 모르고 아이들은 와— 웃음을 터뜨리고 있었다. 빌빌이의 사타구니에서 늘어진 시꺼먼 물건을 보고 웃고 있는 것이었다. 다께오가 막대기를 가지고 그것을 건드리고 있는 중이었다.

막대기로 탁 때리면 그 시꺼먼 물건이 찔끔 움츠러들었다가 다시 밀룩하게 늘어져 나오는 것이었다. 슬슬 긁어주듯이 하면 그것이 훨씬 더 길게 늘어지면서 빌빌이는 묘한 콧소리를 질렀다. 그리고 온몸을 버르르 떨기도 했다. 두 눈은 번들번들 빛나고 있었고, 어쩐지 여느 때와는 달리 생기가 돌아 보였다.

그런 빌빌이가 재미있어서 여생도들은 곧잘 까르르 웃어댔다.
"마— 오끼이, 오끼이.(어마— 크다, 크다.)"
"곤도와 나구리나사이.(이번엔 때려 봐.)"

"다께오쨩, 못또 식까리…….(다께오야, 좀 더 세게…….)"

"힛힛히……."

"헷헷헤……."

일본 계집아이들은 이런 때도 도무지 부끄러움이라는 것을 모르는 모양이었다.

여생도들이 킬킬거리면서 좋아하는 바람에 다께오는 신나서 곧장 짓궂게 남의 물건을 지분거렸다.

달려와 이 광경을 본 용식이는 대뜸,

"가분수, 이눔으 자식아—"

소리를 질렀다.

"너 임마! 죽고 싶으나?"

그러면서 냅다 달려들어 가분수의 멱살을 거머쥐었다.

한창 재미가 좋은 판인데, 난데없이 용식이가 나타나 다짜고짜 멱살을 거머쥐는 바람에 다께오는 어쩔 줄을 몰라 눈만 대고 디룩거렸다.

여생도들은 눈이 휘둥그레 가지고 비명을 지르며 흩어졌다.

"와 남의 말을…… 임마! 임마!"

"……."

"죽고 싶어? 임마! 임마!"

마구 멱살을 흔들어대자, 가분수의 가뜩이나 모과덩어리 같은 머리가 앞뒤로 건들건들 흔들렸다. 짊어지고 있는 란도셀 속에서는 필통 흔들리는 소리가 딸강딸강 요란했다.

"고래 오께!(이것 놔!)"

멱살이 흔들리는 바람에 얼굴이 빨개진 다께오가 한마디 내뱉었다.

"뭐라? 고래 오께?"

"오께!"

"이 짜식!"

그만 주먹을 한 개 먹였다.

볼때기를 한 대 얻어맞은 다께오는 곧 울상이 되며,

"나제 나구루까? 나제 나구루까?(왜 때려? 왜 때려?)"

하고, 악을 써댔다.

용식이는 피식 웃었다. 가분수쯤 만만한 것이었다.

"이 짜식, 조선 밥 묵고 와 일본 똥 뀌노? 일본학교 댕기면 젤인
줄 아나?"

그러면서 발끈 멱살을 조였다.

"아—"

숨도 제대로 못 쉬는 놈을 이번에는 냅다 다리를 걸어차 버렸다.

가분수는 휘청 간단하게 넘어졌다. 넘어진 가분수 위로 용식이는
얼른 올라탔다. 그리고 마구 짓눌러댔다. 마치 가분수의 란도셀을
납작하게 만들어 놓으려는 듯이.

"아응—"

울음을 터뜨리면서도 다께오는 한사코 버둥거렸다. 그리고 소리
를 질러댔다.

"다수께데— 다수께데— 오지상— 오지상—(살려주— 살려주— 삼
촌— 삼촌—)"

삼촌이 어디 있는지, 곧장 삼촌을 불러대는 것이었다. 흩어졌던
여생도들이 저만큼 모여서서 안타깝게 발들을 구르고 있었다.

"고노야로—(이 새끼야—)"

"바가야로—(개새끼야—)"

"나구루나—(때리지 마라—)"

"고로수소—(죽인다—)"

하고, 주먹질을 해대기도 했다.

　여생도 까짓것들이야 떠들어대거나 말거나, 실컷 짓이겨놓고, 용식이는 일어났다. 그리고

"이 자식아, 일어나!"

　발로 툭 찼다.

　다께오는 축 늘어져서 곧장 울고만 있을 뿐, 일어나질 않았다.

"이 자식, 한 번만 더 우리 말 건디리 봐라……."

하면서, 용식이가 슬슬 자리를 뜨자, 잠시 후, 다께오는 부스스 몸을 일으켰다. 그리고 손등으로 눈물을 닦으며 용식이를 향해 곧 죽어도 냅다 소리를 지르는 것이었다.

"보꾸노 오지상 기다라 미요! 보꾸노 오지상 겜뻬이다소, 겜뻬이! 와깟다까? 기사마 고로수요!(우리 삼촌 오거든 보자! 우리 삼촌 헌병이다, 헌병! 알았나? 너 이 자식 죽인다!)"

　그리고 얼른 여생도 쪽으로 뛰었다. 란도셀이 보기 좋게 찌그러져 있었다.

　토요일 오후였다. 용식이는 논에서 새를 보고 있었다.

　그러나 새보다는 메뚜기 잡기에 여념이 없었다. 메뚜기를 잡아서는 날갯죽지만 떼고, 생으로 그냥 와작와작 씹어 먹는 것이었다. 비릿하면서도 고소한 맛이 나는 모양이었다. 메뚜기 물이 묻어서 입

술이 까무잡잡했다. 그러다가 이따금 허리를 펴고 서서 막대기를 휘둘러대며,

"후여 딱딱 후여—"

소리를 질렀다.

"아랫녘 새는 아랫녘으로, 후여 딱딱 후여—"

그러고 있는데 멀리 신작로를 말이 한 마리 뛰어오는 게 보였다. 읍으로부터 오는 신작로였다.

용식이는 논두렁에 서서 멀뚱히 그쪽을 바라보았다. 차츰 가까워지는데 보니, '헤이따이상(병정)'이 탄 말이었다.

용식이는 얼른 신작로로 뛰어나갔다.

빠까각 빠까각 빠까각 빠까각…… 뛰어오던 말은 속도를 늦추더니, 빠깍 빠깍 빠깍 빠깍…… 걷기 시작했다. 마을이 가까워져서 그러는 모양이었다.

여기저기서 새를 보던 아이들이 우르르 모여들었다.

훤칠하게 큰 말이었다. 목도 길고, 다리도 길고, 심지어 꼬리까지 치렁치렁 길었다. 그리고 온몸이 짙은 갈색으로 번들거렸다. 머리의 이마 부분만 흰빛이었다. 한마디로 미끈했다. 미끈할 뿐 아니라, 온통 생기가 넘쳐흘렀다. 히힝! 히히힝! 코를 부는 소리도 여간 힘차지가 않았다.

용식이는 절로 입이 벌어지는 것이었다. 자기네 말과 비교해보면 정말 천지 차이였다. 같은 말인데도 이렇게 다를 수가 있을까 싶었다. 말은 같은 말이지만, 종자가 다른 것이었다. 빌빌이는 토종인 조랑말인데, 이것은 양종(洋種)인 것이다. 게다가 빌빌이는 몸까지 시원찮은 판이니, 비교가 될 턱이 만무했다. 몸이 성하다 치더라도

이런 양마(洋馬)에게 갖다 댈 게 아닌데 말이다.

　그런 미끈한 말에 헤이따이상이 올라타고 있었다. 그래 그런지 헤이따이상 역시 그럴 듯해 보였다. 아닌 게 아니라, 여느 헤이따이상들과는 차림새가 달랐다. 우선 눈에 띄는 것은 허리에 차고 있는 일본도와 권총이었다. 한쪽에는 커다란 일본도를 차고, 한쪽에는 권총을 차고 있었다. 그리고 무릎까지 오는 장화를 신고 있었다. 붉은 갈색의 가죽장화였다. 한쪽 손에는 채찍을 쥐고 있었고, 팔에는 완장을 두르고 있었다. 흰 바탕에 붉은 글씨로 '憲兵'이라고 쓴 완장이었다.

　그러나 용식이는 완장에 씌어 있는 글자가 무슨 말인지 알 수가 없었다. '兵' 자는 알겠는데 '憲' 자를 모르겠는 것이었다.

　일본도를 차고, 권총을 차고, 채찍까지 들고 있었으나, 헤이따이상의 얼굴에는 미소가 감돌고 있었다. 새를 보다가 모여드는 아이들을 보고 빙그레 웃고 있는 것이었다.

"하— 닛뽄또다!"

"크다 그제?"

"저건 삐수또루제?"

"맞다."

"장화도 참 억씨기 길다."

"가죽장화다 아나?"

"멋있다."

　모여든 아이들은 곧장 떠들어대며 헤이따이상의 뒤를 따랐다. 용식이도 물론 그 속에 섞여 있었다. 논에 새야 앉거나 말거나 아랑곳없는 모양이었다. 빠깍 빠깍 빠깍 빠깍…… 말은 유유히 마을을 향해 갔다.

마을 앞 삼거리에 이르렀을 때였다.

"오지상—"

하면서, 뛰어오는 아이가 있었다.

다께오였다.

"오지상! 오지상!"

반가워서 못 견디는 것이었다.

말 위의 헤이따이상 역시 채찍을 번쩍 쳐들며,

"다께오!"

하고, 벙글벙글 웃었다.

용식이는 그만 오금이 얼어붙는 듯한 느낌이었다. 공연히 즐겁기만 하던 지금까지의 기분은 순간 어디론지 사라지고, 속에서 무엇이 덜컥 내려앉는 것 같았다. 이 헤이따이상이 바로 가분수의 삼촌이라니, 겁나는 노릇이 아닐 수 없었다.

용식이는 슬금슬금 옆으로 빠져서 재빨리 골목으로 몸을 날렸다. 냅다 뺑소니는 치는 것이었다.

"왔구나! 왔어, 왔어."

하면서,

"보꾸노 오지상 겜뻬이다소. 겜뻬이! 와깟다까? 기사마 고로수요!"—얼마 전 그 날의 가분수의 목소리가 마치 뒷덜미를 잡으려고 쫓아오고 있는 듯한 느낌이었다.

그날 밤, 용식이는 이슥토록 잠을 이루지 못했다. 자꾸 걱정이 되는 것이었다. 가분수의 삼촌이 왔으니, 필경 무슨 일이 있을 것만 같았다. 그놈의 가분수가 자기 삼촌한테 그날 일을 말하지 않을 턱이 만무한 것이다. 가분수의 삼촌이 '겜빼이'인 줄 알았더라면, 그리고 이렇게 쉬 올 줄 알았더라면, 그처럼 사정없이 짓뭉개주는 것이 아니었는데…… 싶기도 했다.

그리고 자꾸 일본도와 권총, 채찍 같은 것이 눈앞에 어른거렸다. 평소에 그림에서 볼 때는 멋있고 가슴이 두근거리게도 하던 것들이 도무지 으스스하게만 느껴졌다.

그렇게 걱정이 되면서도 용식이는 완장에 씌어 있던 글자가 '겜빼이'라는 글자였구나 하고, 고개를 끄덕거리기도 했다. 걱정했던 것과는 달리, 아무 일도 없었다. 이튿날 해질 무렵, 가분수의 삼촌은 빠까깍 빠까깍…… 말을 달려 어제 왔던 신작로로 해서 읍내로 돌아갔다.

논에서 새를 보고 있던 용식이는 처음에 말이 나타나자, 겁이 나서 논 속으로 기어들어가 숨었다. 그러나 말이 빠까깍 빠까깍…… 신작로를 달려 지나가자, 그제야 안심을 하고 논두렁으로 기어 나와 허리를 쭉 폈다. 그리고 달려가는 말을 향해 냅다,

"후여 딱딱 후여— 후여 후여 후여—"

소리를 질렀다.

가분수의 삼촌인 '겜빼이'가 다녀가고 난 다음, 마을 아이들 사이에는 놀라운 소문이 돌았다. '겜빼이'가 면장을 때렸다는 것이었다. 때려도 이만저만 때린 게 아니라, 아주 골병이 들도록 두들겨 팼다는 것이다. 그 붉은 갈색의 가죽장화로 마구 차면서. 그렇게 두들겨 맞으면서도 면장은 한마디 대거리도 못하고 그저 쩔쩔 매기만 했다는 것이다. 술집에서 술을 마시다가 그런 일이 생겼다 한다.

'겜뻬이'가 온 그날 저녁에. 그래서 면장은 면사무소에 나오질 못하고, 집에 앓아누워 있다는 것이다.

도무지 믿어지지가 않는 이야기였다. 그러나 아니 땐 굴뚝에 연기가 날 리 만무했다. 소문의 얼마만큼이 사실인진 몰라도, 불상사가 있긴 있었던 모양이었다. 그렇지 않으면 그런 엉뚱한 소문을 만들어서 퍼뜨릴 까닭이 없었다.

'겜뻬이'가 면장을 두들겨 팼다— 참으로 놀라운 일이 아닐 수 없었다. 아이들은 무슨 신나는 일이라도 생긴 듯이 곧잘 그 이야기를 떠들어댔다.

아이들 사이에 한 번은 면장이 높으냐, 교장이 높으냐, 주재소 순사부장이 높으냐 하는 문제로 논쟁이 벌어진 일이 있었다. 어떤 아이는 면장이 제일 높으다고 했고, 어떤 아이는 교장이 제일 높으다고 했다. 순사부장이 제일 높으다는 아이도 있었다. 제각기 그럴 듯한 주장이 있었다. 순사부장이 제일 높으다는 아이는 칼을 차고 있기 때문이라는 것이었다. 면장이랑 교장은 칼이 없는데, 순사부장은 칼을 차고 있으니 제일이 아니냐는 것이었다. 교장이 제일이라는 아이는 제법 교장 선생님은 학식이 많을 뿐 아니라, 면장, 순사부장 같은 사람들도 모두 그 제자라 했다. 면장이랑 순사부장을 가르쳤으니 제일 높으시지 않느냐는 것이었다.

면장이 제일이라는 아이는, 왜 '면장'이라고 하는지 아느냐, 이것이었다. '면'의 '장'이니까 면장이라고 한다, 아느냐. 면의 장이 면내에서 제일 높으지, 어떻게 해서 교장이나 순사부장이 높으냐는 것이었다.

면내에서 제일 높으니까 면장이라는 주장이 가장 그럴 듯해서,

결국 논쟁은 그렇게 낙착이 되었었다.

면내에서 제일 높은 어른, 면장— 그런데 그 면장을 '겜빼이'가 마구 두들겨 팼다니, 게다가 두들겨 맞으면서도 면장은 한마디 대거리도 못하고 쩔쩔매기만 했다니 정말 놀라운 사실이 아닐 수 없었다. 그렇다면 '겜빼이'가 면장보다 몇 배나 더 높은지 모르는 것이다. 면장보다 몇 배나 높으면 교장이나 순사부장 따위는 문제가 아닌 것이다.

아이들이 그 이야기로 떠들어대는 것도 무리가 아니었다. 그처럼 높으고 겁나는 '겜빼이'가 가분수의 삼촌이라니, 아이들은 어쩐지 가분수까지도 지금까지와는 달리 두려운 존재처럼 느껴졌다. 지금까지처럼 함부로 할 수가 없다는 생각이 들기도 했다.

용식이는 사라졌던 공포감이 다시 고개를 쳐드는 듯 으스스했다.

'겜빼이'는 토요일마다 왔다. 부대가 읍내로 주둔해 온 모양이었다. 그러니 자연 다께오의 콧대는 높아질 수밖에 없었고, 반대로 용식이랑 아이들은 슬그머니 켕기지 않을 수 없었다.

동국민학교에서는 가을운동회 연습이 시작되었다.

그러나 남국민학교는 잠잠했다. 남국민학교는 금년에 운동회가 없는 것이었다. 운동회를 개최하려야 개최할 운동장이 없었다. 운동장을 삼분의 일 가량만 남겨 놓고, 모조리 일구어 밭으로 만들어 버린 것이다. 그래서 거기에 고구마를 심었다. 운동장이 시퍼런 고구마 밭이 되고 만 것이다. 한쪽에 남아 있는 운동장도 동국민학교의 운동장보다는 넓었으나, 그러나 그것 가지고는 생도 수가 많아서 도저히 운동회를 개최할 수가 없었다.

가을운동회는 아이들에게 이만저만 즐거운 행사가 아니었다. 일
년 동안의 학교행사 가운데서 가장 즐거운 행사였다. 그러나 그 즐
거운 행사가 금년부터는 조선 아이들이 다니는 남국민학교에서는
사라져버리고 만 것이다. 일본 아이들이 다니는 동국민학교에는
여전히 남아 있는데 말이다. 남국민학교 생도들은 운동장을 뒤덮
고 있는 시퍼런 고구마 잎사귀가 원망스러웠다. 그리고 동국민학
교의 일본 아이들이 부러웠다. 그래서 학교가 끝나 집으로 돌아갈
때면 곧잘 동국민학교로 몰려가서 운동회 연습하는 광경을 구경했
다. 운동회 연습이라는 것이 마치 장난하는 것처럼 보였다. 전교생
이래야 고작 남국민학교의 한 학급 정도밖에 안 되는 판이니, 그럴
수밖에 없었다. 그러나 남 보기에는 시시해 보여도, 자기들 딴은 재
미가 여간 아닌 모양이었다.

누구보다도 신이 나 보이는 것은 다께오였다. 모과덩어리 같은
머리에 빨간 운동모자를 쓰고, 끄떡끄떡 흔들어대며 열심히 달리
고, 열심히 설쳤다.

다께오의 그런 모습을 볼 때면 아이들은 공연히 아니꼬운 듯 빈
정거렸다.

"야— 신나는구나!"

"대가리가 커서 보기 좋대이."

"끄떡끄떡 까딱까딱……."

"야— 날린대이."

어떤 아이는 그만 못 참겠다는 듯이,

"쪽발이 사촌— 가분수—"

냅다 소리를 지르고는 뺑소니를 치기도 했다.

숲에 매여 있는 빌빌이도 멀뚱히 동국민학교 운동장을 바라보기가 일쑤였다. 만날 달리고, 뛰고, 소리를 지르고……. 뭘 하는가 싶은 모양이었다. 가을 들면서 빌빌이도 좀 생기가 도는 듯, 눈에 눈곱도 끼지가 않았고, 갈빗대도 약간 묻혀 들어가 보였다.

동국민학교의 운동회 날은 하늘이 씻은 듯 맑고 높았다. 산들산들 적당히 바람도 불어서, 만국기가 살랑살랑 나부끼고 있었다. 토요일이었다.

오전 중에는 구경꾼이 별로 많지 않아서 운동회는 한산한 느낌이었다. 주로 달리기나 체조 같은 프로였다.

오후로 접어들면서 여러 가지 재미있는 경기도 벌어졌고, 구경꾼도 불기 시작했다. 공부를 마친 남국민학교 생도들이 모여들었고, 마을 사람들도 슬금슬금 구경을 나왔다. 용식이도 집에 가서 책보를 내던지기가 바쁘게 달려왔다. 그리고 그는 아예 원숭이처럼 운동장 가의 벚나무 가지에 올라가서 자리를 잡는 것이었다.

나무에 오른다는 것은 언제나 즐거운 일이었다. 더구나 혼잡을 이루고 있는 운동회 날 나무 위에서 한눈으로 수월하게 운동장을 내려다본다는 것은 여간 기분 좋은 일이 아니었다. 재미있는 경기가 벌어질 것 같으면 나뭇가지를 흔들어대며 환성을 지르기도 했다.

가장 재미있고 우스운 경기는 '베이에이 게끼메쓰(米英 격멸)'라는 경기였다. 홍백 두 조로 나뉘어서, '아메리까'과 '이기리수'*(영국)를 어느 쪽이 먼저 쳐부수는가 하는 망측한 경기인데, 아메리까는 루스벨트의 모형을 눈사람처럼 만들어 놓았고, 이기리수는 처칠의 모형을 만들어 놓았다. 그리고 홍백 양쪽 다 수건으로 두 눈을 가리고, 막대기로 더듬어 가서 그것을 때리고 오는 경기였다.

그런데 방향감각이 부족해서 곧잘 빗나가기 일쑤였다. 어떤 아이는 목표물과는 아주 동떨어진 곳에서 더듬더듬 찾느라고 야단이었다. 절로 폭소가 터지지 않을 수 없었다.

다께오 역시 마찬가지였다. 머리통이 그렇게 모과덩어리같이 생겼는데, 별수 있을 턱이 만무했다. 엉뚱한 곳으로 자꾸 더듬어 나가자, 용식이는 기분이 좋아서,

"야― 잘 한다― 가분수 잘 한다―"

냅다 소리를 지르고는 킬킬거렸다.

다른 구경꾼들 역시 폭소를 터뜨려댔다.

그런데 어찌 된 셈인지 빌빌이가 학교운동장으로 들어와 구경꾼들 뒤를 서성거리고 있었다. 여느 날과 다름없이 숲에 매여 있던 빌빌이가 말이다. 끈이 풀렸던 모양이다. 끈이 풀리자, 와― 와― 고함소리가 나고, 탕! 탕! 피스톨 소리가 나쌓는 운동장으로 어슬렁어슬렁 찾아온 모양이다.

그렇게 말이 들어와 서성거리고 있어도 구경에 정신들이 팔려서 아무도 상관하는 사람이 없었다.

그래서 빌빌이는 마치 저도 구경꾼이기나 한 듯이 경기하는 것을 멀뚱히 바라보기도 하며, 운동장 가를 이리저리 서성거리고 다녔다.

빠각 빠각 빠각 빠각…… 말을 탄 '겜빼이'가 운동장으로 들어선 것은 얼마 후의 일이었다.

'겜빼이'가 나타나자, 구경꾼들의 시선이 그쪽으로 쏠렸다. 용식

이도 나무 위에서 약간 목을 움츠리며 가분수의 삼촌을 바라보았다. 여전히 일본도에 권총을 찬 '겜빼이'는 말 위에서 유유히 운동장을 휘둘러보며, 본부석인 천막 쪽으로 가는 것이었다. 본부석에서는 사람들이 자리에서 일어나고 있었다.

용식이는 공연히 획— 획— 휘파람을 불어댔다.

삼촌이 와서 본부석에 자리를 잡는 것을 보자, 다께오는 더욱 기운이 나는 모양이었다. 일어서서 빨간 운동모자를 벗어 쥐고 냅다 주먹을 흔들어대며 응원에 신을 올리는 것이었다. 얼마 후의 일이었다. 운동장 복판에 적당한 간격을 두고 뜀틀이 두 개 갖다 놓여졌다.

그리고 본부석에 앉아 구경을 하고 있던 '겜빼이'가 다시 말에 몸을 싣고 운동장으로 나왔다. 무슨 일인가 하고 구경꾼들은 바짝 호기심이 동했다. 나뭇가지에 앉아 있던 용식이도 무슨 영문인가 싶어서 얼른 일어섰다.

빠깍 빠깍…… 걸어 나온 말은 곧 빠까깍 빠까깍…… 달리기 시작했다. '겜빼이'가 채찍을 휘둘렀던 것이다.

빠까깍 빠까깍 빠까깍 빠까깍…… 말은 운동장을 두어 바퀴 돌고 나더니, 뜀틀 쪽으로 달려가 그것을 껑충 뛰어넘는 것이었다. 꼬리가 멋있게 뒤로 나부꼈다. 그렇게 두 개의 뜀틀을 뛰어넘고 나서 다시 운동장을 도는 것이었다. 말하자면 기마 헌병의 막간 찬조출연인 셈이었다.

뜀틀 뛰어넘기를 한 다음, 이번에는 묘기를 부리기 시작했다. 뛰어가는 말의 한쪽 옆으로 미끄러지듯 몸을 바짝 갖다가 붙이는 것이었다. 한쪽에서 보면 사람이 보이지 않을 지경이었다. 그렇게 해서 한참을 달리는 것이 아닌가. 마상재(馬上才)인 셈이었다.

"야—"

"잘한다—"

"재주 좋대이—"

구경꾼들은 환성을 질러댔다.

몸을 말의 옆구리로 갖다 붙이는 묘기를 좌우 번갈아가며 한참 보인 다음, 이번에는 달리는 말 위에 벌떡 일어서는 것이 아닌가. 한쪽 손으로 고삐를 잡고, 붉은 갈색의 장화로 말의 안장을 딛고 우뚝 일어서는 것이었다.

마치 곡마단의 곡예 같았다.

"야—"

"멋있다—"

"신난다! 신난다—"

"날린다! 날린다—"

"햐—"

"햐—"

구경꾼들의 환호성으로 온통 운동장이 떠나가려 하자 '겜빼이'는 매우 기분이 좋은 듯 달리는 말 위에 서서 빙그레 웃었다. 그리고 마치 열광적인 환호성에 답하기라도 하는 듯 옆구리에 찬 일본도를 쑥 빼드는 것이 아닌가.

"이야— 도쓰께끼—(이야— 돌격—)"

번쩍 일본도를 쳐들며 냅다 고함을 지르는 것이었다.

빠까깍 빠까깍…… 말은 더욱 신나게 달렸고, 일본도는 번쩍번쩍 햇볕에 빛났다. 번쩍거리는 일본도를 보자, 와— 환호성은 절정에

달했다.

그때였다. 참으로 뜻밖의 일이 일어났다.

빌빌이가 쏜살같이 운동장 복판으로 뛰어든 것이다.

난데없이 뛰어들어 마치 놀란 듯이, 혹은 갑자기 어디서 못 견디게 힘이 솟아나는 듯이 마구 달리는 것이었다.

'겜빼이'의 말을 향해 사정없이 달려가는 것이었다.

빌빌이가 돌진해 오자, 그만 '겜빼이'의 말은 겁을 집어먹은 듯, 히히힝! 콧소리도 요란하게 우뚝 멈추어 서며 대가리를 홀떡 하늘로 쳐들었다. 그리고 홀떡 쳐든 앞발로 허공을 허우적거렸다. 순간, 말 위에 섰던 '겜빼이'는 일본도를 든 채 보기 좋게 땅바닥으로 나가떨어졌다. 와— 구경꾼들은 놀람과 긴장감으로 어쩔 줄을 몰랐다. 본부석에서는 사람들이 일어나 뛰어나왔다.

용식이도 몹시 놀랐다. 그러나 그는 곧 어깨춤이라도 추듯이 우쭐우쭐 나뭇가지를 흔들어댔다. 휙— 휘파람을 날리면서,

빌빌이는 제멋대로 운동장을 달리고 있었다.

《문학사상》(1973. 3)

전차 구경

지하철이 개통되었다는 신문기사를 읽은 조 주사는 이튿날 아침 손자인 기윤이와 함께 집을 나섰다. 물론 지하철을 구경하러 가는 것이다.

한 손에는 도시락 보자기를 들었다. 그러니까 그저 지하철만 타 보러 가는 것이 아니라, 하루 소풍을 가는 셈이다. 조손(祖孫)이 말이다.

기윤이는 이렇게 할아버지와 둘이 도시락을 싸들고 놀러가기는 처음이어서 여간 재미 좋지가 않은 모양이다. 곧장 폴짝폴짝 뛴다.

조 주사 역시 일부러 하루를 내어 아침부터 손자를 데리고 놀러 나가기는 처음 있는 일이다. 더구나 일요일도 아닌데 일자리까지 비워놓고서.

부동산 소개 영업소, 즉 복덕방이 일자리니 뭐 일요일이 아니라고 해서 자리를 비워놓고 놀러 못 갈 것은 없지만, 좌우간 좀 수다스럽다면 수다스럽고, 별난 성미라 하겠다.

그러나 그게 아니다. 수다스럽거나 별난 성미여서 그러는 게 아니라, 조 주사에게는 남달리 지하철에 대한 호기심이 있는 것이다. 지하철, 즉 땅 밑을 달리는 전차란 도대체 어떻게 생겼을까, 속도는 얼마나 되며 내부시설은 어떻게 되어 있을까, 운전은 어떻게 하는 것일까…… 이런 구체적인 호기심, 그러니까 호기심이라기보다도 관심이라고 하는 편이 옳겠다. 남다른 관심을 가지고 있는 것이다.

그럴 수밖에 없는 것이 그는 옛날 전차의 운전사였던 것이다.

"저 양반 오늘은 도시락을 싸들고 어디 놀이를 가는 모양이네. 손자녀석하고—."

"웬일이지?"

"아마 큰놈을 한 건 한 것 같은데…… 기분이 좋으니까 놀이를 가지."

"어느 집이 계약됐을까?"

이웃 복덕방의 동업자들이 지나가는 조 주사와 기윤이를 보고 하는 말이다.

"조 주사! 큰놈 한 건 했나 보지. 어디로 놀이 가는 거요?"

큰소리로 묻는다.

그러나 조 주사는 그저 싱글 웃어 보일 뿐이다.

"지하철 타러요."

대신 기윤이가 대답한다.

"뭐? 지하철 타러? 허허허……. 아침부터 밥 싸들고 지하철 타러 가다니……."

"허허허…… 지하철 속에서 점심 먹을 모양이지."

"어제 개통했는데, 성급도 하시네."

"잘 타보고 오시오."

"우리 몫까지 타보고 오시오. 허허허⋯⋯."

조 주사는 좀 쑥스러웠으나,

"염려 마시오. 당신들 몫까지 실컨 타보고 올 테니⋯⋯."

하고 웃는다.

버스에 나란히 자리를 잡고 앉은 할아버지와 손자는 마냥 유쾌하기만 하다. 모처럼 도시락을 싸들고, 버스를 타고, 더구나 새로 개통된 지하철 구경을 가는 길이니 그럴 수밖에.

차창 쪽에 앉은 기윤이는 창밖을 내다보며,

"야, 저 오도바이 봐라! 참 빠르다—."

공연히 좋아서 야단이다.

"할아버지."

"응."

"오도바이하고 버스하고 시합하면 누가 이겨요?"

"글쎄⋯⋯."

"오도바이가 이기잖아요. 저 오도바이 봐요. 벌써 저만큼 앞서 가잖아요."

제법 귀엽고 영리한 국민학교 2학년짜리다.

"야, 육교다. 육교 밑을 지난다. 경찰 백차다—."

그저 모든 게 신기하고 재미가 좋은 모양이다. 처음 봐서 그런 게 아니다. 할아버지와 함께 도시락을 싸들고 모처럼 놀러가면서 버스 차창으로 내다보니까 그런 것이다. 조 주사는 기분 좋게 담배연기를 내뿜는다. '금연'이라고 써져 있는데도 말이다.

청량리에서 버스를 내린 그들은 지하철 입구를 찾아갔다.

일요일도 아닌데 사람들이 어찌나 붐비는지 정신을 차릴 수가 없다. 거의 모두가 새로 개통된 지하철을 구경하러 몰려든 사람들이다. 방학 중이라 국민학교 꼬마들을 데리고 나온 어머니, 누나들, 할머니들, 그리고 조 주사 같은 늙은이들이 대부분이다. 중학생, 고등학생들도 보이고, 휴가를 나온 듯한 군인들의 모습도 더러 보인다. 개중에는 멀쩡한 젊은 신사가 할 일도 어지간히 없는 듯 혼자 어슬렁어슬렁 지하철을 타보러 나오기도 했다. 서양 사람들의 모습도 간혹 보인다.

사람의 물결에 밀리듯이 계단을 내려가자 지하철역이 나타났다. 꽤 넓은 홀이다. 넓은 홀 전체가 번질번질 빛난다. 깨끗하다.

"할아버지, 여기가 지하철 역이에요?"

"응."

"야, 좋다. 번쩍번쩍한다."

기윤이는 곧장 사방을 두리번거린다.

조 주사 역시 마찬가지다. 이처럼 넓고 깨끗한 정거장이 땅 밑에 마련되었다니 놀라운 모양이다. 입을 약간 벌리고 있다.

"할아버지."

"응?"

"여기가 땅 밑이지요?"

"그래."

"땅 밑인데 굉장히 환하다. 야—."

"허허허……."

서울역까지 승차권을 산 조 주사는 기윤이의 손을 잡고 사람의 물결에 섞여 개찰구를 빠져나갔다. 개찰구를 나가 직각으로 꺾어져 돌자, 이번에는 어찌된 구조인지 계단을 오르게 되어 있다.

조 주사는 고개를 기울인다. 묘하게 되어 있구나 싶은 것이다.

계단을 오르자, 플랫폼이다. 양쪽에 철로가 있다. 그런데 철로가 플랫폼에서 꽤 깊어서 어쩐지 위험하게 느껴지고 으스스한 분위기를 자아내기도 한다.

조 주사의 머리에 얼른 옛 전차의 레일이 떠오른다. 지면과 거의 똑 같은 평면을 이루고 있던 레일. 그래서 거의 위험하다거나 으스스한 것이 느껴지지 않던 옛 레일. 사람들이 예사로 밟고 지나던 레일…….

"술 취한 사람 조심해야겠는데…… 잘못하면 큰일 나겠는걸."

움푹한 철로를 내려다보며 조 주사는 중얼거린다.

그러나 기윤이는 그게 아니다.

"야! 철길이구나. 멋있다. 이쪽에도 있고, 저쪽에도 있네. 야—."

감탄을 한다.

기윤이의 호기심에 빛나는 두 눈은 곧 철로에서 딴 곳으로 옮겨진다. 벽과 천정을 두리번거린다. 일정한 간격으로 늘어선 굵은 기둥을 바라본다. 여기저기 붙어 있는 반질반질한 안내판과 광고판들을 눈여겨본다. 모든 게 신기하고 희한하기만 하다.

조 주사 역시 절로 고개가 끄덕거려진다. 땅 밑에다가 이렇게 넓은 공간을 청량리에서 서울역까지 만들었다니 놀라운 일이다. 더구나 순전히 우리나라 사람들의 기술만으로 만들었다는 것이니, 이제 우리나라도 보통 나라가 아니구나 하는 생각이 들기도 한다.

플랫폼에서 차를 기다리는 모든 사람들의 얼굴에 그런 생각이 내

비치고 있는 것 같다. 모든 얼굴이 밝다. 어떤 축제 분위기 같은 것을 느끼게 한다.

빵―. 차가 들어온다.

플랫폼은 술렁거린다.

스피커에서 안내 말이 흘러나온다.

―인천행 전동차가 들어옵니다. 차가 들어올 때는 위험하오니 주의해주시기 바랍니다. 전동차의 출입문은 자동입니다. 문에 손을 대는 일이 없도록 해주세요. 문이 열리면 줄을 서서 차례차례 타주시기 바랍니다.

곱게 채색된 전동차가 미끄러져 들어온다.

차가 들어오자, 조주사는 바짝 긴장이 된다. 앞을 지나가는 전동차의 운전사와 운전석을 발돋움을 하고 눈여겨본다. 무엇보다도 관심이 거기에 있는 모양이다.

얼른 보아도 운전사의 제복 제모가 옛날 것과 다르다. 훨씬 나아보인다. 뭐라고 할까, 더 높은 사람의 차림인 것 같다. 그리고 운전석도 조그마한 별실로 되어 있다. 앉아서 운전하도록 되어 있는 것 같다. 얼른 지나가는 바람에 자세히는 볼 수가 없었지만.

스르르― 차가 멎는다. 차 안이 온통 번쩍번쩍 휘황하다. 저절로 출입문이 열린다. 차에 들어가 자리를 잡고 앉은 조 주사와 기윤이는 곧장 차 안을 두리번거린다. 천정에 선풍기가 즐비하게 매달려 빙글빙글 돌면서 바람을 내뿜고 있다. 시원하다. 한여름인데도 도무지 여름 같지가 않다.

그리고 형광등 불빛을 받아 깨끗하게 반질거리는 광고물이 수 없이 차내를 장식하고 있다. 별의별 광고가 다 있다. 약 광고를 비롯해서 화장품 광고, 의류 광고, 신발 광고, 텔레비전·냉장고·세탁기 광고, 선풍기·에어컨 광고, 과자·빵·음료수 광고, 술 광고, 보험·적금 광고, 심지어 복덕방 광고까지 붙어 있다. 조 주사의 시선은 복덕방 광고에 가서 멎는다. 종로 2가에 있는 무슨 복덕방이다. 처음엔 친밀감 같은 것이 느껴지다가, 복덕방도 저 정도 되면 수지가 거창하겠지 싶으며 슬그머니 주눅이 들어버린다.

다시 차 안을 두리번거린다. 반짝거리는 쇠로 된 선반, 가지런히 대롱거리고 있는 동그란 손잡이들, 큼직큼직한 창문, 부드럽고 폭신한 앉을자리……

모든 게 너무 깨끗하고 눈부시다.

조 주사는 그저 얼떨떨한 느낌이다. 그러나 기윤이는 신기하고 좋기만 하다.

"할아버지, 꼭 우리나라 차 안 같다, 그죠?"

"응."

"아주 멋있다."

기윤이는 두 다리를 간들간들 흔든다. 차 안에 승객이 가득 차자, 차내의 스피커에서 안내 말이 흘러나온다.

—출입문을 닫습니다. 전동차의 출입문은 자동입니다. 문에 손을 대거나, 기대지 말아 주세요. 문이 닫히면 곧 출발입니다.

스르르— 문이 절로 닫힌다. 그리고 차가 미끄러진다. 창밖의 플랫폼이 뒤로 뒤로 사라진다. 조금도 진동을 느낄 수가 없다. 희한하다.

"흠—."

조 주사는 지그시 눈을 감는다. 커덩커덩…… 소리를 내며 달리던 옛 전차 생각이 난다. 차내가 거의 나무로 되어 있던 옛 전차. 문을 열고 닫는데 꽤 힘이 들고, 줄을 잡아당겨서 땡땡! 하고 출발 신호를 보내던 전차. 일일이 육성으로 안내를 하던 옛 전차……. 조 주사는 어쩐지 좀 입맛이 떨떠름하다. 눈을 뜨고, 담배를 한 개비 꺼낸다.

—승객 여러분께 안내말씀 드리겠습니다. 차내에서는 금연입니다. 담배를 피우는 일이 없도록 해주세요.

마치 어디서 보고 있는 것 같다. 조 주사는 비식 웃으며 입에 물었던 담배개비를 도로 곽 속에 넣어버린다. 좀 무안하다.

—그리고 차내에 과자를 쌌던 종이나 휴지 같은 것을 버리는 일이 없도록 부탁드립니다. 항상 깨끗한 전동차는 시민 모두의 자랑입니다. 차내에서 소란을 피워서 다른 승객들에게 불쾌감을 주는 일이 없도록 유의해 주시면 고맙겠습니다.

"할아버지."

"응?"

"창밖에 아무것도 안 보이네요. 왜 그렇죠?"

"땅 밑이니까 그렇지."

"꼭 밤 같다."

기윤이는 약간 실망이 되는 모양이다. 차를 타는 재미란 창밖의 광경을 내다보는 재미이니 그럴 수밖에. 그러면서도 여전히 얼굴을 바싹 유리창에 대고 있다.

다시 안내 말이 흘러나온다.

—다음 역은 제기동, 제기동역입니다. 내리실 문은 좌측입니다. 문은 자동으로 열리니, 손을 대는 일이 없도록 해주세요.

속도가 줄어든다. 곧 제기동 플랫폼이 나타난다. 스르르— 멎는다.

청량리에서 제기동까지 불과 일이 분이다. 정말 빠르다. 옛 전차 같으면 아무리 빨리 달려도 사오 분은 족히 걸릴 것이다.

조 주사는 절로 고개가 끄덕거려진다. 청량리에서 제기동까지의 옛 전찻길이 머릿속에 훤하다.

제기동역을 출발한 차는 잠시 후 신설동역에 멎는다. 그리고 동대문역이다. 다음은 종로 5가, 그리고 3가…… 이렇게 해서 불과 이십 분도 안 걸려 서울 본역에 도착했다.

"다 왔다. 내리자."

조 주사의 말에 기윤이는,

"벌써 다 왔어요?"

몹시 안타까운 표정이다. 차가 가는 데까지 끝까지 타고 가고 싶은 모양이다. 차에서 나와 플랫폼을 걸으면서 기윤이는,

"할아버지, 갈 때도 지하철 타요, 예?"

한다.

"한 번 타봤으면 됐지 뭐."

"아니에요. 한 번 더 타보고 싶어요."

"창밖에 아무것도 안 보여서 밤 같다면서?"

"그래도 좋아요."

너무 잠깐 동안이어서 아무래도 서운한 것이다. 맛있는 음식을 조금 맛보다가 만 것처럼.

사람의 물결에 섞여 플랫폼을 걸어가고 있는데, 차가 출발한다. 스르르— 차가 미끄러지기 시작하자, 조 주사는 걸음을 멈춘다. 기

윤이도 따라 멈춘다.

조 주사는 앞을 지나가는 전동차의 맨 뒤쪽을 바라본다. 맨 꽁무니의 운전실을 기다리는 것이다. 좀 더 운전실 내부를 자세히 보고싶은 것이다.

창밖을 내다보며 운전사가 다가오자 조 주사는,

"수고 하십니다."

하고 싱글 웃음을 보낸다. 친밀감의 표시인 것이다. 사라진 옛 전차의 운전 선배가 새로 등장한 전동차의 후배에게 보내는…….''

그러나 운전사는 고개를 약간 까딱할 뿐, 거의 무표정이다. 멋대가리 없는 후배다. 조 주사는 발돋움을 한다. 그러나 역시 운전실 내부를 자세히 볼 겨를이 없다. 그저 버튼 몇 개와 동그란 계기 몇 개가 눈에 들어왔을 뿐이다.

조 주사의 시선이 전동차의 뒤를 따라간다. 금세 전동차의 꽁무니가 저만큼 멀어진다. 약간 밖으로 내다보이던 운전사의 머리 뒷부분이 안으로 사라져버린다.

별안간 조 주사는 기분이 약간 허전해진다. 어쩐지 푸대접을 받은 것 같은 느낌이기도 하다. 우선 차가 너무 빨리 자기에게서 멀어져가는 것이다. 그 보고 싶은 운전실 내부도 좀 보여주지 않고 말이다. 그리고 운전사 역시 너무 인정머리가 없다. 친밀감에서 보낸 인사말과 웃음에 대해서 고개만 한 번 까딱하다니……. 선배를 몰라보고서……. 입맛을 쩝쩝 다시며 다시 걷기 시작하는 조 주사는 쓸쓸하다. 눈부신 세상의 한쪽 가로 밀려나버린 것 같은 그런 쓸쓸함이다.

바깥으로 나오자, 한여름의 뙤약볕이 쏟아지고 있다. 해가 어느덧 중천으로 기어오르고 있는 것이다.

"아, 덥다. 할아버지, 이제 어디로 가요?"

기윤이가 쳐다보며 묻는다.

"남산에 가자."

"남산에? 아이 좋아."

"진짜 전차 구경하러 가자."

"예? 진짜 전차요?"

"그래, 옛날 진짜 전차 말이다."

"옛날 진짜 전차가 남산에 있어요?"

"그래, 있고말고."

조 주사는 싱그레 웃는다.

"남산에 무슨 전차가 있을까? 이상하다……."

기윤이는 미심쩍다.

"이상하지?"

조 주사는 재미있다.

"할아버지, 공갈 아니에요?"

"공갈은……. 할아버지가 무슨 공갈을 하니."

"이상하다…… 전차가 어떻게 산에 있을까? 케이블카아 말이에요?"

"아니야. 옛날 진짜 전차라니까. 가보면 알지."

"옛날 할아버지가 운전하던 전차 말이에요?"

"그렇지, 그렇지."

오늘도 보통 더위가 아니다. 곧 이마에 땀이 내밴다. 남대문 쪽으로 걸음을 옮기며 조 주사는 즈봉주머니에서 부채를 꺼낸다. 접선

(摺扇)이다. 그것을 펴서 부채질을 하면서 걷는다.

이렇게 뙤약볕이 쏟아지는데도 거리에 사람들이 물결을 이루고 있다. 과연 서울은 사람이 많은 곳이구나 하는 생각이 새삼스럽게 든다.

남대문이 가까워지자, 조 주사가 묻는다.

"기윤아, 저게 무슨 문인지 아니?"

"남대문이에요."

"아는군."

"엄마하고 작년에 버스 타고 지나가다 봤어요. 책에서도 보고……."

"좋지?"

"예."

그러나 남대문을 바라보는 기윤이의 표정은 좋은 것을 바라보는 표정이라기보다도, 기묘한 것을 바라보는 듯한 그런 표정이다.

"정말, 언제 봐도 좋단 말이야."

조 주사는 과연 좋다는 듯이 고개를 끄덕끄덕한다.

"그런데 곰팡이 냄새가 나는 것 같아요."

"뭐? 곰팡이 냄새가 나?"

"예."

"허, 그놈……."

조 주사는 좀 못마땅하다.

"할아버지, 저기 봐요. 야— 굉장히 높다."

기윤이는 남대문 옆에 우뚝 하늘 높이 솟아 있는 빌딩을 쳐다본다. 조 주사도 쳐다본다.

"한 층, 두 층, 세 층, 네 층······."

기윤이는 걸음을 멈추고 서서 몇 층인가 세기 시작한다.

"덥다, 어서 가자."

"아홉 층, 열한 층, 아이고 못 세겠다."

아물아물해서 잘 셀 수가 없는 모양이다.

남대문 옆을 지나, 남산 쪽으로 꺾어져 올라가면서도 기윤이는 곧장 빌딩을 쳐다보곤 한다. 그저 놀랍고 희한하기만 한 듯. 조 주사가 남대문을 과연 좋다고 감탄하듯이 말이다.

구름다리를 지나자,

"아, 덥다."

기윤이는 약간 헐떡거린다. 그리고 조금 가다가 또,

"아— 덥다."

큰소리로 말하며 할아버지를 쳐다본다.

"다 와 간다."

조 주사는 기윤이가 왜 자꾸 덥다고 그러는지 그 뜻을 모르고, 얼굴에 활활 몇 번 부채질을 해준다.

"할아버지."

불쑥 부른다.

"부라보콘 하나만 사 줘요."

"부라보콘이라니?"

"부라보콘도 몰라요?"

"부라보콘이 뭐야?"

"아이스크림 말이에요."

"아이스크림? 아이스크림을 뭐 부라보콘?"

"예, 테레비서 선전하잖아요. 아주 맛있는 아이스크리임이에요."

"아이스크리임이면 아이스크리임이지 부라보콘이 뭐야."

조 주사는 공연히 좀 못마땅한 모양이다. 그러나 호주머니에서 돈을 꺼낸다.

부라보콘을 손에 든 기윤이는 무슨 대단한 소원성취라도 한 듯이 좋아서 어쩔 줄을 모른다. 늘 십 원짜리, 이십 원짜리만 먹다가 모처럼 백 원 하는 놈을 손에 들었으니 그럴 수밖에. 껍질을 벗겨서 살살 소중스레 핥는다.

길을 건너 계단을 오르자, 어린이놀이터다. 뙤약볕 아래서도 몇몇 아이들이 다람쥐들처럼 미끄럼틀을 오르내리고, 그네에 흔들리고 있다.

"야ㅡ."

기윤이의 입에서는 절로 환성이 나온다. 그러나 조 주사의 시선은 얼른 저쪽 놀이터 가로 간다. 부채를 든 손으로 그쪽을 가리키며,

"저기 있지, 봐라."

한다. 기윤이도 그쪽을 바라본다.

"있지?"

"예. 하하하……."

기윤이는 쪼르르 그쪽으로 달려간다. 조 주사도 걸음을 빨리 한다.

놀이터 한쪽 가에 전차가 놓여 있는 것이다. 물론 옛 전차다. 지하철 바람에 자취를 감추어버린 옛 전차가 한 대, 마치 박물관에 안치되어 있는 것처럼 놓여 있다. 놀이터에 오는 어린이들에게 옛날

전차는 이렇게 생겼었다는 것을 보여주기 위해서 일부러 마련해 놓은 것이다. 말하자면 견학용이라고 할 수 있다.

321호 차다. '321'이라는 숫자가 앞쪽에 붙어 있다. 문은 세 개다. 앞쪽과 뒤쪽의 작은 문은 타는 문이고, 가운데의 큰 문은 내리는 문이다. 그러니까 옛 전차 중에서는 신형인 큰놈이다. 창문에 유리는 붙어 있지가 않다. 형해(形骸)만 안치해 놓은 것이다.

전차 주위를 두르고 있는 철책 앞에 와 선 조 주사는 코허리가 약간 시큰해지는 느낌이다. 어쩐지 기분이 좀 묘하다. 옛날 정다웠던 친구의 퇴락한 모습을 보는 듯한 기분이라고나 할까. 반가우면서도 약간 민망스럽기도 하고, 쓸쓸하기도 하고…….”

물론 조 주사가 이곳에 있는 이 전차를 처음 보는 게 아니다. 두 번째다. 작년인가 재작년 가을에 한 번 남산 야외음악당에서 무슨 시민위안 행사가 있어서 구경하러 왔다가 이 전차를 발견했던 것이다. 그때는 지금보다 한결 더 기분이 묘했다. 전차가 눈에 띄자,

“아니 이거…….”

두 눈이 번쩍했다. 그리고 절로 허허허…… 웃음이 나왔다. 이거 참 희한하구나 싶었다. 그러나 곧 전차는 뿌우옇게 흐려졌다. 두 눈에 핑 뜨거운 것이 어리는 것이었다. 조 주사는 잠시 뭉클한 상태로 말없이 서 있었다. 착잡하고 야릇한 심정이었다.

그럴 수밖에 없는 것이 그는 삼십여 년이라는 세월을 전차와 함께 살아왔던 것이다. 그런데 몇 해 전에 지하철 건설 바람에 그만 전차와 함께 자기의 인생도 밀려나버리고 말았던 것이다. 그래서 이제 다시는 볼 수 없으리라고 생각했던 전차가 비록 형해나마 보존되어 이렇게 불쑥 눈앞에 나타났으니 말이다.

한참만에야 평정을 되찾은 조 주사는,

"이제 구경거리가 됐구나. 구경거리가……."

하고 중얼거렸다.

그러니까 오늘은 그때보다는 감회가 좀 엷은 것이지만, 역시 예사롭지가 않다. 삼십여 년이라는 자기 인생의 가운데 도막을 고스란히 바쳐 고락을 같이 해온 전차이니 그럴 수밖에 없다.

"하하하, 1, 2, 3이다. 할아버지, 거꾸로 읽으면 1, 2, 3이에요."

기윤이는 무슨 신기한 것이라도 발견한 듯 전차 앞쪽에 붙어 있는 숫자를 가리키며 좋아서 야단이다.

"그렇군."

"할아버지."

"응?"

"이 전차 할아버지가 운전하던 거예요?"

"바로 이 전차는 아니지만, 좌우간 이런 전차였지. 좋지?"

"헤헤헤……."

기윤이는 힐끗 할아버지를 쳐다보며 묘하게 웃는다.

"웃기는, 그 녀석……."

"이게 진짜 전차란 말이에요?"

"그렇지. 진짜 전차지."

"그럼 지하철은 가짜예요?"

"가짜라기보다도 지하철은…… 트기지, 트기."

"트기가 뭔데요?"

"트기라는 것은 말이야, 저…… 서양 사람하고 우리나라 사람하고 결혼해서 아이를 낳으면 그게 트긴 거야. 혼혈아란 말이야."

"아, 혼혈아. 나도 알아요. 작년에 우리 학교에 혼혈아가 하나 있었는데, 즈그 아버지가 깜둥이래요. 그 애도 꼭 깜둥이 같이 생겼어요. 그런데 전학 가버렸어요."

"그래그래, 그게 트기야. 지하철은 전차도 아니고, 기차도 아니고, 그 중간쯤이지. 그러니까 트기란 말이야."

"그럼 전차하고 기차하고 결혼해서 낳았겠네요."

"허허허…… 그렇다고 볼 수가 있지."

"헤헤헤…… 전차하고 기차하고 어떻게 결혼을 해요? 할아버지 순 엉터리다."

"좌우간 지하철이 진짜가 아니라, 바로 이게 진짜 전차란 말이야. 알겠니?"

"진짜 전차가 뭐 이래."

"왜 어떤데?"

"강냉이 장수한테 주면 강냉이는 많이 주겠다."

"뭣이 어째?"

"헤헤헤……."

"허, 그놈 참……."

"이런 고물 전차가 진짜란 말이에요? 유리도 한 장 없는데……."

"그야 간수를 잘 안 하고 내버려뒀으니까 그렇지. 옛날 새것 때는 아주 멋있었어."

"지하철보다 더 멋있었어요?"

"멋있었지."

"헤, 거짓말."

기윤이는 빨간 혀끝을 날름 내보인다.

"그 녀석……. 좌우간 전차라는 것은 말이야, 땡땡땡 하고 신호를 울리며 달리는 거야. 지하철은 어디 땡땡땡 신호를 울리던?"

"……."

"땡땡땡 하고 신호를 울리며 달리면 길을 가던 사람들이 다 쳐다보고 전차가 지나가는구나 하고 웃지. 그러면 전차에 탄 사람들도 바깥을 내다보며 웃고……. 얼마나 좋아. 그런데 지하철은 어디 바깥에 무엇이 내다보이던? 깜깜한 땅 속을 달리니까 아무것도 안 보이지. 지하철은 두더지야, 두더지."

"헤헤헤 헤헤헤……."

기윤이는 끝내 승복을 못 하겠다는 듯이 웃고는 후닥닥 놀이터 쪽으로 달려간다.

조 주사는 한쪽 나무그늘에 자리를 잡고 앉는다. 도시락을 곁에 놓고, 휠휠 부채질을 하면서 주위를 두리번거린다. 목이 좀 마른 것이다.

그러자 저쪽에서 재빨리 행상 할멈이 달려온다.

사이다를 한 병 사서 마시려다가 소주와 오징어다리 한 가닥을 샀다. 종이컵도 한 개 사고. 서너 모금 목을 축이면 그만인 사이다보다 소주 쪽이 낫겠다 싶었던 것이다. 기분도 어쩐지 예사롭지가 않고 하니 말이다.

자작자음(自酌自飲)도 재미가 괜찮다. 종이컵에 소주를 절반가량 채워가지고 홀짝홀짝 조금씩 목구멍으로 넘기고는 오징어다리를 뜯어 씹는다. 소주가 목구멍을 타고 내려갈 때는 약간 이마가 찡 그려지면서도 뱃속으로 자르르 퍼지면서 후끈해지는 기분은 그만이다.

그러니까 조 주사도 꽤나 술꾼인 셈이다. 지하철 건설 바람에 일자리를 잃고 변두리 복덕방으로 밀려난 뒤로는 술이 부쩍 심해졌다. 처음 얼마 동안은 노상 술로 울화를 가라앉히는 형편이었다. 그러나 역시 젊을 때와는 달리 몸이 잘 말을 들어주질 않아 요 근래에 와서는 현저히 주량을 줄이고 있는 것이다.

그리고 전차를 운전하고 있을 무렵에는 자작자음하는 일은 거의 없었다. 술 그 자체보다도 친구들과 어울리는 맛에 마시기 마련이었다. 그러던 것이 복덕방으로 밀려나면서부터는 곧잘 자작자음을 하게 되었다. 술 그 자체의 맛을 즐기게 된 셈이다. 다시 말하면 무척 허전해진 것이다.

그런 변화와 함께 또 술이 거나해지면 혀가 곧잘 헛미끄러지듯 했다. 혀의 탄력이 현저히 감소된 것이다. 그러니까 술이 오르면 된 소리 안 된 소리 마구 지껄여댄다. 물론 전에도 취하면 절로 말이 많아지고 목소리가 높아지기 마련이었지만, 그러나 그때는 그래도 돌아가는 혓바닥에 힘이 있고 말에 조리가 있었는데, 이제 그게 아니라 했던 말을 또 하고 또 하는 것이다. 발음도 분명치 않은 말을 말이다.

그리고 술기가 오르면 눈앞의 사물도 쉬 흐늘흐늘해져 버린다. 마치 눈에 아지랑이가 낀 것처럼. 눈의 근기(根氣)도 많이 풀어진 것이다.

어쩌면 변두리 복덕방이란 이렇게 사람을 대번에 한물가도록 하는 곳인지도 모른다. 일자리를 가지고, 새벽 출근이다, 야근이다 하고 도시락을 들고 시간을 맞추어 출퇴근을 할 때는 힘에 겹도록 고되었는데도 사람이 빳빳했었는데, 일단 일자리를 잃고 변두리로 밀려나자 금세 그만 이렇게 시들시들해져버린 것이다.

2홉들이 소주병이 삼분의 일 가량밖에 줄지 않았는데, 벌써 눈앞이 아른 해진다. 햇빛이 한결 더 눈부신 듯하고, 눈앞의 풍경이 선명하고 고운 색채로 변하는 것만 같다. 퍼석퍼석하고 따분하기만 하던 세상이 유정한 세상으로 바뀌는 듯한 느낌이라고나 할까. 혼혼하게 온몸에 번지는 주기— 마치 메마른 나무에 단물이 오르는 격이니 그럴 수밖에.

이 정도에서 그만하는 게 몸에도 좋고 상책인데, 그게 잘 안 된다. 한 잔만 더…… 혼혼하고 아른한 기분을 조금 더 짙게…… 그래서 더 좀 세상이 유정하게 느껴지도록…… 쪼르르— 반 컵 가량을 더 따른다. 그리고 소중스레 입으로 가져간다.

"카—."

25도짜리니 뭐 별로 카— 할 것까지는 없는데, 조 주사는 일부러 그런 소리를 낸다. 기분이 좋다는 뜻이다.

오징어다리를 잘근잘근 씹으면서 전차를 바라본다. 전차 역시 아까와는 달리 고운 빛깔로 눈에 들어온다. 유리도 한 장 없고, 여기저기 녹이 슬어 어설프기만 하던 전차가 마치 수채화 속에 곱게 등장한 것 같다. 아까는 어쩐지 옛 친구의 퇴락한 모습을 보는 듯 반갑기는 하면서도 민망스럽고 씁쓸하게 느껴졌는데, 이제 조금도 그렇지가 않다. 그냥 반갑고 다정스럽기만 하다. 정말 친하던 옛 친구가 눈앞에 나타난 것만 같다.

그런데 그 전차가 일렁일렁 조금씩 흔들리는 것 같다. 눈에 서서히 아지랑이가 끼기 시작하는 모양이다.

"할아버지— 나도 좀 줘요—."

기윤이가 달려온다.

"오징어 나도 먹고 싶어요. 나 좀 줘요."

기윤이는 할아버지 앞에 쪼그리고 앉으며 꼴깍 침을 삼킨다.

"술안주야. 너도 소주 한 잔 마실래?"

조 주사가 빙그레 웃으며 말한다.

"난 콜라 한 병 마실래요."

"콜라보다 사이다가 시원하고 좋지."

"싫어요. 사이다는 맛없어요. 콜라 마실래요."

그리고 기윤이는 일어서서 주위를 두리번거린다. 저쪽에서 행상 아낙네 두 사람이 앞을 다투어 달려온다.

"할아버지, 넘버원도 하나 사줘요. 예?"

콜라 한 병을 손에 들고 기윤이는 할아버지를 향해 애교 있는 표정을 짓는다. 평소에 군침이 돌던 것을 오늘 죄다 해결해 볼 생각인 모양이다.

"콜라 마시면 됐지, 또 뭐야?"

"넘버원 아주 맛있어요. 한 개만 사줘요."

"넘버원이 뭔데?"

"초콜렛이에요."

"초콜렛?"

"예, 아주 맛있어요."

"초콜렛이면 초콜렛이지, 넘버원이 또 뭐야?"

"초콜렛 이름이잖아요. 테레비에서 선전하는 거 못 보셨어요?

"넘버원인가 뭔가 그런 것보다 박하사탕이 맛있지. 박하사탕 없소?"

아낙네에게 묻는다.

"박하사탕은 없는데요."

그러자 기윤이는,

"박하사탕은 싫어요. 맛없어요. 넘버원 한 개만 사줘요."

하면서 그만 아낙네의 물건 바구니에서 초콜릿 하나를 집어 든다.

"그래그래, 그렇게 먹고 싶거든 먹어라."

그러자 몇 걸음 늦어서 손님을 빼앗긴 아낙네가 자기의 바구니를

내밀며,

"깨엿도 좀 사이소."

한다. 경상도 아낙네다.

바구니에 가득 깨엿이 담겼다. 이 아낙네는 깨엿 한 가지로 장사

를 하는 모양이다.

"안 사요."

조 주사는 거의 반사적으로 말한다.

"아주 고시하고 답니더, 좀 사이소."

약간 비굴한 웃음까지 띤다.

"고소하고 달긴…… 요새 엿이 뭣이 고소하고 달단 말이오."

"잡사 보이소. 안 고시한가……. 안 고시하고, 안 달면 돈 안 받심

더."

그러자 조 주사는,

"돈 안 받는 거 좋아하시네."

주기가 오른 코언저리에 비시그레 웃음을 띤다. 그리고 빈정거리

듯이 말한다.

"요새는 엿도 옛날 엿 같지 않단 말이야. 도무지 엿이라는 것이

엿 같은 맛이 나야 말이지."

"옛날 엿이사 살(쌀)로 안 만들었능교. 요새야 어디 살로 만들게 하능교. 그러니까 그렇지예."

"그건 그렇다 치더라도, 깨엿이라는 것이 깨 맛까지 옛날과 다르단 말이외다."

"깨 맛이 와 달라예?"

"옛날 깨처럼 진짜 고소한 맛이 나질 않고, 어쩐지 싱겁거든. 비릿하기도 하고……."

그러자 기윤이가 힉 웃으며 말한다.

"그럼 깨도 옛날 깨가 진짜고, 요새 깨는 가짜겠네요.?"

"그렇다고 할 수 있지."

"헤헤헤……."

"이 녀석 웃기는……."

아낙네도 큭 한 번 웃고는,

"아저씨 입맛이 옛날과 다른 모양입니다."

한다.

"입맛이 다르기는……."

"좌우간 잡사 보이소. 고시한강 안 고시한강……. 잡사보시지 않고……."

아낙네는 깨엿 한 가락을 집어서 조 주사 앞으로 내민다.

조 주사는 마지 못한 듯 그것을 받아 쥔다. 그러나 절로 군침이 꿀컥 넘어간다. 그러자 기윤이가,

"나도 한 개……."

조그마한 소리로 말하며 할아버지 눈치를 힐끗 본다. 이제 어린

마음에도 좀 미안한 생각이 드는 모양이다.

아낙네는 재빨리 또 깨엿 한 개를 집어 기윤이의 손에 쥐어 준다. 마치 공짜로 선심이라도 쓰는 것처럼.

조 주사는 깨엿을 절반가량만 깨물고 나서 나머지는 기윤이에게 넘긴다. 그리고 자기는 다시 종이컵에 소주를 따른다. 술과 단 것과는 역시 어울리지 않는 모양이다. 안주가 떨어져서 도시락 반찬을 꺼낸다.

도시락 반찬을 안주해서 조 주사는 기어이 2홉들이 한 병을 다 비울 생각인지 눈언저리가 게슴츠레한데도 곧장 홀짝거린다. 기윤이는 할아버지 앞에 앉아서 마치 대작이라도 하듯이 콜라를 마시고, 초콜릿이랑 깨엿을 깨문다.

잠시 후, 조 주사는 소주 컵을 놓고, 멀뚱히 전차를 바라본다. 전차가 아까보다 더 고운 빛깔을 띠어 보인다. 그리고 그 고운 빛깔의 전차가 이제 일렁일렁 흔들린다. 마치 자기를 반기며 조금씩 이쪽으로 움직여 오는 것만 같다. 눈에 아지랑이가 짙어지는 모양이다.

조 주사는 두 눈을 찔끔 감았다가 뜬다. 그리고 불쑥 입을 연다.

"옛날은 좋았어. 좋았고말고……."

기윤이가 말없이 바라본다.

"기윤아."

"예?"

"옛날 할아버지가 말이야, 전차 운전사 노릇할 때는 정말 좋았어."

기윤이는 무엇이 좋았다는 것인지 알 수가 없는 듯 그저 멀뚱멀뚱 듣고만 있다.

"기윤아, 들어봐. 지금부터 말이야, 할아버지가 전차 운전사 노릇할 때 이야길 할 테니……. 참 좋았지. 좋았고말고……."

조 주사는 혼자 그저 도취가 된 듯 눈까지 지그시 감으며 곧장 좋았지, 좋았어. 그리고 소주 컵을 들어 또 한 모금 꿀꺽 넘긴다.

"옛날 할아버지가 처음으로 전차 운전사가 됐을 그 무렵에는 말이야, 전차 운전사라하고 하면 누구나 우러러봤지. 시험이 얼마나 어려웠다고……. 1차 시험에 붙어도 2차에 신체 건강하고, 얼굴 잘생기고, 목소리까지 좋지 않으면 미역국을 먹었으니까."

"미역국을 먹다니요?"

"낙방이란 말이야, 낙방"

"낙방이 뭐예요?"

"낙방도 모르는구나, 불합격이란 말이야, 불합격."

"전차 운전사 되기가 그렇게 어려웠어요?"

"어려웠고말고, 요즘 비행기 조종사 시험만큼이나 어려웠지."

"제트기 조종사 말이에요?"

"그래"

"햐—."

기윤이는 감탄을 한다. 제트기 조종사라고 하면 무엇보다 최고라고 생각하는 터이니 그럴 수밖에. 할아버지가 새삼스럽게 바라보이는 모양이다.

조 주사는 기분이 좋은 듯 또 홀짝 한 모금 마시고는 약간 혀가 헛미끄러지는 듯한 소리로 곧장 늘어놓는다.

"그래서 그때는 말이야, 전차 운전사라고 하면 선도 안 보고 딸을 주었지. 선보는 게 뭔지 모르지? 신랑 각시 되려고 서로 얼굴을 보는 게 선이야. 알겠니? 전차 운전사라고 하면 말이야. 누구나 신체 건강하것다, 인물 좋것다, 게다가 월급까지 많으니, 요새 말로 인기가 대단했지. 월급이 면서기 월급 두 배는 됐으니까. 그러니 서로 딸을 주려고 할 수밖에."

"그러면 할아버지도 할머니하고 선을 안 보고 신랑각시 됐어요?"

"허허허……. 할아버지가 할머니 선을 봤지. 안 예쁘면 퇴짜를 놓으려고."

"선 보니까 할머니 예뻤어요?"

"예뻤으니까 장가들었지. 허허허……."

"할아버지 장가들 때 꼬꼬재배 했지요?"

"꼬꼬재배를 어떻게 알지?"

"그림책에서 봤어요. 옛날엔 장가가고 시집갈 때 모두 꼬꼬재배를 했어요. 그죠?"

"응, 너도 커서 장가갈 때 꼬꼬재배해라."

"싫어요!"

기윤이는 단호히 말한다.

"난 따안딴따따안…… 피아노에 맞춰서 예식장에서 할래요. 히히히……."

"예식장에서 하는 것보다 꼬꼬재배가 훨씬 멋지고 좋지."

"아니에요. 꼬꼬재배는 곰팡이 냄새가 나요."

"뭐? 곰팡이 냄새가 나? 허, 그 녀석."

조 주사는 고얀 녀석이라는 듯이 한 번 흘겨보고는 꿀꺽 또 한 모금 넘긴다. 그리고 다시 화제를 옛 전차 쪽으로 돌린다.

"옛날 전차 운전사들은 말이야, 인정이 많았지. 아낙네들의 보따리 짐을 들어 올려 주기도 하고…… 또 전차를 오래 운전하다 보면 소매치기 얼굴을 대개 알 수가 있거든. 그래서 말이야, 소매치기가 전차에 오를 것 같으면 손님들에게 호주머니를 조심하세요, 호주머니를 조심하세요, 알려주기도 했지. 운전사들이 친절히 하니까 자연히 손님들도 운전사를 좋아했지. 자주 대하는 어떤 아가씨는 말이야, 과자나 땅콩 같은 것을 한 움큼 슬그머니 호주머니에 넣어 주기도 하더라니까. 음력설이나 추석 같은 때는 떡을 싸다가 주는 손님도 있고…… 요즘 세상에선 볼 수 없는 인정이지."

"……."

"그리고 여름철에 전차가 한강 다리를 지날 때면 얼마나 기분이 좋다고……."

"왜요? 경치가 좋아서요?"

"경치가 좋아서가 아니라, 물론 경치도 좋지만…… 한강 다리를 지날 때면 아가씨들이 운전사 쪽으로 몰려오거든."

"……."

"앞에서 시원한 바람이 들어오니까 몰려온단 말이야. 그러면 아가씨들 분 냄새가 시원한 바람과 함께 코를 간질간질하게 해서 얼마나 기분이 좋은지…… 허허허."

"헤헤헤……."

"좌우간 옛날 전차는 좋았고말고. 기적소리도 멋있었지. 뚜— 새벽에 울리는 첫 기적소리도 멋있고, 뚜— 자정이 가까워서 울리는 마지막 기적소리도 멋있었지. 운치가 있었어, 있었고말고……."

그러면서 조 주사는 비실비실 자리에서 일어난다. 소변이 마려운 모양이다. 그러나 조 주사는 변소를 찾아가는 것이 아니라, 비실거리며 서서 멀뚱히 전차 쪽을 바라본다. 아지랑이가 담뿍 어린 것 같은 눈으로.

그러다가 별안간,

"헛헛헛허……."

크게 웃어젖힌다. 마치 실성한 사람처럼.

"헛헛헛허……. 뚜— 자— 전차가 옵니다. 전차가. 옛날 진짜 전차가……. 뚜— 자— 여러분, 전차를 타세요. 진짜 전차를. 옛날 진짜 전차가 떠납니다. 땡땡땡, 땡땡땡, 자— 어서 타세요. 어서, 어서……."

손짓 몸짓으로 운전하는 시늉을 해대며 조 주사는 비칠비칠 전차 쪽으로 간다. 구경거리로 안치해 놓은 옛 전차의 형해를 정말 운전이라도 하려는 듯이.

"자— 여러분, 옛날 진짜 전차가 떠납니다. 진짜 전차가……."

"할아버지! 왜 이래요!"

놀란 기윤이가 달려가서 할아버지의 헐렁헐렁한 즈봉 옆구리를 두 손으로 꽉 붙든다. 사람들이 재미있다는 듯이 히죽히죽 웃으며 보고 있다.

《문학사상》(1976. 1)

임진강 오리 떼

올해부터는 새해 첫날을 어디 좀 조용한 곳에 가서 조용한 마음으로 보내리라 마음먹은 나는 1월 1일 아침 아내에게 말했다.

"여보, 오늘 어디 조용한데 한 번 가봅시다."

내 말에 아내는 약간 의아한 표정을 지으며,

"새해 첫날인데요?"

하였다.

"새해 첫날이면 어때서? 새해 첫날이니까 어디 조용한 곳에 가서 좀 의의 있게 신년을 맞이해 보자는 거지. 어때요?"

"좋고말고요."

아내는 얼굴에 활짝 웃음을 띠며 잠시 말이 없다가,

"그럼, 임진각에나 한 번 가볼까요?"

한다.

"임진각? 좋지."

나는 대뜸 찬성했다.

임진각에 한 번 가보자는 얘기는 벌써부터 있었다. 그러면서도 지금까지 한 번도 선뜻 나서지를 못해 왔다.

새해 첫날에 임진각엘 간다— 괜찮은 일이라고 생각했다. 실향민은 아니지만 분단된 이 나라의 백성으로서 한 번쯤은 임진각에라도 찾아가보아야 될 게 아닌가. 가능하면 판문점 같은 데에 가보는 게 좋겠지만, 쉬운 일이 아니고…… 나는 이 나라의 소위 작가라는 사람으로서 분단의 상징이라고도 할 수 있는 판문점엘 지금까지 한 번도 가보지 못했다는 사실을 내심 부끄럽게 여기고 있는 터이다.

"임진각에 가면 메기 요리가 아주 맛있데요."

"메기 요리?"

"예, 임진강에서 잡은 메기래요. 매기 요리도 있고, 잉어 요리도 있고…… 싱싱한 민물고기가 많대요."

아내는 어디서 들었는지 득의연하게 지껄인다.

'싱싱한 민물고기'라는 말에 벌써 나는 군침이 돈다.

"좋아요. 한 번 가봅시다."

아내와 함께 집을 나선 것은 열두 시가 거의 다 되어서였다. 신문에 나와 있는 관광회사의 광고를 보니 오후 한 시에 동양고속에서 출발하는 게 있었던 것이다.

그러나 막상 동양고속 터미널에 도착하여 관광부에 알아보니 출발 시간이 오후 두 시였다. 한 시간이나 더 기다려야 되는 것이다. 뭐 이래 싶었다. 기분이 잡쳐지는 듯해서 나는 아내를 돌아보며,

"행선지를 바꿀까?"

물었다.

"어디로요?"

"전철을 타고 인천으로 가서 월미도로나 나가 바다나 바라보는 게 어떻겠어?"

전철은 곧 탈 수가 있는 것이다.

아내는 잠시 말이 없다가,

"마음먹은 김에 잠깐 기다렸다가 임진각으로 가봅시다. 바다야 많이 봤잖아요."

하였다.

기어이 임진각 쪽으로 가보고 싶은 모양이다.

"그럼 그러지."

한 시간이나 기다릴 일이 따분하긴 했으나, 굳이 마다할 까닭은 없다. 표를 끊었다. 예정대로 임진각행이다.

그리고 신문을 한 장 샀다. 1월 1일자 신문이라 두툼하다. 신문을 들고 터미널 이층에 있는 휴게실로 올라갔다.

휴게실에 앉아 커피를 마시면서 신문을 펼쳐본다. 아내도 신문을 한 장 벗겨가서 읽는다. 1월 1일자 신문이라 큼직큼직한 기사가 많다. 그 중에서 나는 한반도와 4강, 즉 남북한의 대립과 이를 둘러싼 국제정치의 기류에 관한 특집기사를 읽기 시작했다. 영국의 어떤 권위 있는 군사평론가와의 인터뷰 기사, 그리고 국내 정치학자들의 좌담회 기사 등이다.

나는 근래 이런 기사를 무척 재미있게 관심을 가지고 읽는다. 재미있게라는 표현이 좀 뭐한데, 좌우간 어떤 절실한 심정으로 읽고 있는 것이다.

지난 해 봄 인도지나반도가 적화된 뒤로 바짝 고조된 한반도의 긴장은 곧 나 자신의 긴장으로 다가왔던 것이다. 또 다시 이 땅에서 전쟁이 일어난다면…… 골육상쟁의 엄청난 참상이 또 빚어진다면…… 생각할수록 비통하고 암담하기만 했다. 여섯 살짜리 막내둥이를 안고 누워서 밤이 이슥토록 잠을 이루지 못한 적이 한두 번이 아니다. 위로 성인이 다 된 큰놈과 국민학교 5학년짜리 딸애가 있지만, 그것들에 대한 연민의 정은 별로 가슴을 건드리는 것까지는 없는데, 여섯 살짜리 막내둥이, 이 철없는 어린 것에 대해서는 형언할 수 없는 뭉클한 것이 머리를 쳐들곤 했다. 가련한 생각이 들어 견딜 수가 없었다.

이런 비통한 심정, 다시 말하면 전쟁이 일어나지 말기를 바라는 심정, 평화를 갈구하는 심정이 절로 한반도를 둘러싼 국제정치에 관한 신문기사 같은 것에 쏠리게 된 셈이다.

그런 기사를 읽을 때마다 일희일비라고 할까, 어떻게 보면 괜찮을 것 같기도 하고 어떻게 보면 아무래도 무슨 일이 일어나고야 말 것만 같고…… 착잡한 심정을 누를 길이 없었다. 아무튼 우리나라가 난국에 처해 있는 것만은 틀림없는 사실이었다.

1월 1일자의 특집기사 역시 읽고 나니 마찬가지 느낌이었다. 낙관도 불허하고, 그렇다고 비관할 것까지는 없는 그런 상황, 그런 기류 속에 1967년의 새해가 밝았구나 싶었다.

"음—"

나는 절로 가벼운 신음소리 비슷한 것이 흘러나왔다.

약간 피로했다. 어제 저녁에 마신 망년회의 술이 좀 과했던 것 같다. 아침나절에는 별로 그런 줄을 몰랐는데, 이제 서서히 그 피로가

온다. 두 페이지에 걸친 기사를 열심히 읽었기 때문인지도 모른다.

나는 신문을 놓고 인단을 꺼내어 몇 알 입에 넣었다.

아내는 신문을 보면서 혼자 빙그레 웃고 있다. 신년 특집 만화라도 보고 있는 모양이다.

두 시 십 분 전쯤에 일어나 우리는 버스로 갔다.

버스는 정각 두 시에 출발했다. 예상했던 것과는 달리 승객이 별로 많지 않았다. 좌석이 절반가량은 비어 있었다. 새해 첫날이라 이북에 고향을 두고 온 사람들이 많이 임진각을 찾으리라 싶었는데 말이다. 더구나 임진각에 제단을 마련해서 실향민들의 합동 연시제(年始祭)도 거행된다는데…….

버스가 서울을 벗어나 통일로를 쾌속으로 달리기 시작하자 나는 기분이 매우 후련해졌다. 언제나 서울을 훌쩍 벗어난다는 것은 즐거운 일이다.

아내 역시 기분이 좋은 듯 밝은 얼굴로 차창 밖에 펼쳐지는 풍경을 내다보고 있다.

"여보, 저 집들 좀 봐요."

아내가 말한다.

"글쎄 깨끗한데……."

"꼭 무슨 장난감 같죠?"

"그렇군."

"기자촌인가 봐요."

"기자촌을 어떻게 알지?"

"구파발에 기자촌이 생겼다는 얘기 들었거든요."

"맞아, 그런가 봐. 기자촌인가 봐. 당신 모르는 게 없군."

"하하하……."

"허허허……."

우리는 공연히 유쾌했다.

금촌 근처를 지날 때는,

"여기가 금촌이군요."

아내는 마치 그곳이 무슨 연고지이기나 한 듯 반가운 표정을 지었다.

"금촌?"

"왜 저…… 우리가 수색에 살 때 춘식이네 집 있었잖아요."

"있었지. 그런데?"

"춘식이 엄마 친정이 금촌이랬어요."

나는 힉 웃음이 나왔다. 춘식이 어머니 친정이 금촌인데, 그게 뭐 그리 반가워서…….

"춘식이 엄마 얘길 들으니까 자기 친정에 가면 이북에서 방송하는 소리가 다 들리고, 삐라가 날아오기도 한다는 거예요."

"그래?"

"아이 무서워."

그러면서 아내는 조금 전의 표정과는 달리 약간 두려운 듯한 얼굴로 창밖을 유심히 내다본다.

나도 어쩐지 좀 기분이 으스스해지는 느낌이었으나, 그러나 바깥 풍경은 어디를 보나 조금도 그런 것이 느껴지지가 않고, 평온하고 태평스럽기만 했다.

소달구지가 하나 천천히 논길을 가고 있다.

버스가 목적지에 도착한 것은 정각 세 시였다. 꼬박 한 시간 걸린 것이다. 네 시 반에 되돌아가니, 네 시 이십분까지 모두 차로 돌아와 달라는 안내양의 부탁이다.

버스에서 내린 나는 아내를 돌아보며,

"허허."

웃었다.

아내 역시 약속이라도 한 듯,

"뭐 이래요?"

하면서 웃었다.

약간 어이가 없었던 것이다.

대체로 명승지나 명소의 어디를 가보아도 기대했던 것보다는 못하게 느껴지기 마련이지만, 이건 좀 너무하구나 싶었다. 뭐 대단한 기대를 가지고 온 것은 아니지만, 그러나 관광버스가 매일 운행할 정도면 그래도 뭔가 좀 구경할 게 있으려니 싶었는데, 도무지 그게 아니었다. 허허벌판 가운데에 그저 약간의 조경이 되어 있고, 저만큼 이층짜리 건물이 하나 덜렁 서 있을 뿐이니 말이다.

무슨 배반을 당한 느낌이었다.

아무튼 새해 첫날이라 그런지 찾아온 사람들이 많았다. 관광버스도 제법 많고, 자가용도 수 없이 늘어서 있었다.

"저거 누구 동상이에요?"

"글쎄……."

우리는 동상 쪽으로 갔다.

트루먼 대통령의 동상이었다. 한국을 6.25의 위기에서 구해준 트루먼 대통령의 동상이 등신대(等身大)로 마련되어 있었다.

동상을 지나 조금 가니 이번에는 유엔군 전몰장병의 위령비가 세워져 있다. 아주 멋있는 조형이다.

위령비 앞에서 미국 장교들 대여섯 사람이 기념촬영을 하고 있는데, 아마 해군 장교들인 것 같다. 금테가 번쩍거리는 정장을 해서 그런지 멋진 현대적 조형의 위령비와 잘 어울려 매우 이색적이다. 마치 어디 이국에라도 온 것 같은 느낌이다.

동료들의 위령비 앞에서 사진을 찍으면서도 모두가 싱글벙글 웃는 얼굴이다. 조금도 심각한 데가 느껴지지 않는다. 마치 즐거운 관광길의 장난기 어린 기념촬영인 것만 같다. 그들의 낙천적인 면모가 여실히 드러난다고나 할까. 아마 우리 장교들 같았으면 십중팔구 어깨를 쫙 펴고 근엄하고 심각한 표정을 지었으리라 생각된다. 동료의 전몰 위령비 앞이니 말이다. 동서의 어떤 대조가 느껴지는 듯 재미있었다.

"저 사람들은 군인도 어쩐지 군인 같지가 않아요."

아내의 말이다.

몇 걸음 가니 돌에 6.25 동란일지가 새겨져 있다. 이 땅의 통한의 기록인 셈이다.

그리고 이제 앞을 이층 건물이 가로막는다. 바로 그게 임진각인데, 다름 아닌 식당인 것이다. 아래층은 한식부와 기념품 판매부, 위층은 양식, 일식부다.

아직 점심을 안 먹어서 좀 출출했지만 곧바로 식당으로 들어갈 수는 없다. 점심을 위해서 이곳에 온 것은 아니니 말이다. 식당 저쪽에는 무엇이 있는지 궁금했다.

건물 뒤편으로 돌아간 우리는 그제야 비로소 번쩍 눈이 뜨이는 듯했다.

"하하―"

"어머―"

나와 아내의 입에서 거의 동시에 탄성 비슷한 것이 나직이 흘러나왔다.

조금 전에 버스에서 내렸을 때 느꼈던 실망감과는 정반대의 것이었다. 어떤 충격 같은 것이 오는 듯 기분이 얼얼했다.

다름 아니라 그곳에는 '자유의 다리'와 임진강 철교가 있었다. 그리고 얼어붙은 임진강이 멀리 가로놓여 있었다. 실향민들의 합동제단도 그 앞에 마련되어 있었다.

건물 앞쪽의 광경이 6.25를 되새기기 위한 인위적인 조경이라면, 이것은 그대로 비극의 자취이며, 생생한 현장이었다. 물론 '자유의 다리'나 부서져나간 일부를 보수한 임진강 철교를 사진으로 안 본 바 아니다. 그러나 그저 사진으로 보았을 때와는 판이하게 다른 어떤 감동 같은 것이 온몸을 쩌릿하게 했다. 현장이 주는 긴장감 때문이리라.

아무튼 예사롭지 않은 분위기에 휩싸인 나는 그제야 비로소 잘 왔구나 하는 생각이 들었다.

아내 역시 비슷한 심경인 듯,

"기분이 이상해요,"

하면서 나를 돌아보곤 했다.

우리는 먼저 실향민을 위한 합동제단을 구경했다. 흰 피륙으로 조촐하게 꾸민 제단에 갖가지 음식이 귀물스럽게 차려져 있고, 그 앞에 '할아버님 영전에', '할머님 영전에', 그리고 '아버님 영전에', '어머님 영전에', 이렇게 네 가지 신식 지방이 붙여져 있었다.

마침 한 가족이 제단 앞에서 절을 하고 있었다. 아버지 어머니 그리고 오빠들과 나란히 서서 절을 하고 있는 조그마한 딸애의 때때옷이 유난히 곱게 보였다. 흰 피륙의 제단 앞이라 그런 모양이다.

그러면서도 어쩐지 나는 기분이 묘했다. 아내를 돌아보니 아내역시 예사로운 표정이 아니다.

차례차례 제단 앞으로 나아가 향을 피우고 제주를 올리고 절을하는 실향민 가족들의 색다른 연시제를 한참 서서 구경한 다음 우리는 자유의 다리 쪽으로 갔다.

자유의 다리— 사진에서 여러 번 본 바로 그 다리다. 나무로 만들어진 일종의 가교다. 포로교환 당시 이 다리를 넘어 많은 국군포로들이 자유를 찾아왔다고 해서 붙여진 이름인 것이다. 그러니까 이십 몇 년 전 한 번 사용되었을 뿐, 그 뒤로는 한갓 역사적인 유물로보존되어 오고 있는 목교(木橋)다.

길이가 삼사십 미터는 되는 듯했다. 비바람과 흐르는 세월에 시달려 꽤 낡아 있었다.

별것도 아닌 그 나무다리가 어쩌면 그렇게 사람의 가슴을 멍하게하는지 몰랐다. 나는 곧장 고개를 끄덕이며,

"하하— 이게 바로 자유의 다리구먼. 포로들이 건너온…… 흐흠—"

하면서 아내를 돌아보았다.

아내 역시,

"어머나— 국군포로들이 이 다리를 건너왔군요. 이 다리를……."

몹시 기분이 이상한 모양이다.

여위고 후줄근해진 포로들이 팔을 축 늘어뜨리고 힘없이 이 다리

를 건너 죽음의 세계로부터 빠져나오는, 이십 몇 년 전의 광경이 눈에 보이는 듯해서 나는 약간 떨리는 듯한 숨을 몰아쉬기도 했다.

자유의 다리는 임진강 철교에 이어져 있었다. 그쪽으로는 일반인의 접근을 금하고 있어서 자세히 볼 수가 없어 안타까웠으나, 먼빛으로 보아도 철교의 한쪽 부분이 보수되어 있는 듯했다. 전쟁 때 폭격으로 부서져 나갔던 모양이다.

임진강 철교— 이 철교를 넘어 철마가 북으로 북으로 달릴 수 있는 날은 언제일까? 나는 절로 이런 다분히 감상적이기도 한 기분에 사로잡히지 않을 수 없었다. 꽥— 곧 우렁찬 기적소리와 함께 철교가 커더덩커더덩 울릴 것만 같았다. 그러나 녹슨 철교 위엔 겨울바람이 지나가고 있을 뿐이었다.

철교 양쪽으로 말할 것도 없이 임진강이 길게 가로 뻗어 있었다. 강은 온통 얼어붙어 있었고, 강기슭에는 철조망이 끝없이 가설되어 있었다.

그런데 강이 그저 예사롭게 얼어붙은 게 아니라, 마치 파도가 치다가 그대로 얼어 굳어진 듯이 보였다. 정말 이상했다. 강물이 얼면 미끈하고 깨끗해 보이는 법인데, 도무지 그게 아니라 거칠고 어설프기 짝이 없었다. 그런 강가에 새까만 철조망이 끝없이 가설되어 있으니 그 분위기의 으스스함은 이루 말할 수가 없었다. 더구나 날씨까지 음산한 판이었으니 말이다.

등골이 서늘해지는 듯해서 나는 가볍게 몸을 떨었다.

"강이 왜 저렇죠? 얼은 거예요, 뭐예요?"

아내가 물었다.

"얼은 거지 뭐."

"그런데 어떻게 저렇게 얼었죠?"

"글쎄 말이야."

"아이 이상해라. 어쩐지 기분이……."

"으스스하지?"

"예, 아이 무서워."

아내는 목을 움츠렸다. 공비들이 강을 건너서 곧 기어 나오기라도 할 것 같은 모양이다.

한참 그런 으스스한 기분에 젖은 채 임진강 그 음산한 풍경을 구경한 다음 우리는 자유의 다리 밑으로 내려갔다.

자유의 다리 밑에 양어장이 있다. 임진강의 싱싱한 민물고기 요리란 다름 아니라 바로 이 양어장에서 기르는 고기인 모양이다.

양어장 역시 얼어붙어서 고기를 구경할 수는 없었으나, 기슭을 거닐면서 자유의 다리를 밑에서 위로 올려다보기도 했다.

한 쌍의 젊은 남녀가 손을 잡고 우리 앞을 천천히 걷고 있었다. 그러나 그들은 다리 같은 것엔 별로 관심이 없는 듯 그저 자기들의 대화에만 열중이었다. 헉! 혹은 킥! 하고 웃기도 하면서.

그들 젊은 두 사람과 우리 내외와의 거리 같은 것이 느껴지는 듯해서 좀 허전하면서도 재미있었다.

우리 내외는 직접 6.25라는 것을 체험했기 때문에 자유의 다리니 임진강 철교 같은 것이 결코 예사롭게 보이질 않는다. 피부에 와 닿는 정도가 아니라 심장에 와 닿는다고 해도 과언이 아닌 것이다. 그러나 그들 젊은이는 6.25를 모른다. 아마 그들은 그때 아직 태어나지도 않았을 것이다. 그러니 비극의 현장에 와도 그저 좀 색다른 관광 정도로밖에 느껴지지 않는 것이다. 헉! 혹은 킥! 하고 예사로 자기들의 젊은 웃음이 나오곤 하는 것이다. 그런 그들을 나무랄 수는 없다. 그들에게는 책임이 없으니 말이다. 책임이 있다면 우리에게, 우리의 선대에게 있는 것이 아니겠는가. 오히려 그들의 그런 면을 좋게 보아줘야 할 것이다. 밝다면 밝고, 싱싱하다면 싱싱한 면이라고 할 수 있으니 말이다.

그런 생각을 하면서 양어장이 있는 다리 밑에서 올라온 나는 이제 식당으로 갈까 하고 걸음을 그쪽으로 떼놓았다. 그런데 뒤따라오던 아내가,

"여보 저것 좀 봐요!"

깜짝 놀라듯이 말한다.

얼른 걸음을 멈추고 아내가 가리키는 쪽을 본 나는,

"하— 저게 뭐야?"

절로 입이 벌어졌다.

임진강 쪽이었다. 임진강 저쪽 하늘을 새까맣게 덮으며 한 무리의 새가 날아온다. 수백 마리가, 아니 수천 마리가 될 것 같다.

"까마귀 뗀가?"

"……."

아내는 말없이 그 광경을 바라보고 있다.

날아온 새들이 임진강에 좌르르 쏟아지듯이 내려앉는다. 그러나 한꺼번에 다 내려앉는 게 아니라, 한 떼서리*(떼거리)는 강 위에 떠서 너울거린다. 강에 내려앉은 새 가운데도 다시 파다닥파다닥 나부껴 오르는 축도 있다.

"오리 떼군요."

아내가 말한다.

"오리들인가? 까마귀 아니고?"

"오리예요. 맞아요."

"야— 오리가 저렇게 많이……."

나는 필요 이상으로 감탄을 한다.

파다닥파다닥 나부껴 오른 한 떼서리는 어디론지 남쪽으로 날아
간다. 강 위에 떠서 너울거리던 무리는 도로 북쪽으로 향하기도 한
다. 저희 마음대로다.

"오리들은 삼팔선도 없나 보죠?"

"삼팔선이 아니라 휴전선이지."

"글쎄, 휴전선도 없나 보죠?"

"없지. 오리들에게 무슨 휴전선이 있겠어."

우리는 좀 바보 같은 소리를 주고받으며 웃었다.

그러고 있는데 어떤 소녀 하나가 다가와서,

"아저씨 저 새들 무슨 샙니꺄?"

묻는다. 경상도 사투리의 단발머리 소녀다. 열서너 살 되었을까.
국민학교 학생인 것 같다.

"오리란다. 오리."

"오립니꺄? 오리가 꼭 까마구들 같네예?"

"글쎄 말이야. 나도 첨엔 그런 줄 알았는데……."

그러자 아내가 입을 연다.

"오리 떼니까 강을 찾아오지, 까마귀들은 강에 내려앉진 않거든.
그리고 까마귀들은 땅에 내려앉을 때 하늘에서 한참 빙빙 회오릴
친 다음에 내려앉는 거야. 먼 데서 보니까 비슷하게 보이지만 가까
이 가보면 생김새도 딴판이지. 물오리야 물오리."

옛날에 교편을 잡은 일이 있어서 그런지 아내는 어떻게 그런 방면까지 환하다.

"옛날 선생님이라 다르군."

하고 나는 웃었다.

그러자 소녀가 아내를 힐끗힐끗 쳐다본다. '옛날 선생님'이라는 말에 새삼스럽게 바라보이는 모양이다. 그리고 마치 학생이 선생님에게 질문을 하듯 묻는다.

"저 오리들 북괴 오립니까? 우리나라 오립니까?"

"……."

아내는 말없이 힉 웃으며 나를 본다. 그 대답은 당신이 하라는 듯이.

나도,

'허허허……."

웃었다. 조금 억지로 웃는 그런 웃음이었다.

그런 질문쯤 아무렇게나 대답하려면 간단하다. 그러나 나는 얼른 대답이 나오질 않았다. 생각하면 간단한 질문이 아닌 것이다.

그 질문에 대한 답변에는 몇 가지가 있을 수 있을 것이다.

첫째, 저 오리는 우리나라 오리다, 혹은 북괴 오리다, 하는 식으로 대답하는 방법이 있겠고, 둘째는 우리나라 오리도 되고, 북괴 오리도 된다, 휴전선 남쪽으로 날아오면 우리나라 오리고, 북쪽으로 날아가면 북괴 오리다, 지금 저 오리들은 휴전선 남쪽에 와 있으니까 우리나라 오리다, 이렇게 대답할 수도 있겠고, 셋째는 우리나라 오리도 북괴 오리도 아니다, 하늘을 날아다니는 오리들을 북괴 것이니 우리나라 것이니 하는 것은 우습다, 오리들에게는 북괴니 우리

나라니 하는 것이 없다, 말하자면 국경이니 분단이니 하는 그런 것과는 아무 상관이 없는 것이 오리들이다, 하는 식으로 대답할 수도 있을 것이다.

첫 번째 답변은 우리나라와 북괴를 어디까지나 대립적으로 생각하는 정치적인 발상에서 나온 대답이라 하겠고, 두 번째는 휴전선을 중심으로 한 지정학적인 입장에서 나온 것이라 하겠으며, 세 번째 것은 동물 생태학적인 관점에서 말하는 답변이겠으나, 다분히 그 비정치적이고, 인간 혐오적이며, 약간은 감상적이기도 한 대답이라 하겠다.

나는 세 종류의 답변 가운데, 선뜻 어느 것을 택해야 될지 알 수가 없었다. 어느 것으로 이 어린 소녀의 궁금증을 풀어주어야 옳을 것인지…….

그래서 나는 엉뚱하게,

"너 몇 학년이지?"

물었다.

"6학년입니더."

"그래, 경상도에 사는구나."

"예."

"경상도 어디지?"

"대구예."

"대구, 응."

"아저씨, 저 오리들 어느 쪽 오리라예? 우리나라 오리예? 북괴 오리예?"

소녀는 기어이 그 점이 궁금한 모양이다. 휴전선을 넘나드는 새들이니까 몹시 이상한 느낌이 드는 것이리라. 국민학교 생도다운 호기심이다.

그러자 아내가 나 대신 얼른 입을 연다.

"오리가 어디 북괴 오리, 우리나라 오리, 따로 있니? 하늘을 날아다니는데……. 하늘에는 삼팔선도 휴전선도 없는 거야. 우리나라 쪽에 오면 우리나라 오리고, 북괴 쪽에 가면 북괴 오리겠지 뭐."

유치한 질문이라는 투다. 자칫 심각하고 괴로운 성질이 될 수도 있는 것을 이렇게 가볍게 얼버무려버린다.

아내의 대답은 내가 생각한 두 번째와 세 번째 대답을 혼합한 형태의 것이라고 하겠다. 그것을 그저 적당히 입에서 나오는 대로 조금은 귀찮다는 투로 지껄인 것이다. 어쩌면 그렇게 가볍게 넘겨버리는 편이 옳으리라.

나는 씁쓰레하게 웃었다. 그리고 화제를 돌리듯이 말했다.

"누구하고 같이 왔니? 아버지하고?"

"아니예."

"그럼."

"혼자 왔심더."

"뭐, 혼자 와?"

나는 약간 놀랐다.

아내 역시 좀 놀라는 기색으로 소녀를 새삼스레 훑어본다.

"혼자 오다니, 아니, 너 혼자 여길 왔단 말이야?"

"예."

"어떻게 알고?"

"……."

소녀는 좀 수줍은 듯 웃으며 살짝 얼굴을 숙인다.

"흠— 여길 혼자 여길 찾아오다니……. 국민학교 학생이……."

나는 대고 고개를 끄덕거렸다.

아내도,

"혼자 어떻게 관광버스를 탔지? 관광버스가 어디서 떠나는 줄 알고?"

기특하다는 듯이 말한다.

그러자 소녀가 입을 연다.

"우리 외갓집 근처에 관광버스 회사가 있습니더. 그래서 표를 사 가지고 탔지예 뭐."

"흠, 그래? 그런데 어떻게 임진각을 알았지?"

"책에서 봤심더. 임진각에 가면 자유의 다리가 있다고예. 그래서 방학에 서울 외갓집에 가면 임진각에 가서 자유의 다리를 한 번 봐야지 하고 결심 안 했습니꺼."

그리고 소녀는 이번에는 하얀 앞니를 드러내 보이며 킥! 웃는다.

"아, 그래? 장한데, 장해."

나는 소녀의 등을 가볍게 두들겨주었다.

소녀는 기분이 좋은 듯 묻지도 않는 말을 계속 지껄인다.

"우리 아부지 고향은 이북이래예. 6.25때 월남하셨답니더. 그래서 그런지 이번에 서울 외갓집에 가면 임진각에 한 번 가보겠다 캤더니 아부지가 아주 칭찬하시대예."

"칭찬하시겠지."

"집에 돌아가면 아부지한테 임진각 얘기 자세히 해디릴 낍니더."

"응, 그래야지."

"우리 어무이는 고향이 서울입니더."

"그래? 허허허……"

그러자 아내도,

"하하하……"

웃는다. 아이들은 재미있다는 듯이.

"자, 그럼 우리 같이 식당으로 가자."

내 말에 소녀는,

"예?"

한다.

"같이 식당으로 가서 점심 먹자."

"나는 점심 묵고 왔심더."

"그래도 벌써 몇 시니. 같이 가서 뭐든지 좀 먹자."

"……"

소녀는 난처하고 부끄러운 듯한 표정을 짓는다.

"자, 어서, 하도 착해서 아저씨가 같이 가자는 건데……"

아내도,

"같이 가자. 혼자서 심심할 테니……"

한다.

그제야 소녀는 마지못한 듯 걸음을 떼놓는다.

우리는 아래층 한식부로 갔다. 한식부라야 메기 요리가 있는 것
이다.

점심때를 훨씬 지나 네 시가 다 되어가는 데도 식당은 대만원이
다. 얼른 앉을자리가 없다. 이리저리 서성거린 끝에 저쪽 출입문 가
에 겨우 빈자리를 하나 발견해서 앉았다.

메뉴를 보니 과연 '메기 매운탕'이라는 게 있다. 그것을 2인분 시켰다. 소녀는 끝내 점심은 안 먹겠다고 해서 별도로 비스킷이랑 빵을 몇 개 시켰다.

즉석에서 부글부글 끓여 먹는 메기매운탕은 과연 일미였다. 나는 따끈한 정종과 함께 콧등에 땀을 흘려가며 맛있게 먹는다. 시장했던 참이라 금세 뱃속이 후끈해진다. 어젯밤 망년회의 술이랑 오늘의 피로가 한꺼번에 확 풀리는 느낌이다.

아내 역시 뜨거운 국물을 후후 불어가며 "맛이 다르군요", "진짜 싱싱한 맛이에요" 하면서 먹어댄다.

소녀는 우리의 먹는 모습을 힐끗 힐끗 보면서 비스킷을 씹고 있다.

이때, 두 노인이 우리 식탁으로 다가와서,

"좀 같이 앉을까요?"

한다.

식탁 한쪽이 조금 비어 있어서 두 사람 정도는 더 앉을 수 있었던 것이다.

별로 반갑지는 않았으나 나는,

"예예, 앉으세요."

하였다.

한 사람은 머리에 모발이 거의 없는 문어대가리 같은 노인이었고, 한 사람은 좁은 이마 위에 숱이 짙은 반백의 머리가 얹혀 있는 노인이었다. 언뜻 보기에 아마 서울 어디 변두리에서 복덕방을 함께 경영하고 있는 사이 같았다. 실향민인 듯 어쩌면 해마다 이곳을 찾아오는 모양으로, 잠깐 어디 이웃에 놀러온 듯한 차림이었다.

자리를 잡고 앉자 두 노인은 빵 한 접시를 시켰다.

빵이 오자, 그것을 먹으면서 문어대가리 같은 노인이 우리 내외를 힐끗힐끗 번갈아보고 소녀를 보더니,

"너는 어드레 혼자서 과잘 먹디? 아버지 어머니하고 같이 안 먹고스리……."

한다.

소녀는 수줍은 듯 킥! 웃는다.

내가 입을 여는 수밖에 없다.

"우리 애가 아닙니다. 아, 글쎄 혼자 여길 구경 왔다 그러잖아요. 하도 기특해서……."

"아, 그래요? 그것 참 기특하외다. 너 어디메 사니?"

"대구 살아예."

소녀는 비스킷을 깨물며 힐끗 노인을 본다.

"뭐이? 대구 살아? 기르면 대구서 여기까디 혼자 구경하러 왔다 그 말이니?"

"……."

소녀가 대답을 않자, 내가 대신 대답해 준다.

"서울에 외가가 있답니다. 방학에 외가에 왔다가 혼자 여길 구경 왔다는 거예요."

"허, 그것 참, 여길 어떻게 알고스리……. 너 몇 학년이가?"

"6학년이라예."

"응, 6학년……. 그런데 여길 어떻게 알았디?"

"책에서 봤심더. 책에 보니까 임진각에 가면 자유의 다리가 있고, 이북 하늘도 보인다 그래서……."

"허, 그래? 이북 하늘도 보인다고? 음— 너도 고향이 이북이가?"

"나는 대구가 고향인데예, 우리 아부지는 이북이 고향이래예."

"그래? 허허허……, 이북 어디메가 고향이라던?"

"청산포래예."

"청산포?"

노인은 약간 놀란다.

"나도 청산폰데……. 강서군 청산포 말이디? 펭안북도……."

"몰라예. 좌우간 청산포라 캅디더."

"음— 아버지 성이 뭐이가?"

"안 씨라예."

"안 씨?"

노인은 또 놀란다. 먹고 있던 빵조각을 자기도 모르게 접시에 놓는다.

"이름은?"

"병구예."

"병구? 병구 맞니?"

"예."

"병기 아니니? 안병기……."

"아니예. 안병굽니더."

"틀림없니?"

"예."

"음—"

노인은 가볍게 무너지는 듯한 소리를 내뱉으며 지그시 눈을 감는다.

그러자 이마가 좁은 노인이,

"뭐이 또 빗나갔어?"

하고 웃는다.

　나는 대략 짐작이 갔다. 아마 안병기라는 사람이 노인의 아들이거나 동생이리라. 6.25 무렵에 헤어져서 지금껏 만나지 못해 한이 되어, 늘 어디서 소식을 얻어 듣지 못할까 하고 아직도 촉각이 그런 쪽으로 서 있는 것이겠지. 그런데 오늘 우연한 소녀와의 대화에서 초점이 맞아 들어가다가 그만 빗나가버린 것이다. 병기의 '기'자와　병구의 '구'자 차이 때문에 말이다.

　노인은 눈을 떴다. 그리고 미진한 듯 다시 묻는다.

"너거 아버지 나이가 어더렇게 됐디?"

"……."

"몇 살이가 말이야."

"마흔아홉입니더."

"마흔아홉? 흠― 그럼 나이도 비슷한데……."

　나는 약간 긴장이 되는 느낌이다.

　아내 역시 그런 모양인 듯 숟가락질을 잠시 멈추고 노인을 바라본다.

"너거 아버지 키 크디?"

"예."

"눈도 크디?"

"눈은 별로 안 큰데예."

　그러자 모두 웃음을 터뜨린다.

　노인도 한 번 벌죽 웃고는,

"별로 안 커? 클 텐데……. 그럼 기운은 쎄디?"

계속 질문이다.

"몰라예."

"모르다니, 아버지가 기운이 쎈디 안 쎈디도 몰라?"

또 웃음이 터진다. 소녀는 약간 귀찮고 싫은 듯한 표정을 떠올리더니, 깜빡 생각이 난 듯 나를 보고,

"아저씨 지금 몇 시예?"

묻는다.

"네 시 다 돼 가는데……. 오 분 전이야."

그러자 소녀는,

"우야꼬!"

깜짝 놀라더니 먹고 있던 비스킷을 얼른 접시에 놓으며 후닥닥 일어난다. 그리고 나를 향해 꾸벅 머리를 숙이며,

"고맙심더. 아저씨."

인사를 한다.

"왜? 시간이 됐니?"

"예, 네 시에 출발한다 캤심더."

"아, 그래?"

"우야꼬—"

소녀는 냅다 정신없이 식당 밖으로 뛰어나간다. 그러자 노인도 당황한 표정으로,

"야! 잠깐만, 잠깐만……."

하면서 자리에서 일어난다.

그러나 어느새 소녀는 밖으로 뛰어나가 저만큼 마구 달려가고

있다.

엉거주춤 일어나서 어쩔 줄을 모르며, 창밖으로 달려가는 소녀의 뒷모습을 바라보고 있는 노인을 향해 이마가 좁은 노인이 말한다.

"이름이 틀리는데 뭘 그러디? 빗나갔어, 빗나가. 자, 앉으라우."

그리고 우리 내외를 보고,

"저 양반 6.25때 헤딘 동생을 아딕도 못 잊구 찾고 있다우."

한다.

"음—"

하면서 노인은 힘없이 도로 자리에 앉는다. 조금 전보다 현저히 혈색이 가신 듯한 얼굴에 체념의 빛이 어린다.

나는 내 빈 잔을 노인 앞으로 내밀었다.

"노인장, 술이나 한 잔 드시죠."

"아니외다. 이거 미안해서……."

노인은 힘없이, 그러나 고맙다는 듯이 잔을 받았다.

그래서 자연히 두 노인과 합석이 되어 잠시 술잔을 주고받은 다음, 우리도 자리에서 일어났다. 시간이 되었던 것이다.

버스는 정각 네 시 반에 귀로에 올랐다.

네 시 반인데도 어느덧 날이 설핏했다. 서서히 저물어가는 겨울 풍경을 창밖으로 내다보며 나는 혼혼한 주기에 젖어 있었다. 그러나 어찌된 셈인지 나는 묘하게 피로했다. 어떤 야릇한 긴장이 풀린 다음의 피로감 같은 것이었다. 그 긴장이 아직 덜 풀린 듯한 느낌이기도 했다.

아내 역시 그런 모양으로 멀뚱히 창밖을 내다보고 있을 뿐, 말이 없었다.

버스가 문산을 지날 무렵, 우리는 비로소 몇 마디 대화를 나누었다. 아내가 크게 하품을 하고 나서 말했던 것이다.

"여보 아까 그 애 아버지가 그 노인 동생 아닐까요? 어쩌면 그럴 거 같애요."

"이름이 틀리는데?"

"이름이야 틀릴 수 있잖아요. 이쪽에 와서 호적을 새로 했을 테니……."

"글쎄……."

그러고 보니 그럴 듯도 했다.

그러나 나는 더 뭐라고 말하고 싶은 생각이 없어서,

"음—"

하면서 지그시 눈을 감아버렸다.

버스는 빨랐다. 어느덧 구파발이었고, 곧 불광동이었다. 갈 때보다 훨씬 빠른 느낌이었다. 버스가 더 빨리 달릴 턱도 없는데 말이다. 터미널에 도착하여 시계를 보니 다섯 시 반이었다. 그러니까 갈 때나 올 때나 꼭 한 시간인 것이다. 버스에서 내린 나는 약간 휘청거리는 걸음을 떼놓으며 혼자 중얼거리듯 말했다.

"서울이 너무 가깝군. 휴전선에서……."

그러자 아내도 마치 기다렸다는 듯이,

"정말, 나도 그렇게 생각했어요."

하였다.

아내의 표정을 보니 불안한 정도는 아니었으나, 조금 굳어져 있었다.

《뿌리깊은나무》(1976. 5)

일야기(一夜記)

어느 일요일 오후였다. 중학교 동기생인 R과 둘이 술잔을 주고받으면서 이런 얘기 저런 얘기 나누던 끝에 어쩌다가 화제가 동정(童貞)이라는 것에 미치게 되었다.

혼전의 성 경험이 좋으냐 나쁘냐, 동정이 가치 있는 것이냐 어떠냐 하는 그런 문제가 아니라, 동정을 몇 살 때 버렸느냐 하는 이야기였다.

참 시시한 이야기다. 그러나 술자리에서는 그런 화제가 구미를 돋우기 마련이다.

R은 스물여덟에 결혼을 했는데, 그때까지 깨끗하게 동정을 지니고 있었다고 한다.

중학교 시절부터 R과 각별히 친한 사이여서 나는 그의 사람됨을 잘 안다. 스물여덟이 아니라, 어쩌면 서른여덟에 결혼을 했다 하더라도 그는 아마 깨끗한 동정을 가지고 신부를 맞이했을 것이다. R

은 그런 사람이다.

순결한 처녀와 깨끗한 동정을 지닌 총각이 만나야 비로소 진정한 부부가 될 수 있고, 신성한 가정이 이루어질 수 있다는 게 지론이다. 말하자면 그는 혼전의 성경험을 아주 부도덕한 것으로 생각하는 청교도 같은 일면을 지니고 있다. 게다가 또 성격까지 매우 숫되어서 설사 동정을 버릴 기회가 있었고, 그럴 생각이 있었다 하더라도 아마 엄두를 못 내었을 것이다.

"그런데 한 번은 재미있는 일이 있었지. 하마터면 동정을 버릴 뻔했었단 말이야."

그는 불그레 주기가 오른 얼굴에 웃음을 띠며 말했다.

"어디 한 번 얘기해보라구."

나는 매우 구미가 동했다.

"내가 처음으로 교편을 잡았던 학교에서의 일이야. 그러니까 6.25사변 전이지."

그는 술잔을 쭉 기울이고 나서 이야기를 하기 시작했다.

눈이 내리는 밤이었다. 나는 혼자서 숙직을 하고 있었다.

숙직은 소사와 함께 하기로 되어 있었으나, 그날 저녁 소사는 집에 제사가 있다면서 나에게 양해를 구하고 집으로 돌아갔던 것이다.

6.25사변이 일어나기 두어 해 전이었고, 또 내가 처음으로 발령을 받고 부임을 한 학교는 지리산 근처의 K읍 변두리에 있었기 때문에 밤으로 혼자서 숙직을 한다는 것은 꽤나 으스스한 일이었다.

지리산에 우글거리고 있던 공비들이 밤이면 곧잘 몰려 내려와 식량 같은 것을 약탈해 가고, 사람을 죽이고, 지서를 습격하고 하던 시절이라, 해만 지면 통행하는 인적이 끊기고, 마치 죽음의 세상처럼 되었다.

통행금지 시간도 지금처럼 열두 시가 아니라, 그 지방은 여덟신가 아홉 시였다고 기억된다. 그러나 그 시간 전이라고 해서 마음 놓고 다닐 수 있는 게 결코 아니었다. 어디선지 불시에 "누구야!" 혹은 "손 들어!" 하는 고함소리가 날아오는 판이었다. 곳곳에 초소가 마련되어 있었던 것이다. 통행금지 시간이 넘으면 숫제 쾅! 하고 쏘아버려도 말 못하는 시절이었다. 그러니까 밤이면 곧잘 총소리가 울리고, 여기저기서 날카로운 호각소리가 정적을 찢곤 했다.

그런 판국인데, 혼자서 덜렁한 학교에서 숙직을 한다는 것은 적이 불안한 일이 아닐 수 없었다.

그러나 그때 스물하난가 둘이었던 나는 별로 두려운 생각이 없었다. 설사 두려운 생각이 있었다 하더라도 소사가 집에 제사가 있어서 그러니 부탁한다고 하는데, 안 된다고 할 도리는 없었을 것이다.

나는 아랫목에 배를 깔고 엎드려서 시험지 채점을 하고 있었다.

그 무렵, 나는 처음으로 교단에 선 재미가 보통이 아니어서 밤에도 이슥토록 학생들의 시험지를 채점하기도 했고, 작문을 하나하나 읽으며 점수를 매기기도 했고, 학습장이나 일기장 같은 것을 검열하기도 했으며, 내일 가르칠 교과의 교재 연구를 하기도 했다. 그래서 어떤 때는 아침에 일어나 세수를 하면 물에 코피가 떨어지기도 했다.

아무튼 혼자서 열심히 채점을 하고 있는데, 숙직실 현관 밖에 인

기척이 났다. 누군가가 옷에 묻은 눈을 터는 듯 가볍게 발 구르는 소리가 들렸다.

나는 귀가 쭈뼛 서는 듯한 느낌이었다. 채점하던 색연필을 멈추고, 숨을 죽였다.

서너 번 발을 구르고 나더니, 똑똑똑…… 이번에는 현관문을 노크하는 것이 아닌가.

"누구요?"

나는 벌떡 일어났다.

"저…… 미안해라우. 다름이 아니라 저…….

뜻밖에 여자의 목소리였다.

간혹 멀리서 호각소리가 들릴 뿐, 눈이 내리는 이 적막한 밤에 웬 여자가 학교 숙직실을 찾아온 것일까. 통행금지도 이미 넘은 시간인데 말이다.

나는 방문을 열고 얼굴을 내밀며 또 한 번,

"누구요?"

했다.

그러자 여자는 멋쩍은 듯 웃으며 현관을 들어섰다. 현관에는 문짝이 붙어 있기는 했으나, 오래되어 고장이 나서 한 짝은 언제나 열린 채였다.

현관에 들어선 여자는,

"선생님, 미안해라우."

하면서 제법 나붓이 인사를 했다. 그리고 나를 빤히 바라보더니 킥! 웃었다. 아마 내가 너무 어려 보였던 모양이다. 선생으로서는.

나는 뭐 이런 여자가 다 있나 싶어 말없이 여자의 위아래를 훑어

보았다. 여자는 분홍 치마저고리를 입고 있었다. 눈 오는 겨울에 말이다. 그리고 얼른 보아도 꽤 짙은 화장을 하고 있는데, 제법 곱살한 얼굴이었다. 나이는 나와 비슷해 보였다.

"무슨 일이오?"

나는 무뚝뚝하게 물었다.

"저…… 다름이 아니라, 선생님……."

여자는 좀 말을 꺼내기가 뭐한 듯 멋쩍은 표정을 짓더니,

"저…… 통행금지 시간이 넘어서 찾아왔구만요."

하였다.

"예?"

나는 무슨 뜻인지 알 수가 없어 멀뚱멀뚱 여자를 바라보았다.

"통행금지 시간이 넘어서 집까지 갈 수가 있어야지라우. 허는 수없이 찾아왔구만요. 미안스럽지만 선생님, 하룻밤만 좀……."

하고는 여자는 약간 안타까운 듯한, 그러면서도 묘하게 교태가 흐르는 그런 눈매를 지어 보였다. 말하자면 애원을 하는 셈이었다.

나는 난처했다. 소사와 둘이 숙직을 하는 터이라면 별로 곤란을 느끼지 않고 승낙을 하겠는데, 그게 아니라 혼자서 숙직을 하는 터이니 망설여지지 않을 수 없었다. 혼자 숙직을 하는 방에 여자를 들어오라고 할 수가 있는가 말이다. 그것도 잠시 몸을 녹이고 가는 것이 아니라, 하룻밤 고스란히 신세를 지자는데.

그렇다고 통행금지가 넘은 눈 오는 밤중에 안 된다고 딱 거절할 수도 없는 노릇이었다.

내가 어떻게 했으면 좋을지 난처한 표정으로 방 안을 두리번거리기도 하며 망설이고 있자, 여자는 살짝 방 안을 들여다보더니,

"선생님 혼자서 숙직을 하시는 개비지요."

하고 약간 수줍은 듯 웃었다.

"예, 소사가 제사 지내러 가서……."

"그럼 저는 웃목*('윗목'의 방언)에 앉았다가 가겠어라우."

"허허……."

나는 절로 웃음이 나왔다.

"정말이라우. 앉았다가 갈 참잉께 하룻밤만 부탁해요."

"예. 들어오시오."

나는 승낙을 하고 말았다. 도리가 없었던 것이다.

방에 들어온 여자는 자기 말대로 웃목에 가서 앉았다. 그리고 학교 숙직실이란 데가 이런 데로구나 싶은 듯 곧장 방 안을 두리번거렸다. 뭐 여느 집 방과 별로 다를 것도 없는데 말이다.

찬 웃목에 앉아있는 게 안 되어서 나는,

"거기는 찰 텐데요."

하였다.

그렇다고 아랫목으로 내려오라고 할 수도 없었다. 아랫목으로 내려오라는 것은 곧 가까이로 오라는 뜻이 되는 게 아닌가.

"괜찮어라우. 여기서 앉았다가 갈 참이랑께요."

하고 여자는 킥! 웃었다.

나는 어쩐지 미안하기도 하고 난처하기도 해서 잠시 머뭇거리다가 일어나 벽장 미닫이를 열고 요 하나를 꺼내어 깔고 앉으라고 여자에게 주었다. 소사가 깔고 자는 요였다. 방석이 있으면 방석을 내주면 되겠는데, 그 무렵 그런 것이 숙직실에 마련되어 있을 턱이 없었다.

깔고 앉으라고 요를 꺼내주자, 여자는 또 킥! 웃었다. 그리고,

"아이고, 미안해라우."

하면서 요를 깔더니, 한쪽 가에 얼른 궁둥이를 얹었다. 아마 잠시 앉아 있었는데도 궁둥이가 몹시 시렸던 모양이다.

그렇게 여자가 들어와 윗목에 도사리고 앉아 있게 되자, 나는 도무지 일을 할 수가 없었다. 아랫목에 배를 깔고 엎드려서 채점을 하고 있었는데, 여자가 앉아서 보고 있는 앞에서 다시 나만 배를 깔고 엎드릴 수는 없는 노릇이었다. 더구나 여자는 윗목 차가운 곳에 앉아 있는데, 나만 아랫목 따뜻한 곳에서 말이다. 그처럼 나는 도무지 심장이 강하질 못했다.

그렇다고 책상 같은 것이 있는 것도 아니었다. 하다못해 조그마한 밥상이라도 하나 있으면 그 위에 시험지를 얹고 채점을 해보겠는데, 그럴만한 밥상도 없었다. 결국 시험지를 그대로 방바닥에 놓은 채 웅크리고 앉아서 채점을 하는 수밖에 없었다.

어설픈 자세로 웅크리고 앉아서 채점을 하자니 채점이 잘 될 까닭이 없었다. 그런 자세라도 윗목에 여자만 앉아 있지 않다면 정신집중이 되겠는데, 여자가 도사리고 앉아서 지켜보고 있는 터이니 신경이 쓰여서 도무지 채점이 잘 되지가 않았다.

날쌔게 동그라미 아니면 가위표를 해나가던 색연필이 무슨 고장이라도 난 듯 머뭇거려지고, 동그라미를 쳐야 할 답에 가위표를 하기도 했고, 반대로 가위표를 할 데에 동그라미를 치기도 했다.

그만 집어치우고 잠이나 잘까 생각했으나, 당장 잠을 잔다는 것도 예삿일이 아니었다. 여자를 그대로 윗목에 앉혀놓고 나만 아랫목에 누워 잘 수도 없고, 그렇다고 여자에게 아랫목으로 내려와 자

라고 할 수도 없는 노릇이고…….

입장 곤란한 상태가 되어 안정을 못하고 있는데, 여자가 입을 열었다.

"선생님, 몇 학년 담임하셨어라우?"

"왜요? 5학년 담임했는데요."

"5학년 몇 반요?"

"2반요."

"……."

"왜요?"

"그저요."

여자는 싱겁게 웃었다. 단 둘이 아무 말도 없이 있자니 어색하고 지루했던 모양이다.

나는 여자에게 집이 어딘데 이렇게 늦게 어딜 갔다 오는 길이냐고 물어보려다가 그만두었다. 어쩐지 여자와 이야길 나눌 마음이 내키지가 않았다. 따뜻한 아랫목에 배를 깔고 엎드려서 채점을 하고 있는 나의 호젓한 영역을 침범해 들어와 분위기를 휘저어놓은 것 같아 기분이 별로 좋지가 않았던 것이다.

눈 오는 밤, 호젓한 숙직실, 여자와 단 둘이 하룻밤을…… 이쯤 되었으니 가슴이 두근거려지면서 야릇한 욕망이 머리를 쳐들 법도 한데, 나는 조금도 그렇지가 않았다. 야릇한 욕망은 고사하고 오히려 어색하고 난처하기만 해서 온몸이 뻐덕뻐덕해진 느낌이었다.

"시험지 점수 매기시는 모양이지라우?"

여자는 또 싱겁게 웃으며 말했다.

"예."

"학교 댕길 때 시험 쳐서 백 점 맞으면 참 기분이 좋더랑께."

"허허허……."

나는 튀어나오는 웃음을 어쩌지 못했다. 그리고 좀 모자라는 여자가 아닌가 싶어 여자를 새삼 바라보았다.

그러자 여자는 좀 수줍기도 하고, 기분이 좋기도 한 그런 표정을 지으며,

"구십팔 점도 맞고, 구십오 점도 맞고, 주로 구십 점 이상씩 맞았는디, 산술만 점수가 나빴어라우."

하였다.

은근히 학교 때의 성적 자랑을 하는 셈이었다. 누가 성적을 묻기라도 한 것처럼.

나는 히죽 웃었을 뿐, 아무 말도 하지 않았다.

그러자 여자도 잠시 말이 없더니, 또 불쑥 입을 열었다. 그런데 이번에는 엉뚱하게도,

"선생님, 담배 안 피우시능기라우?"

이런 말을 했다.

남이야 담배를 피우거나 말거나 되게 할 말도 없는가 보다 싶으며 나는 힐끗 여자를 바라보았다.

"안 피우시는 개비지요?"

"예, 안 피웁니다. 왜요?"

"그저요."

여자는 또 싱겁게 웃었다. 그러나 이번 웃음에는 약간 무안한 듯한 그런 표정이 깃들어 있었다.

나는 속으로 아하, 싶었다. 이 여자가 그저 보통 여자가 아니로구

나 하고 느낄 수가 있었다. 틀림없이 내가 담배를 피우면 한 대 언어 피울 생각이 그녀의 얼굴에 내비쳤던 것이다.

담배를 피우고 싶어 하는 여자, 겨울에 분홍 치마저고리를 입고 있는 여자, 밤에 남의 숙직실에 하룻밤 신세를 지자고 찾아든 여자…… 그만하면 이제 그 여자의 정체를 알고도 남을 것 같았다.

나는 새삼스럽게 그녀의 앉아 있는 모습을 힐끗힐끗 훑어보았다. 마치 무슨 불결한 물건이라도 되는 것처럼.

머리 매무새는 처녀로 보였다. 그런데 긴 자락치마를 입고 있었고, 손가락 하나에는 가느다란 금반지가 반짝거리고 있었다.

그리고 나이에 어울리지 않는 짙은 화장…….

틀림없었다. 틀림없이 노는 여자였다. 어느 술집에 있는지는 알 수 없지만.

그 무렵, 나는 그런 유의 여자를 몹시 경멸했다. 아무리 자기 나름대로의 말 못할 사연이 있다 하더라도 하필 왜 그런 방면으로 미끄러지느냐 말이다. 사람이면 어디까지나 사람답게 살아야지. 차라리 식모살이 같은 길을 택할 일이지. 갈보가 되다니, 더럽게…… 나는 이렇게 생각했다.

남자의 혼전 성 경험도 아주 부도덕한 것으로 여기는 터인데, 하물며 여자가 생명과도 같은 정조를 아무렇게나 내굴리다니…… 개보다 나을 게 하나도 없다고 생각했다.

그런 여자와 단 둘이 한 방에서 하룻밤을 지내게 되다니, 나는 재수 더러운 밤이라고 이맛살을 찌푸렸다. 그렇다면 뭐 나 혼자 아랫목에 누워 자도 별로 미안할 것도 없다는 생각이 들기도 했다.

나는 색연필을 놓았다. 그리고 벌떡 일어나며,

"인제 잘까……."

하고는 아윽— 크게 하품을 하며 기지개를 켰다. 그리고 방문을 열고 밖으로 나갔다. 소변이 마려웠던 것이다.

바깥에는 여전히 눈이 사락사락 내리고 있었다. 현관 끝에 서서 눈 위에 볼일을 보고나서 나는 잠시 눈 오는 밤의 정경을 바라보았다.

그리고 방으로 돌아온 나는 약간 놀라지 않을 수 없었다. 그새 아랫목에 내 이부자리가 반듯하게 깔려 있는 것이 아닌가.

여자는 나를 보고 조금 부끄러운 듯이 웃었다. 그리고,

"어서 주무시기라우."

하였다.

여자는 여전히 요 한쪽 위에 앉아 있었다.

나는 어쩐지 기분이 묘했다. 조금 전의 그녀에 대한 그 경멸감이 사라지면서 다시 멋쩍고 난처한 기분이 되었다. 약간 얼굴이 붉어지는 듯도 했다.

아랫목에 반듯하게 깔린 이부자리, 그리고 윗목에 다소곳이 앉아 있는, 분홍 치마저고리를 입은 여자, 비록 요를 깔고 앉아 있기는 하지만…… 어쩐지 무슨 신방 같은 느낌이 들어 나는 나도 모르게 힉! 웃음이 나왔다.

그리고 그만 옷을 입은 채 얼른 이부자리 속으로 파고들었다.

그러자 여자는 킥킥킥 자꾸 웃었다. 내가 옷을 입은 채 후닥닥 잠자리에 드는 것이 재미있었던 모양이다.

나도 웃는 얼굴로,

"잡시다."

했다. 입에서 튀어나오는 대로 말했던 것이다.

"예, 염려 마시고 어서 주무시기라우."

여자는 재미있고 기분이 좋은 듯 약간 교태가 흐르는 눈매로 나를 바라보고 있었다.

나는 얼른 시선을 돌렸다. 그리고 이불을 코 밑까지 당겨 올리며 두 눈을 감았다.

방 안에 별안간 정적이 가득 고이는 듯했다. 아무 소리도 들리는 게 없었다. 내 코에서 흘러 나왔다가 흘러 들어가는 숨소리 외에는.

이부자리 속도 차츰 따스해 왔다.

그러나 나는 도무지 잠이 오질 않았다. 윗목에 여자가 앉아서 지켜보고 있는 터이니 그럴 수밖에.

"이불 내서 덮고 자시오."

나는 눈을 감은 채 중얼거리듯 말했다.

여자는 아무 대꾸가 없었다.

잠시 후, 여자가 일어나는 기척이 나더니, 벽장 미닫이가 열리는 소리가 들렸다.

나는 눈을 가늘게 떠보았다. 여자는 벽장 안에서 이불을 꺼내더니 윗목에 깔린 요 위에 펼쳤다. 그리고 나를 내려다보았다.

나는 얼른 눈을 다시 감았다.

"선생님."

"……."

"선생님."

"예?"

"불 끌끼라우?"

"예."

전깃불이 꺼졌다.

방 안에 새까만 어둠이 가득 담기자, 나는 감았던 눈을 마음 놓고 뜨고, 이부자리 속에서 몸을 좀 움직였다.

그런데 무슨 소리가 들렸다. 내 두 귀는 그 소리 쪽으로 바짝 예민해졌다.

가만히 들어보니 여자의 옷 벗는 소리였다. 저고리를 벗고, 이번에는 치마를 벗는 모양이었다. 틀림없었다.

나는 어찌된 까닭인지 칵 숨이 멎는 듯했다. 그리고 바짝 긴장이 되어 온몸이 굳어지는 듯도 했다. 스르륵 스르륵…… 몇 번 여자의 옷 흘러내리는 소리에 말이다.

이번에는 이불을 들추고 그 속으로 들어가는 기척이 났다.

한참 동안 숨을 제대로 못 쉬고 있던 나는 그만 침 한 덩어리가 꿀컥 소리를 내며 목구멍으로 넘어가는 것을 어쩌지 못했다. 그 침 넘어가는 소리가 어찌나 크게 들리는지, 어둠 속에서도 나는 얼굴이 화끈했다.

밤은 깊어갔다. 잠자리에 든 여자는 잠이 들었는지 어쨌는지 아무 기척도 없었다.

나는 도무지 잠을 이룰 수가 없었다. 여자 쪽으로 줄곧 온 신경이 쏠리고 있었다. 나는 무슨 까닭인지, 여자가 잠이 들었는지 안 자고 있는지를 알아내려고 애를 쓰고 있었다. 잠이 들었으면 어쩔 것이며, 안 들었으면 어쩔 것이라고 말이다.

잠이 들었는지 안 들었는지는 숨소리를 들어보면 대체로 알 수 있는 법이다. 그래서 나의 두 귀는 어둠 속에서 여자의 숨소리를 헤아려보려고 온통 예민할 대로 예민해져 있었다.

그러나 어찌된 셈인지 여자의 숨소리는 내 귀에 포착되지가 않았다. 도무지 아무 소리도 들리지 않는 것이었다.

어쩌면 추워서 이불을 얼굴까지 뒤집어썼는지도 몰랐다. 그렇지 않고, 숨소리가 들리지 않는다는 것은 아직 안 자고 있다는 것을 의미한다. 안 자고, 약간 긴장된 상태로 있으면 숨소리가 나지 않는 법이다.

이불을 뒤집어쓰고 있는 것인지, 안 자고 숨을 죽이고 있는 것인지 알 수가 없어 나는 안타까웠다. 이불을 뒤집어쓰고 있으면 어쩔 것이고, 안 자고 숨을 죽이고 있으면 도대체 어쩔 것이라고 말이다.

가만히 나는 판단을 내렸다. 이불을 뒤집어쓰고 있는 게 아니라, 틀림없이 안 자고 숨을 죽이고 있는 것이라고. 여자도 나처럼 두 귀를 곤두세우고, 나의 동정에 신경을 쓰고 있는 것이라고. 아무리 추워도 이런 분위기에서 이불을 뒤집어써버릴 여자가 아니라고.

나의 판단은 옳았다.

잠시 후, 후유— 여자의 나직한 한숨 같은 소리가 들렸다. 긴장을 푸는 모양이었다.

그리고 자리에서 일어나는 기척이 났다. 부스스 일어나 어둠 속을 더듬어서 밖으로 나가는 것이었다. 가만히 방문 열리는 소리가 나고, 현관으로 내려서는 기척이 났다. 소변이 마려운 모양이었다.

그런데 나는 별안간 이상스럽게 긴장이 되었다. 왈칵 불안한 생각이 드는 것이었다. 소변보러 나가는 것이 아니라, 혹시…… 순간적으로 으스스한 생각이 머리를 스쳤다. 혹시 공비와 한 통속인 그런 수상한 여자가 아닐는지…….

그러나 곧 그런 생각은 사라졌다. 물소리가 들렸던 것이다. 현관 추녀 밑의 눈에 덮이지 않은 땅을 적시는 물줄기 소리였다.

　그 물줄기 소리를 듣자, 나는 안도의 숨이 내쉬어졌다. 그리고 이번에는 야릇한 긴장이 온몸을 엄습해 왔다. 조금 전의 불안한 긴장과는 아주 대조적인 것이었다. 조금 전의 긴장이 차디찬 긴장이라면, 이번의 것은 뜨끈한 긴장이라고 할 수 있었다.

　현관 끝에 쪼그리고 앉아서 물줄기 소리를 내고 있는 여자의 내의만 입은 모습이 눈에 보이는 듯하자, 나는 온몸이 화끈 뜨거워지는 것을 어쩌지 못했다. 마치 별안간 괴이한 열병 같은 것이 덮쳐온 듯한 느낌이었다. 입 안의 침마저 뜨끈해진 것 같았다. 뜨끈해진 침이 나도 모르게 한 덩어리 꿀꺽 넘어가기도 했다.

　물줄기 소리가 멎었다. 그리고 여자는 가만가만 방으로 들어와 더듬더듬 이부자리 속으로 들어가는 것이었다.

　참으로 야릇한 상태가 된 나는 그냥 가만히 누워 견딜 수가 없을 것 같았다. 뭘 어떻게 좀 해봐야 될 것 같았다. 그러나 뭘 어떻게 한단 말인가. 안 될 말이었다.

　나는 열병에 들뜬 듯한 몸뚱어리를 지그시 억누르는 기분으로 이를 악물었다. 그리고 마치 주문을 외듯 속으로 곧장 중얼거렸다.

　갈보다. 갈보, 갈보……. 자기의 생명과도 다름없는 정조를 아무렇게나 내굴리는 갈보란 말이다. 개보다 나을 게 하나도 없는……. 그런 갈보를 탐내다니…… 아, 치사해. 아 추저분해.

　그러나 좀처럼 열기는 내 몸뚱어리를 떠나주질 않았다. 그럴수록 반작용을 하듯 오히려 더 뜨거워지는 듯했다.

　안 돼, 안 돼. 절대로 안 돼. 동정을 갈보에게 바치다니, 될 말이 아니지. 이놈 저놈 뭇 잡놈이 지나간 갈보의 몸뚱어리, 그 더러운 살 속에 내 살을 섞다니…… 내 동정을 내던지다니…… 안 되지. 절대로 안 될 일이지.

그러나 역시 내 몸뚱어리는 식을 줄을 몰랐다.

나는 문득 여자가 끼고 있던 금반지 생각이 났다. 한쪽 손가락에 반짝거리던 가느다란 금반지.

틀림없이 어느 놈팡이에게 몸을 준 대가로 받은 반지겠지. 그런 더러운 물건을 자랑스럽게 손가락에 끼고 있는 여자. 갈보. 아, 값어치 없는 인간. 타기할 인간.

나는 도무지 걷잡을 수가 없었다. 속으로는 이렇게 외치듯 하면서도 몸뚱어리는 정반대 쪽으로만 치닫는 듯했다. 온몸이 지근지근하고, 스멀스멀하고, 화끈화끈하고…… 견딜 수가 없었다.

마침내 나는 나도 모르게,

"음—"

신음소리와 함께 이불을 걷어붙였다. 그리고 열에 뜬 상체를 벌떡 일으켰다. 벌떡 일어나 앉자, 나는 별안간 가슴이 걷잡을 수 없이 뛰었다.

잠시 뜸을 들인 뒤, 나는 아랫배에 가득 힘을 넣으며 슬그머니 여자가 누워 있는 쪽으로 몸을 옮겨가려 했다.

그때였다.

따쿵! 따따쿵 따따쿵! 파팡 파팡 까르르 까르르……. 난데없이 총소리가 울렸다. 그다지 멀지 않은 곳인 듯했다.

나는 그만 팍 굳어지고 말았다.

"오매!"

여자도 어둠 속에 벌떡 일어나 앉는 모양이었다.

파팡! 까르르 까르르…… 따쿵! 따따쿵……, 총소리는 얼른 그치질 않았다.

나는 어느덧 싸늘하게 식어 있었다. 그처럼 걷잡을 수 없이 열기를 내뿜던 몸뚱어리가 말이다.

여자는,

"산손님들이 내려 왔는개비지. 아이고 무서워."

하면서 얼른 이불 속으로 파고들었다. 이불을 푹 뒤집어써버리는 모양이었다.

나도 도로 슬그머니 이부자리 속으로 기어들어 갔다.

잠시 후, 총소리는 멎었다. 대단한 공비는 아니었던 것 같다.

그러나 이제 나는 다시 뜨거워지지가 않았다. 이상스럽게 피로가 엄습해 왔다.

나는 곧 잠이 들어버렸다.

아침에 눈을 떴을 때는 창문에 햇빛이 눈부셨다. 늦잠을 잤던 것이다.

여자는 가고 없었다. 여자가 누워 잤던 윗목에는 요와 이불이 반듯하게 개어져 있었다.

나는 그 유난히 반듯하게 개어져 있는 이부자리를 가만히 바라보았다. 어쩐지 기분이 이상했다.

벌떡 일어난 나는 창문을 열어젖혔다. 온통 눈이 부셔서 잠시 제대로 눈을 뜰 수가 없었다. 하늘은 구름 한 점 없이 맑고, 온 세상은 눈이었다. 하얀 눈 위에 아침 햇살이 쏟아져 내리고 있었다. 참으로 산뜻한 아침이었다.

그러나 나는 어쩐지 기분이 산뜻하지가 않았다. 조금 상쾌하면서
도 한편 약간 허전하기도 하고, 우울하기도 한 것 같았다. 이상스
러운 하룻밤을 통과해 나왔기 때문에 그런 모양이었다.

간밤에 그 총소리가 정말 고마웠다고 생각했다. 그러면서도 한편
묘하게 그 총소리가 없었더라면 좋았을 것을…… 이런 생각이 들
기도 했다. 어쩐지 놓쳐서는 안 될 것을 놓쳐버린 듯한 그런 느낌이
었다.

이상한 일이었다. 간밤에는 그처럼 갈보, 갈보 하고 주문을 외듯
매도해댔었는데, 어찌된 셈인지 전혀 그런 생각이 들지가 않고, 오
히려 놓쳐서는 안 될 것을 놓쳐버린 듯한 허전한 느낌이 아닌가.

그리고 왠지 조금 우울하기까지 했다.

나는 다시 윗목에 반듯하게 개어져 있는 요와 이불을 바라보
았다.

바로 그것인 듯했다. 바로 그 유난히 반듯하게 개어져 있는 이부
자리 탓으로 우울한 것 같았다.

꽤 때가 묻은 이부자리. 곧 세탁을 해야 될, 소사가 덮고 자는 후
줄근한 이부자리. 뭐 그렇게 반듯하게 개지 않아도 될 것인데 말이
다. 오히려 그냥 적당히 한쪽으로 밀어붙여 놓고 갔더라면 내 마음
은 가벼웠을 터인데……. 갈보니까 으레 그런 여자겠지 하고 가볍
게 경멸을 해버릴 터인데 말이다.

하룻밤 신세를 진 게 얼마나 미안했으면 때 묻은 후줄근한 이부
자리를 저렇게까지 반듯하게 개어놓았을까. 그리고 요와 이불을
벽장 속에 넣지 않고, 그냥 그 자리에 놓아둔 것은 아마 벽장 미닫
이를 열면 내가 혹시 깨지나 않을까 싶어서였겠지……. 그런 생각

과 함께 간밤에 요 한쪽 가에 궁둥이를 붙이고 앉아 있던 그녀의 모습이 떠오르자, 그만 나는 코허리가 아리해지며 그녀가 짜릿하게 그리워지기까지 했다.

그 무렵, 나는 꽤 감상적이었다. 스물 전후는 누구나 대체로 그렇지만.

나는 아랫목에 있는 내가 덮고 잔 이부자리를 대강대강 개었다. 그리고 벽장 미닫이를 활짝 열어젖히고 집어넣었다.

내 이부자리를 집어넣은 다음, 나는 윗목에 놓여 있는 그 반듯하게 개어진 이부자리를 덥석 아무렇게나 들어 올려 약간 거칠게 벽장 속에 쑤셔 넣어버렸다.

그리고 휘파람을 불면서 밖으로 나갔다. 애써 기분이 아무렇지도 않은 듯이.

나는 수북이 쌓인 하얀 눈을 덥벅덥벅 디디면서 교무실 쪽으로 향했다. 왠지 풍금을 한 번 치고 싶은 생각이 났던 것이다.

눈을 덥벅덥벅 디디면서 교사 모퉁이를 돌아서자, 교무실 현관 앞을 쓸고 있던 소사가 나를 보더니 허리를 폈다. 소사는 퍽 일찍 왔던 모양으로, 벌써 교문에서 교무실 현관까지 길을 만들어놓고, 현관 앞을 넓히고 있는 중이었다.

내가 가까이 가자, 소사는 빙글 웃었다. 그리고 말했다.

"이 선생님, 잘 잤어요? 어젯밤에 미안해라우."

"미안하긴……."

"방은 안 춥덩기라우?"

"응."

"어젯밤에 놀랬지라우?"

"……?"

"총소리 땜시 말이라우."

"응."

　그리고 소사는 또 뭐라고 말을 하려다가 말고, 공연히 자꾸 빙글빙글 웃었다.

《신동아》(1976. 9)

노은사(老恩師)

　삼십 년이 훨씬 지났는데도 나는 진사문(陳思文) 선생을 쉬 알아볼 수가 있었다. 광화문 지하도에서였다.

　지하도를 지나가던 나는 복권판매소 앞에 엉거주춤 서서 복권 한 장을 사고 있는 어떤 중노(中老)에게 무심히 시선이 갔다. 한쪽 손에 낡은 손가방을 든 그 중노는 가만히 복권 상자를 들여다보고 있었다. 아무거나 한 장 집지를 않고, 어느 것이 좋을까, 망설이고 있는 모양이었다. 말하자면 잠시나마 공을 들이고 있는 중이었다.

　나는 절로 미소가 지어졌다. 그러나 다음 순간 나는 걸음이 주춤했다. 어디선지 많이 본 듯한 낯익은 모습이었던 것이다.

　"아니!"

　나는 곧 그 낯익은 모습이 누구라는 것을 알 수가 있었다. 삼십 년이 훨씬 지난 옛날의 기억이 용케 머리에 퍼뜩 떠올랐다. 틀림없는 듯했다.

나는 그 중노에게 다가갔다.

"저…… 진 선생님 아니십니까?"

"……."

중노는 얼른 나를 바라보았다.

"진사문 선생님이시죠?"

"그렇소. 누구신지?"

"저, 준옵니다. 한준오."

"한준오?……."

기억이 떠오르질 않는 모양이었다.

"치문학교에서 선생님한테 배웠습니다."

"치문학교? 아, 그래, 으음."

진 선생은 반가운 표정을 지었다. 그러나 역시 나를 기억해내지는 못하는 듯했다.

"그때 저의 부친도 그 학교에서 교편을 잡으셨죠."

"그래? 누군데, 부친이?"

"한재성 씹니다."

"한재성……? 아, 한 선생, 대구에서 왔던……."

"예, 맞습니다."

"아, 그래? 한 선생 아들이구먼. 응, 알겠어, 알겠어. 이름이 준오였던가? 맞아, 맞아. 공부를 썩 잘 했었지."

그제야 진 선생은 고개를 끄덕거렸다.

그리고 진 선생은 약간 멋쩍은 표정으로 웃으며,

"복권을 한 장 사보려고……."

하면서 얼른 손에 닿는 대로 아무거나 한 장 집어 드는 것이었다.

복권을 사다가 아는 사람이 보면 으레 쑥스러운 법이다. 그래서 나는 모르는 체하고, 얼른 또 말을 꺼냈다.

"선생님, 서울에 계십니까?"

"응."

"댁이 어디십니까?"

"미아리에 살고 있지. 자네는?"

"저는 서부이촌동입니다."

"서부이촌동이면 한강변이구먼."

"예. 선생님, 어디 가서 점심이라도 하십시다."

그리고 나는 팔뚝시계를 보았다. 열두 시 십 분 전이었다.

"벌써 무슨 점심을……. 난 조금 전에 아침을 먹고 나오는 길인걸."

"열두 시가 다 됐는데요 뭐."

"아니야. 정말 조금 전에 아침을 먹었어."

"그럼, 다방에 가서 차라도 한 잔 하시죠."

"그럴까……."

이번에는 순순히 응했다.

나란히 지하도를 걸어가면서 진 선생은 약간 감개가 무량한 듯이 말했다.

"치문학교 시절이면 옛날이지. 보자…… 삼십오륙 년 됐을 걸? 그런데 용케 나를 알아보았네그려."

"대뜸 알겠던데요."

"그래? 흐음."

진 선생은 기분이 좋은 듯 빙그레 웃었다. 그리고 물었다.

"부친은 지금 어디 계시는가?"

"돌아가셨습니다."

"돌아가셨어? 언제?"

"6.25때요."

"6.25때?"

"예."

"어디가 아프셨던가?"

"아네요. 학살을 당하셨습니다."

"뭐, 학살을? 저런 수가 있나. 으음, 그때도 교직에 계셨을 텐데?"

"예, 교장으로 계셨죠."

"음."

진 선생은 약간 침통한 표정을 지으며, 고개를 끄덕거렸다.

다방에 가서 앉자, 나는 쌍화탕 두 잔을 시켰다. 커피보다는 쌍화탕 쪽이 그래도 좀 대접이 될 것 같아서였다.

뜨끈뜨끈한 쌍화탕을 조금씩 마시면서 진 선생은 계속 아버지에 관해서 물었다.

"6.25때 어느 학교에 계셨는데, 부친께서?"

"삼남학교에 계셨습니다. 장수군에 있는……."

"장수군? 으음, 그런데 어쩌다가 그런 변을?"

"피난을 안 가신 게 잘못이었죠. 장수군이면 전라북도에서 가장 산간지방이라고 할 수 있지 않습니까? 설마 거기까지야 무슨 일이 있겠나 하고 방심을 하셨던 거지요. 피난지가 따로 있는 게 아니라, 바로 그곳이 피난지라고 생각을 하셨던 것 같아요."

"으음, 그런데 학교 교장이 무슨 죄가 있다고……."

"글쎄 말입니다. 모략을 한 놈이 있었어요. 그것도 부하 직원이……."

"부하 직원이?"

"예."

나는 아버지가 공산당들에게 무고한 죽음을 당한 경위를 대략 이야기했다.

나의 이야기를 듣고 난 진 선생은,

"나쁜 놈들, 천벌을 받을 놈들…… 으음, 한 선생이 그렇게 돌아가셨구먼. 쯧쯧쯧……."

혀를 차면서 몹시 침통한 표정을 지었다.

나도 기분이 우울했다.

그러면서도 나는 진 선생의 그 몹시 침통해하는 표정을 보자, 묘하게 친밀감 같은 것이 솟았다. 그 표정이 어쩌면 그렇게 옛날과 흡사한지……. 그 표정으로 해서 옛날 치문학교 시절의 진 선생이 그대로 고스란히 떠오르는 듯한 느낌이었다.

미간에 접힌 굵은 여덟팔자 주름, 그리고 비시그레 한쪽으로 휘어진 입, 얼굴 전체에 서리는 그늘……. 옛날 젊었을 때나 지금이나 변함없는 표정이었다.

나는 잔에 남아 있는 쌍화차를 마저 마시고 나서,

"선생님, 요즘 뭘 하고 계십니까?"

하고 화제를 돌렸다.

"나? 허허허……."

진 선생은 그저 웃기만 했다.

"정년퇴직을 하셨습니까?"

외모로 보아 아직 정년퇴직까지는 안 갔을 것 같았으나, 그렇게 물어보았다.

"정년퇴직? 허허허…… 아직 정년퇴직 할 나이는 아니지."

"그럼, 아직 교직에?"

"교직을 그만둔 진 오래 됐어. 지금도 말하자면 교직 비슷한 일을 하고 있는 셈이지만……."

그렇게 말하고는 진 선생은 얼른 말머리를 돌리듯이,

"자네는 뭘 하나?"

하고 물었다.

"저는 출판사에 나가고 있습니다."

"출판사에? 어느 출판사?"

"조그만 출판삽니다. 문조사라고……."

"음. 그래……."

진 선생은 잠시 말이 없더니,

"지금 몇 시지?"

물었다.

"열두 시 이십 분인데요."

"그럼, 가봐야겠는데……. 약속 시간이 있어서……."

그러면서 진 선생은 자리에서 일어나려 했다.

"선생님."

"응?"

"저…… 선생님을 찾아뵐려면 어떻게 하면 됩니까?"

"음……."

진 선생은 잠시 망설이더니, 낡은 손가방을 열고 안에서 종이쪽

지와 볼펜을 꺼냈다. 그리고 전화번호를 적으며,

"우리 집을 찾기는 힘들 것이고, 여기 전화를 걸면 만날 수가 있지. 오후 세 시에서 다섯 시까지는 매일 내가 여기에 나가 있으니까."

이렇게 말했다.

"아, 그렇습니까?"

나는 그 쪽지를 받아 잘 넣었다.

다방 밖에서 헤어지면서 나는,

"그럼, 선생님, 또 만나 뵙겠습니다."

했다.

"응, 그래그래. 고마와."

진 선생은 대고 고개를 끄덕이고는 낡은 손가방을 들고 돌아서 갔다.

진사문 선생은 내가 소학교 5학년 때의 담임이었다. 치문학교에서였다.

치문학교는 전라북도에 있는 사립 소학교였다. 그 무렵, 그러니까 해방되기 오륙 년 전, 벌써 개교한 지가 삼십 년 가까이 되는, 우리나라에서 유수한 농촌의 사설학당이었다.

학교 곁에 마을이 있고, 그 주위는 온통 논이었다. 물론 학교 앞도 논이었다. 학교 앞의 논은 구획이 굉장히 넓었다. 굉장히 넓은 논이 여러 개 널려 있었는데, 그 논의 임자가 바로 학교 설립자였다. 말하자면 '아는 것은 힘이다. 배움만이 사는 길이다' 하는 그런 선각과 우국의 염(念)에서 설립한 학당이었다.

개교한 지 벌써 삼십 년 가까이 되어 있었으나, 생도 수는 아직 이백 명 선을 넘지 못하고 있었다. 한 학년이 평균 삼십 명 가량밖에 안 되는 셈이었다. 그래서 1,2학년과 3,4학년은 각각 복식 학급으로 편성이 되어 있었고, 5학년과 6학년만 제대로 교실을 차지하고 있었다.

네 학급에 교실이 네 개, 교무실이 하나, 직원은 선생 네 사람과 소사가 한 사람 있었다. 말하자면 규모는 작으나, 잘 짜인 학교라고 할 수 있었다.

그 치문학교로 아버지가 부임해 간 것은 내가 4학년 때였다. 경북이 고향이고, 그곳 공립학교에서 교편을 잡던 아버지가 전북에 있는 그 사립학교로 부임해 간 데에는 그만한 까닭이 있었다.

경북 칠곡군에 있는 동명공립심상소학교라는 데서 '이누가이(犬飼)'라는 고약한 일인 교장과 싸워서 파면을 당했던 것이다.

일인 교장과 싸워서 파면을 당했으니, 공립학교에 다시 복직할 수가 없어, 아버지는 고향인 대구에서 두어 해 빈둥빈둥 고생을 하다가 어떻게 이야기가 되어 타도에 있는 그 사립학교로 가게 되었던 것이다.

진사문 선생은 그 학교에서 가장 젊은 선생이었다. 아마 스물서넛이 아니었을까 싶다.

그런데도 진 선생은 나이가 꽤 위인 아버지와 매우 친했다. 지금도 선명히 기억되는데, 진 선생은 곧잘 우리 집에 놀러 와서 아버지와 단 둘이 바둑을 두기도 하고, 술잔을 기울이기도 하고, 책 같은 것을 아버지한테서 빌려 가기도 했다. 둘이 은근히 통하는 점이 있었던 것 같다.

내가 5학년이 되자, 진 선생이 우리 학급을 담임하게 되었다. 나는 무척 기뻤다. 다른 선생보다 아버지와 친하고, 우리 집에도 자주 놀러오고 하기 때문이기도 했지만, 그것보다도 진 선생은 이야기 잘하는 선생으로 알려져 있었던 것이다.

이야기라면 사족을 못 쓰는 나였다. 나뿐 아니라 다른 생도들도 대개 마찬가지였다.

우리는 진 선생이 처음으로 우리 교실 교단에 서서,

"에에, 오늘부터 내가 너희 담임이다."

했을 때 벌써,

"선생님, 이야기해 줘요."

하고 소리를 질렀던 것이다.

말하자면 진 선생을 환영하는 환호성인 셈이었다.

진 선생은 틈 있는 대로 이야기를 해주었다. 산술 시간이나 이과 시간 같은 때도 곧잘 교재를 구수한 이야기 식으로 풀어나가곤 했다. 지금 생각하니 아주 유능한 수업방법이었던 것이다.

그리고 진 선생 자신이 생도들에게 이야기를 해주는 게 무척 즐거웠던 것 같다. 이야기하는 데 스스로 신명이 났던 모양이다.

진 선생이 가장 신명을 내는 시간은 조선어 시간이었다. 그 무렵은 아직 조선어를 한 교과로 취급하고 있었다.

조선어 시간이 되면 우선 진 선생의 두 눈빛부터가 여느 시간 때와는 다른 듯했다. 한결 생기를 띤 두 눈을 반짝이며 진 선생은 시종 열을 올렸다. 혹 게으름을 부리거나 딴전을 피우는 생도가 있을 것 같으면 호되게 꾸지람을 하곤 했다.

"이 녀석아, 조선 놈이 조선어 배우는 게 싫으면 뒈져, 뒈져!"

이렇게 마구 호통을 치기 예사였다. 다른 시간 때보다 월등히 엄했다.

시험을 봐서 점수가 나쁜 생도들은 으레 매를 때렸다. 한 사람 한 사람 종아리를 걷도록 해서 매질을 하면서,

"이 정신 못 차리는 놈아, 답답한 놈아!"

하고 몹시 안타까워하고 침통해 하였다.

그럴 때면 진 선생의 미간에는 굵은 여덟팔자 주름이 접혔고, 입은 한쪽으로 비스그레 휘어졌으며, 얼굴 전체에 그늘이 서렸다.

다른 과목을 시험 봤을 때는 좀처럼 없는 일이었다.

그리고 조선어 시간이면 으레 옛날이야기가 나왔다. 짧은 이야기든 긴 이야기든 거의가 우리 조상들에 관한 이야기였다. "옛날 우리 조상들은 말이지……" 이런 식이 아니면, "옛날 옛적 어느 곳에 박 첨지라는 우리 조상이 살고 있었는데……" 이런 식으로 이야기는 시작되었다.

그 무렵엔 그게 어떤 의미를 띠고 있는지 잘 몰랐지만, 나중에 생각하니 그게 말하자면 우리의 민족의식을 은연중 불어넣어 주는 방법이었던 것이다.

진 선생은 어디서 그렇게 많은 이야기를 끌어모아 가지고 있는지 알 수가 없었다. 이야기보따리가 커도 이만저만 큰 게 아니었다. 쏟아도 쏟아도 끝이 없이 자꾸 쏟아져 나오는 것이었다. 무슨 요술보따리처럼 말이다.

그리고 진 선생은 입담도 썩 좋았다. 같은 이야기를 해도 구수하고 아기자기하게 몰아 나갔다. 손에 땀을 쥐게 하기도 했고, 배꼽이 튀어나오도록 웃기기도 잘했다.

조선어 시간은 일주일에 한 시간 뿐이었다. 우리는 그게 안타까웠다. 매일 한 시간씩 들어 있었으면 싶었다.

조선어 시간은 딴 시간보다 선생님의 태도가 엄하고, 열을 띠고 있기 때문에 슬그머니 긴장이 되기도 했지만, 으레 우리 조상들 이야기가 나오는 바람에 우리는 못내 가슴이 부풀고 기대에 넘쳤다.

한 번은 이런 일이 있었다.

교과서를 읽고, 새로 나온 단어를 해석해 나가다가 어느덧 또 조상들 이야기로 미끄러져 들어갔다.

그러자 어떤 생도 하나가,

"야아, 마다 오하나시다(야아, 또 이야기다)"

하고 좋아서 자기도 모르게 소리를 질렀다.

도회지의 공립학교에 다니다가 전학을 온 지 얼마 안 되는 생도였다. 그 아이의 입에서는 노상 일본말이 나왔다. 공립학교에서는 '고꾸고 조오요오(국어 상용, 즉 일본어 사용)'를 촉구하고 있었던 것이다. 그래서 조선말을 사용해야 할 조선어 시간에도 무의식중에 일본말이 튀어나왔던 것이다.

그러자 어떤 아이가 냅다,

"야, 임마! 조선 밥 먹고 왜 일본 똥 뀌냐."

하고 쏘아붙였다.

와아, 교실 안이 웃음바다가 되었다.

그러나 우리는 곧 웃음을 그치고, 선생님의 표정에 시선을 집중했다. 이 돌발사에 대해서 선생님이 어떤 태도로 나오는가 궁금했던 것이다.

선생님은 이렇게 말했다.

"뭐? 조선 밥 먹고 일본 똥을 뀌어? …… 허허허, 맞다 맞다. 허허
허……."

선생님도 재미있다는 듯이 곧장 웃는 바람에 우리도 다시 좋아서
웃어댔다.

그런 일이 있은 뒤부터 우리들 사이에는 '조선 밥 먹고 일본 똥
뀐다'는 말이 유행어처럼 되었다. 걸핏하면, "야, 조선 밥 먹고 일본
똥 뀌지 마", 혹은 "너 조선 밥 안 먹었냐? 왜 일본 똥 뀌냐?" 하고
재미 삼아 뇌까렸다.

그런데 그렇게 우리를 즐겁게 하고 가슴 부풀게 하던 조선어 시
간이 그만 폐지되고 만 것이다. 2학기 때가 아니었던가 기억된다.

하루는 무슨 까닭인지 선생님이 몹시 침통한 표정으로 교실로 들
어왔다. 첫째 시간이었던 것 같다. 손에는 조선어 교과서를 들고 있
었다. 그 시간은 조선어 시간이 아니었다.

그런데 선생님은,

"모두 조선어 교과서를 꺼내라."

하고 말했다.

우리는 당황하지 않을 수 없었다. 그날은 조선어 시간이 들어 있
지 않아서 조선어 교과서를 가지고 오질 않았던 것이다.

"오늘 조선어 안 들었는데요."

"교과서 안 가지고 왔어요."

"이상하다. 조선어 시간이 아닌데……."

우리는 수군거렸다.

그러자 선생님은 벌컥 화를 냈다.

"조용히들 못 하겠나! 조선어 시간이 안 들었으면 조선어 교과서

를 학교에 가지고 오면 안 되나?"

우리는 모두 숨을 죽이고 있었다. 그러나 속으로는 여간 불만이 아니었다. 우리의 잘못이라곤 하나도 없는데, 공연히 아침부터 당치도 않는 신경질을 부려대는 것이 아닌가 말이다. 조선어 시간도 아닌데 조선어 교과서를 가지고 들어와서……

"야, 이놈들아! 조선어 시간이 없어졌다, 없어졌어. 이제부터 조선어를 배우고 싶어도 못 배우게 됐단 말이다. 알겠냐? 이놈들아, 이놈들아……."

마치 조선어 시간이 폐지된 게 우리의 탓 이기라도 한 듯 공연히 자꾸, 이놈들아, 이놈들아, 하고 화를 내대는 것이 아닌가.

그러나 나는 곧 기분이 이상해졌다. 조선어 시간이 없어지다니…… 긴장이 확 바뀌는 듯했다. 앞으로는 조선어를 배우고 싶어도 못 배운다니…… 무슨 영문인지 알 수가 없었다. 어쩐지 슬그머니 눈앞이 어두워지는 듯 얼떨떨했다.

다른 아이들도 모두 그런 표정들이었다.

그런 분위기 속에서 누군가가 불쑥 물었다.

"왜 조선어 시간이 없어집니까?"

그러나 선생님은 대답이 없었다. 여전히 화가 난 표정으로 우리들을 바라보고 있더니, 잠시 후 푹 꺼지는 듯한 한숨을 쉬었다. 그리고 말했다.

"나중에 너희들이 크면 알게 될 거다."

나중에 크면 알게 되다니…… 뭐 그런 흐리멍덩한 대답이 다 있나 싶었지만, 아무도 더 묻질 않았다.

선생님은 이번에는 약간 가라앉은 듯한, 그러나 침통한 목소

리로,

"자, 이 시간은 마지막 조선어 시간이다. 모두 정신을 똑바로 차려."

하고는 교과서를 펴 들었다.

그 시간 수업은 참으로 인상적이었다. 여느 조선어 시간 때와는 선생님의 표정부터가 달랐다. 여느 때는 생기를 띤 눈을 반짝이면서 신명을 내는 터였는데, 그 시간은 시종 어둡고 굳어진 얼굴이었다. 그러면서도 이상스럽게 열이 오르는 듯 상기되어 가지고 어조를 높이기도 했고, 그러다가는 그만 맥이 빠지는지 힘없이 무너지는 듯한 목소리로 바뀌기도 했다.

수업의 흐름도 여느 때와는 달랐다. 여느 때는 먼저 책을 읽히고, 대의(大義)를 묻고, 그리고 단어 해석 같은 세부로 들어가서 옛날 우리 조상들의 이야기로 미끄러졌다가, 다시 그 시간의 마무리를 짓는 것이었는데, 그 시간은 전혀 그게 아니었다.

우선 책을 우리에게 읽도록 하는 게 아니라,

"자, 모두 잘 들어봐. 내가 우리 조선어 교과서를 읽을 테니⋯⋯."

하고는 선생님 자신이 크게 소리를 내어 읽기 시작하는 것이었다.

우리가 교과서를 가지고 있지 않기 때문이기도 했겠지만, 설사 우리가 모두 교과서를 가지고 있었다 하더라도 그랬을 것 같은 그런 태도였다.

그리고 교과서를 읽어도 지금까지 배운 다음을 읽는 것이 아니라, 첫 장부터 내리읽기 시작하는 것이 아닌가.

우리는 어리둥절했다. 그러나 숨을 죽이고 선생님의 책 읽는 모습을 가만히 지켜보고 있었다. 선생님의 태도가 여느 때와 판이하

게 달랐고, 따라서 교실 분위기가 매우 이상해서 어쩐지 숨을 크게
쉴 수가 없었다.

선생님은 책을 읽어 내려가다가 어떤 대목에 이르러서는 그곳을
두 번 세 번 되풀이 읽으면서,

"좋단 말이여. 이런 대목은 정말 좋단 말이여."

혼자 감탄을 하기도 했다.

그런 식으로 곧장 읽어 나가다가 지쳤는지,

"자, 선생님이 읽은 다음을 읽을 사람……."

하면서 우리를 둘러보았다.

예! 예! 예! …… 하고 우리는 이상스럽게 여느 때보다 힘차게 손
들을 들었다. 우리도 묘하게 흥분된 상태에 있었던 모양이다.

선생님은 한 생도를 지명해서 교과서를 그 생도에게 주었다. 그
아이 역시 열을 올려 선생님이 읽은 다음을 이어서 읽기 시작했다.

그 아이가 어느만큼 읽고 나자,

"자, 다음을 읽을 사람……."

선생님은 또 다른 생도를 지명했다.

그런 식으로 교과서는 이 생도에게서 저 생도에게로 넘어가곤
했다.

그런 식의 낭독이 계속되는 동안 선생님의 표정은 시종 침울했
다. 미간에 여덟팔자가 접히고 입이 비시그레 한쪽으로 휘어진 것
은 물론이다.

한참 동안 그런 식의 낭독이 계속되자, 실내의 분위기가 느슨해
지기 시작했다. 지루한 느낌이 들 무렵 어떤 아이가 불쑥 말했다.

"선생님, 이 시간에는 조상 이야기 안 해주십니까?"

그러나 선생님은 잠시 넋 나간 사람처럼 멀뚱히 우리를 바라보더니,

"못난 조상 이야기 자꾸 하면 뭘 하냐."

이렇게 푸념하듯 말했다.

의외의 말이었다. 못난 조상이라니…… 지금까지 선생님은 한 번도 그런 말을 하지 않았던 것이다. 오히려 그와 반대로 조상을 추켜올리는 듯한 그런 투로 이야기를 하곤 했던 것이다. 알 수 없는 일이었다.

그러자 어떤 아이가,

"선생님!"

하고 번쩍 손을 들었다.

"왜?"

그 아이는 벌떡 자리에서 일어났다.

"우리 조상이 못났습니까? 선생님."

"그래, 못나도 이만저만 못난 게 아니란 말이다."

"예? 정말입니까? 전에는 그렇게 이야기 안 하시더니요."

"나중에 크면 다 알게 돼!"

선생님은 약간 화가 난 듯이 말했다.

그러자 그 아이는 어떻게 돌아가는 영문인지 알 수가 없다는 표정으로 슬그머니 앉아버렸다.

정말 우리는 모두 어떻게 돌아가는 영문인지 얼떨떨하기만 했다.

"자, 그럼 이제부터는 내가 읽을 테니 모두 따라 읽어. 큰소리로……."

그리고 선생님은 도로 생도의 손에서 교과서를 받아 들었다.

선생님의 낭독에 이어 우리들의 따라 읽는 소리가 우렁우렁 교실을 울리기 시작했다. 하급 학년에서는 흔히 있는 낭독법이지만, 5학년인 우리에게는 어쩐지 어울리지가 않았다. 유치하게 느껴져서 우스웠다. 그래서 우리는 약간 장난기가 동해서 더욱 큰 목소리로 외치듯 따라 읽었다. 온통 교실이 떠나갈 듯했다. 이웃 교실에 크게 방해가 될 지경이었다.

여느 때 같으면 그런 일이 있어서는 안 된다고 선생님은 얼른 낭독을 그쳤을 것이다. 그러나 그날은 그런 것 아랑곳없이 마구 계속해 나갔다. 마치 선생님이 약간 실성한 사람 같기도 했다.

그렇게 요란한 낭독이 계속되고 있는데, 복도 쪽 유리창에 희뜩 사람의 얼굴이 나타났다.

교장 선생이었다. 머리가 허옇게 센 교장 선생이 유리창 너머로 우리 교실을 들여다보는 것이었다.

교장 선생의 얼굴을 보자, 우리는 약간 당황했다. 고래고래 큰소리로 낭독을 해대도 괜찮은 것인지……. 선생님의 얼굴과 교장 선생의 얼굴을 번갈아 힐끗힐끗 바라보곤 했다.

그러나 선생님은 아랑곳없다는 듯이 교과서에 눈을 준 채 열기어린 낭독을 계속해 나갔다. 우리도 따라서 외쳐댈 수밖에 없었다.

교장 선생은 가만히 서서 우리 선생님의 하는 양을 지켜보고 있더니, 잠시 후 슬그머니 유리창에서 얼굴을 거두어 갔다.

우리의 낭독은 한결 더 신명이 났다. 온통 교사 전체가 우렁우렁 울릴 지경이었다.

그러나 곧 땡땡땡 땡땡땡…… 수업 끝을 알리는 종소리가 울렸다. 종소리는 어쩐지 다른 때보다 훨씬 크게 울리는 듯했다. 아마 교장 선생이 종을 치는 모양이었다.

종소리가 울리자, 선생님은 힘없이 낭독을 그쳤다.

교과서를 들고 있던 손이 풀썩 아래로 떨어졌다. 마치 팔의 나사가 갑자기 헐렁해지기라도 한 것처럼.

자연히 우리도 낭독을 그치고 선생님의 표정을 지켜보고 있었다.

선생님의 얼굴에는 핏기가 하나도 없었다. 조금 전과는 달리 별안간 핏기가 싹 마른 듯 백짓장 같은 느낌이었다. 그런 얼굴에 굵은 여덟팔자가 접히고, 입은 비시그레 한쪽으로 휘어져 있었다. 침통하기 그지없는 표정이었다.

"다 끝났다, 끝났어."

선생님은 이렇게 말하면서 교과서를 교탁 위에 아무렇게나 픽 던졌다. 그리고 후유우, 꺼지는 듯한 한숨을 쉬며 그만 그 내던진 교과서 위에 풀썩 무너지듯 얼굴을 묻어버리는 것이었다.

우리는 그저 놀란 표정으로 숨을 죽이고 지켜보고 있었을 따름이었다.

교탁 위에 얼굴을 묻고 상체를 엎드린 채 선생님은 움직일 줄을 몰랐다. 그런데 잠시 후, 선생님의 두 어깨가 조금씩 들먹거리기 시작하는 것이 아닌가.

우리는 정말 눈이 휘둥그레지지 않을 수 없었다. 울고 있는 게 분명했다. 선생님이 교실에서 어깨를 들먹이며 울다니…… 교탁 위에 얼굴을 묻고서…… 생도들 앞에서…… 너무나 뜻밖의 일에 교실 안 분위기가 별안간 숨이 막힐 듯 숙연해졌다.

그러나 곧 누군가가 그 숙연한 분위기를 휘저었다.

"히히!"

하고 어떤 녀석이 그만 웃음을 터뜨린 것이다.

그러자 여기저기서 마치 연쇄반응이라도 일으킨 듯 킥킥 웃음소리가 일어났고, 또 그 웃음을 비난하는 소리가 뒤를 따랐다.

"웃지 마라."

"누가 웃지?"

"싸가지 없게 왜 웃어."

나는 웃음이 나오려고도 했고, 웃어서는 안 될 것도 같아서 입을 꼭 다물고 눈을 반짝거리고 있었다.

"조용히들 해!"

마침내 급장이 큰소리로 소연해진 분위기를 꾹 눌렀다.

그러자 선생님은 얼굴을 들었다. 두 눈이 분명히 눈물에 젖어 있었다. 선생님은 슬그머니 얼굴을 돌리며 손수건을 꺼내어 눈언저리를 닦았다. 그리고 우리를 향해 섰다. 무표정한 얼굴이었다.

곧 급장이,

"기립!"

구령을 질렀다.

그렇게 해서 조선어 공부의 마지막 시간이 끝났는데, 수업을 마치고 교과서 위에 분필통을 얹어 들고 힘없이 교실을 나가던 진 선생의 모습을 나는 지금도 눈앞에 선하게 떠올릴 수가 있다. 정말 그날 그 한 시간의 수업은 인상적이었다.

5학년을 마칠 무렵, 아버지는 어떻게 용케 다시 공립학교로 복직이 되어 김제군에 있는 죽산북공립국민학교라는 데로 옮겨갔다. 물론 나도 그 학교로 전학을 했다.

그 후 나는 한 번도 진사문 선생을 만나지 못했고, 소식도 알 길이 없었다.

해방이 되어 우리 한글이 되살아났을 때, 나는 진 선생 생각을 얼마나 했는지 모른다. 중학교에서 다시 우리글을 배우면서 정말 진 선생은 보통 선생이 아니라는 것을 그제야 알았고, 그 인상 깊었던 마지막 조선어 시간을 감격적으로 회상하곤 했다.

그러나 흐르는 세월과 함께 절로 진 선생의 기억도 내 머리에서 희미해져 갔다.

그런데 삼십 년이 훨씬 지난 뒤 뜻밖에 광화문 지하도에서 진 선생을 만난 것이다.

삼십 몇 년이면 보통 세월이 아니다. 십 년이면 강산도 변한다고 하니, 강산이 변해도 세 번이나 변한 셈이다. 그런데도 쉬 진 선생을 알아볼 수 있었던 것은 그만큼 내 뇌리에 진 선생이 인상 깊게 간직되어 있었기 때문일 것이다.

토요일 오후였다.

세 시에 회사 일을 마친 나는 책상 위의 전화 다이얼을 돌렸다. 며칠 전 진사문 선생이 적어준 전화번호였다. 오늘은 토요일이니 진사문 선생을 만나 술이나 대접하며 진 선생의 그동안 살아온 이야기 같은 것을 듣고 싶었던 것이다.

신호가 가자 곧 여자가 받았다.

"여보세요, 거기 진사문 선생님 나와 계시죠?"

"예, 지금 시간에 들어갔습니다."

"예? 시간에 들어가다뇨?"

나는 무슨 말인지 얼른 알아들을 수가 없어 반문했다.

"수업 중이란 말이에요."

"수업 중요?"

"……."

"아, 예, 알았습니다. 여보세요, 거기가 어딥니까? 뭐 하는 뎁니까?"

나는 황급히 이렇게 물어보았다.

"예? 댁은 누군데요?"

여자는 뭐 이런 사람이 다 있는가 싶은 듯 반문해 왔다.

"진사문 선생님의 옛날 제자 되는 사람입니다. 전화번호는 알았습니다만, 거기가 뭐 하는 덴지 몰라서……, 학굡니까?"

"학원이에요."

"학원요? 아, 예. 무슨 학원인지, 찾아가려고 그러는데, 위치가 어디죠?"

"신설동 로터리에 와서 국제학원을 찾으면 돼요."

그리고 이쪽에서 뭐라고 말할 겨를도 없이 전화는 끊어졌다.

나는 수화기를 놓고 담배를 꺼내 물었다. 그리고 중얼거렸다.

'신설동 로터리에 있는 국제학원이라…….'

그렇다면 진 선생이 그 학원의 강사로 나가고 있는 모양인데, 무엇을 가르치고 있는지 궁금했다. 혹시 한글 맞춤법 같은 것을 가르치고 있는 것일까? 그런 것을 가르치는 학원이 있다는 소리를 들어본 적이 없다. 그럼 한문을 가르치고 있는 것일까? 그런지도 모른다. 어쩐지 나는 진 선생이 한글맞춤법 같은 것이 아니면 한문을 가르치고 있을 것만 같이 생각되었다.

혹은 알 수가 없다. 영어나 독일어 같은 것을 가르치고 있는지도.

스물서넛이었을 때의 담임선생으로서의 진 선생을 알고 있을 뿐, 그 학력도, 그 후 삼십 년이 훨씬 넘는 동안의 이력도 전혀 모르는 터이니 말이다.

나는 담배연기를 내뿜으면서 팔뚝시계를 보았다. 세 시 십 분이었다.

전화번호를 적어주며 세 시에서 다섯 시까지 여기에 나가 있다고 했으니, 그렇다면 다섯 시가 되어야 수업이 끝난다는 이야기다. 그냥 복덕방 같은 데 한가로이 그 시간 동안 나가 앉아 있는 것이 아니니, 시간을 맞추어 나가는 게 옳다.

그래서 나는 사무실 한쪽에 있는 응접소파에 가서 앉아 한 시간가량 이 신문 저 신문 뒤적이다가 사무실을 나섰다.

버스를 타고 신설동 쪽으로 가면서 나는 문득 "교직을 그만둔 진 오래 됐어, 지금도 말하자면 교직 비슷한 일을 하고 있는 셈이지만……" 이렇게 말하던 진 선생의 말이 생각났다. 그러니까 '교직 비슷한 일'이란 바로 학원의 강사노릇이었던 것이다. 사설학원의 강사도 말하자면 교직은 교직이지 싶으며 나는 어쩐지 조금 미소가 지어졌다. 그리고 왠지 모르게 진 선생의 그동안의 인생살이가 결코 평탄하지 못하고, 유전(流轉)이 심했을 것만 같이 생각되기도 했다.

신설동 로터리에서 버스를 내려 '국제학원'이라는 간판을 찾는데 한참 시간이 걸렸다. 바로 로터리 큰길가에 있지 않고 골목으로 좀 들어간 곳에 있었던 것이다.

낡은 이층집이었다. 아래층에 사무실이 있었다. 사무실 문을 노크하고 들어가니 여사무원이 혼자 전화기 앞에 앉아서 주간지를 열심히 읽고 있었다. 물론 아까 전화를 받았던 그 여자일 것이다.

"실례합니다. 진사문 선생을 만나러 왔습니다."

내가 들어서자 그 여사무원은 힐끗 나를 보더니, 눈언저리에 약간 미소를 띠었다. 그리고 벽에 걸린 시계를 보며,

"아직 십오 분 남았군요. 앉아서 기다리세요."

하고는 다시 주간지에 눈을 가져갔다.

아까 전화로 이야기할 때보다는 상냥한 편이었다.

나는 한쪽에 놓인 소파에 가서 앉았다. 그리고 담배를 꺼냈다.

십오 분이란 잠깐 사이에 지나간다. 그러나 그 십오 분을 가만히 앉아서 기다리고 있어 보면 꽤 지루하게 느껴진다.

담배 한 대를 피우고 난 나는 소변이 마려워서 자리에서 일어났다.

"화장실이 어디 있나요?"

내 물음에 여사무원은 그저 손으로 문밖 왼쪽을 가리켜 보였다.

사무실을 나와 그쪽으로 조금 가니 낡은 화장실 문이 있었다. 이층으로 올라가는 계단 옆이었다.

화장실로 들어선 나는 창문이 열려 있는 쪽으로 가서 변기 앞에 섰다. 창밖으로 하늘이 조금 내다보였다. 그리고 조금 내다보이는 그 파란 하늘에 마침 오렌지색 애드벌룬이 한 개 멀리 떠 있었다. 곱게 보였다.

그 애드벌룬을 무심히 바라보며 줄줄줄…… 볼일을 보고 있는데, 이층에서 우렁우렁 글 읽는 소리가 일어났다. 열린 창문을 통해서 우렁우렁 흘러 들어오는 그 글 읽는 소리를 듣자 나는 귀가 번쩍했다. 야, 이것 봐라, 재미있구나, 싶으며 그 글 읽는 소리에 가만히

귀를 기울였다.

일본글을 읽는 소리였던 것이다.

일본어 강습소가 생긴 지는 이미 오래다. 정규교육에 있어서도 선택과목으로 일본어가 채택되어 있다. 그러니까 일본글을 읽는다고 해서 이상할 것은 하나도 없는 세상이다.

그러나 그런 사실을 신문광고에서나 보아오고 기사로나 읽어왔을 뿐, 실제로 일본글을 우렁우렁 소리를 내어 읽어대는 장면을 처음 대하니 어쩐지 좀 기분이 묘했다.

가만히 귀를 기울이고 있던 나는,

"아니."

절로 입에서 약간 놀라는 소리가 흘러나왔다.

그리고 나는 잠시 말문이 막힌 듯한, 혹은 무슨 배신을 당한 것 같은 그런 상태가 되어 멍하니 서 있었다. 이미 소변은 끝나 있었다. 그러나 물건을 여며 넣을 생각도 없이 장승처럼 서 있기만 했다.

한 사람이 먼저 읽으면 따라서 여러 사람이 읽는 그런 식의 낭독이었다. 그런데 먼저 읽는 사람의 목소리가 다름 아닌 진 선생의 목소리가 아닌가. 처음에는 긴가민가했으나, 잘 귀를 기울여보니 틀림없는 그것은 진 선생의 목소리였다.

"으음."

잠시 후, 나는 쩝쩝 입맛을 다셨다. 그리고 그제야 생각이 난 듯 물건을 챙겨 넣었다.

물건을 챙겨 넣은 다음에도 여전히 그대로 변기 앞에 서서 이층에서 우렁우렁 들려오는 그 일본글 읽는 소리를 듣고 있었다.

"시다오 기라레다 수수메와(혀를 잘린 참새는)……"

진 선생의 목소리였다.

"시다오 기라레다 수수메와……"

물론 따라 읽는 수강생들의 목소리다.

"이따이 이따이또 나끼나가라(아이 아파 아이 아파 하고 울면서)……"

"이따이 이따이또 나끼나가라……"

"도오이 모리노 호오니 돈데이끼마시다(먼 숲 쪽으로 날아갔습니다)."

"도오이 모리노 호오니 돈데이끼마시다."

……

……

'시다기리 수수메'(혀 잘린 참새)라는 일본 동화였다. 어린 시절 많이 들었던 이야기라 마치 우리의 전래동화처럼 정답게 느껴지기도 했다.

그러나 나는 절로 입과 코가 비시그레 이지러지는 것을 어쩌지 못했다. 쓴쓰레한 웃음이 나왔다. 참 세상은 많이 달라졌구나 싶었다. 세상과 함께 사람도 참 많이 변했구나 하는 생각이 가슴을 멍하게 눌러오기도 했다. 진 선생이 일본어 강사노릇을 하고 있다니…… 정말 예기치 못한 일이었다.

─야, 이놈들아! 조선어 시간이 없어졌다, 없어졌어. 이제부터 조선어를 배우고 싶어도 못 배우게 됐단 말이다. 알겠냐? 이놈들아, 이놈들아…….

이렇게 말하던 진 선생이 말이다.

─자, 이 시간은 마지막 조선어 시간이다. 모두 정신을 똑바로

차려.

　—자, 모두 잘 들어 봐. 내가 우리 조선어 교과서를 읽을 테
니…….

　—좋단 말이여. 이런 대목은 정말 좋단 말이여.

　—자, 그럼 이제부터는 내가 읽을 테니 모두 따라 읽어. 큰소리
로…….

　삼십몇 년 전 그 마지막 조선어 시간의 일이 떠오르자, 나는 나도
모르게,

"으음."

　신음소리 같은 것이 흘러나왔다. 착잡하고 무거운 심정이었다.
가슴 밑바닥에 소중히 간직되어 있었던 것이 와르르 무너지는 듯
한 느낌이기도 했다.

　수업 끝을 알리는 종소리가 울리자,

"다 끝났다, 끝났어."

하고 힘없이 내뱉으면서 조선어 교과서를 교탁 위에 아무렇게나
픽 던지고, 그 위에 풀썩 무너지듯 얼굴을 묻고는 어깨를 들먹이며
흐느껴 울던 진 선생, 조선어 교과서 위에 분필통을 얹어 들고 힘
없이 교실을 나가던 진 선생의 허탈한 모습, 미간에 접히던 굵은
여덟팔자 주름, 비시그레 한쪽으로 휘어지던 입, 그늘이 서린 침통
한 그 표정…… 그 값진 영상이 흐늘흐늘 허물어지는 듯했다.

　삼십 몇 년이면 결코 짧은 세월이 아니다. 그동안에 역사는 큰 굽
이를 돌아 이제 과거의 일 때문에 일본을 원망하고 있을 수만은 없
는 시점에 이르러 있다. 물론 과거를 잊을 수가 없고, 또 잊어서도
안 되지만, 그러나 이제는 우방으로서 선린을 도모하고, 여러 모로

상호 교류를 아니 할 도리가 없는 것이다.

　그래서 거리에 넘치는 일본인 관광객이나 상인 같은 부류들을 보아도 나는 이제 크게 저항감이 생기지는 않는다. 곳곳에 일본어 강습소가 생기고, 일본어가 정규교육의 선택과목으로 채택된 것 역시 시대의 추세로, 도리 없는 일이라고 생각한다.

　그런데도 나는 진사문 선생이 일본어 강사가 되어 있다는 사실 앞에서는 당황하지 않을 수가 없었다. 다른 사람이 일본어를 가르치고 있다면, 우렁우렁 들려오는 저 낭독을 먼저 이끌어가고 있는 목소리가 진 선생의 목소리만 아니었다면 그저, 야, 이것 봐라, 재미있구나, 하는 정도로 그쳤을 것이다. 그러나 다른 사람은 다 일본어를 가르치고 배우고 하더라도 진사문 선생만은 옛날 그 자리에 그대로 머물러 있어야 옳을 것 같았다. 적어도 일본어와는 상관없는 그런 일에 종사해야 마땅할 것 같았다. 아무리 시대가 바뀌고, 사람이 달라진다 하더라도 진사문 선생만은 그렇지 않아야 될 것 같았다. 그만큼 진 선생은 나의 기억 속에 값진 존재로 소중하게 간직되어 왔던 것이다.

　그런데 그 소중한 것이 그만 흐늘흐늘 허물어지고 마는 것이 아닌가. 마치 무슨 배신을 당한 것 같아 가벼운 현기증을 느꼈다. 허망하고 우울해서 그저 망연히 창밖의 파란 하늘을 바라보고 있었다.

　그때, 삐이걱 하고 변소 문이 열렸다. 여사무원이 들어섰다.

　변기 앞에 멀뚱히 섰던 나는 그제야 제정신이 돌아온 듯 얼른 변소를 나갔다.

　밖으로 나온 나는 이층으로 올라가는 계단을 보자 걸음을 멈추었다. 이층에서는 여전히 우렁우렁 일본어 읽는 소리가 들려오고 있었다.

나는 문득 일본어를 가르치고 있는 진 선생을 한 번 보았으면 싶었다. 어떤 표정을 하고 일본어를 가르치고 있는지 슬그머니 호기심이 동했다.

그래서 나는 가만가만 계단을 오르기 시작했다.

그러나 몇 계단 오르지 않고서 걸음을 멈추었다. 가슴이 두근두근 뛰면서 기분이 이상했던 것이다. 약간 짓궂다면 짓궂은 그런 호기심을 가지고 옛 스승의 표정을 살피러 간다는 것은 예(禮)가 아니라는 생각이 들었다.

그리고 동시에 머리에 떠오르는 것이 있었다. 며칠 전 광화문 지하도에서 복권 한 장을 고르느라고 한참 동안 복권 상자 앞에 엉거주춤 서 있던 진 선생의 모습이었다.

그 모습이 떠오르자 나는 별안간 조금 전까지의 생각이 뿌리로부터 흔들리는 듯한 느낌이었다. 숙연한 생각이 온몸을 썰렁하게 휘감아 왔고, 죄송스럽다는 생각이 뭉클하게 솟았다.

나는 얼른 돌아섰다. 그리고 발자국소리가 안 나게 조심스레 계단을 걸어 내렸다.

《신동아》(1976. 9)

준동화(準童話)

'하나미'(花見) 선생은 이마가 하얗고 눈매가 고운 일인 여선생이었다. 웃으면 한쪽으로 살짝 하얀 덧니 하나가 내다보이기도 했다.

윗입술 밑으로 살짝 내다보이는 하얀 덧니는 퍽 매력적이었다.

그래서 그런지 수인이는 하나미 선생이 무척 좋았다. 하나미 선생이 창가(唱歌) 책을 들고 교실에 들어올 것 같으면 수인이는 공연히 즐겁고 가슴이 부풀었다. 실상 창가에는 매우 소질이 없으면서도 말이다.

하나미 선생은 수인이네 반 창가 선생이었다. 수인이가 국민학교 3학년 때의 일이다.

3학년으로 올라가자, 새로 담임이 된 선생이 창가에 별로 소양이 없었던지 하나미 선생에게 창가 수업을 부탁하고, 그 대신 자기는 그녀 반의 체조를 맡았던 것이다.

어느 날, 창가시간이었다.

하나미 선생은 그날따라 무슨 기분 좋은 일이라도 있는 듯 교실에 들어오면서부터 살짝살짝 하얀 덧니를 드러내 보였다. 그리고 여느 때보다 한결 경쾌하게 풍금을 타댔고, 목소리도 훨씬 맑고 곱게 뽑았다.

창밖 화단에는 개나리가 노오랗게 우거져 있었고, 멀리 운동장 가에는 벚꽃이 연한 분홍색 구름송이처럼 어우러져 있었다.

한참 풍금을 타며 창가를 가르치고 나서 하나미 선생은,

"자, 그럼 이제부터 한 사람 한 사람 나와서 독창을 해보기로 해요."

하고 미소를 지었다.

독창이라는 말에 교실 안은 떠들썩해졌다.

수인이는 가슴이 덜컥 내려앉는 듯했다. 창가에 소질이 없으니 그럴 수밖에 없었다. 남들과 함께 부를 때는 그런대로 맞추어 부르겠는데, 혼자서는 잘 되지가 않았다. 어찌된 셈인지 잘 나가던 곡조가 그만 엉뚱하게 미끄러져버리곤 했다. 특히 여러 사람 앞에서는 더했다. 목소리도 제대로 안 나올 뿐 아니라, 처음부터 음정이 빗나가버리기도 했다. 음치라고까지는 할 수 없을지 모르지만, 좌우간 그에 가까웠다.

교실 안이 떠들썩해지자, 하나미 선생은 조금 목소리를 돋우었다.

"조용히 해요. 조용히. 자, 이 줄 앞에서부터 한 사람씩 차례차례 나와요."

수인이는 그만 한 대 얻어맞은 것 같은 느낌이었다. 선생님이 지적한 줄이 재수 더럽게도 하필 자기네 줄이 아닌가.

앞에서부터 한 사람씩 나가 독창을 하는 동안 수인이는 걷잡을 수 없이 가슴이 두근거리고, 양 무르팍이 달달 떨렸다. 수인이는 앞에서 네 번째 자리에 앉아 있었다.

이윽고 수인이의 차례가 되었다.

자기 차례가 되자 수인이는 공연히 자꾸 히죽히죽 웃었다. 자리에 앉은 채 일어날 생각을 하지 않고.

그러자 하나미 선생이,

"왜 그래요? 빨리 나와야지."

하고 고운 눈매로 의아스러운 듯이 바라보았다.

선생님의 고운 시선에 부딪히자 수인이는 절로 얼굴이 빨갛게 물들었다.

"빨리 나와요."

"……."

수인이는 한 손으로 뒤통수를 긁으며 슬그머니 자리에서 일어났다.

앞으로 나가면서도 수인이는 곧장 긁적긁적 뒤통수를 긁었다.

"왜? 뒤통수가 근지러운 모양이지? 하하하하……."

하나미 선생은 재미있다는 듯이 하얀 덧니를 마음껏 드러내 보이며 웃었다.

삐삐빼빼…… 곧 풍금이 울렸다.

"자, 시이작!"

풍금 소리에 맞추어 수인이는 노래를 부르기 시작했다.

"사꾸라―사꾸라―야요이노 소라와―(벚꽃 벚꽃 음3월의 하늘은)"

용하게도 거기까지는 곡조가 잘 나갔다. 그런데 그 다음,

"미와다수 가기리—(바라 뵈는 끝까지)"

하는 대목에서 그만 빗나가 버렸다. 빗나가도 적당히 빗나간 것이
아니라, 터무니없는 높은 음이 튀어나와 버린 것이다.

와— 웃음이 터졌다.

"하하하하……."

하나미 선생도 풍금 타던 손을 멈추고 까르르 웃었다. 수인이는
또 한 손을 뒤통수로 가져갔다. 그리고 까르르 웃는 선생님과 시
선이 마주치자 얼른 목을 움츠리며 헤— 입을 벌렸다. 물론 얼굴은
빨갛게 달아 있었다.

수인이의 그렇게 수줍어하는 모습이 몹시 재미있고, 또 귀엽기까
지 한 듯 하나미 선생은 이번에는 눈을 가늘게 뜨며,

"호호호호……."

하고 속눈썹을 깜작거렸다.

웃음이 가라앉자,

"자, 새로 해봐요."

하나미 선생은 다시 처음부터 풍금을 타기 시작했다.

"시이작—!"

"사꾸라— 사꾸라—"

그런데 그만 그 다음 '야요이노 소라와'에서 엉뚱한 음정이 되어
버렸다. 아까보다도 못한 것이다. 아까는 거기까지는 잘 나갔었는
데 말이다.

또 교실 안은 웃음바다가 되었다.

"호호호……. 참 이상한데……. 세 시간이나 배웠는데도 그걸 못
불러? 야요— 이노 소— 라와가 뭐야."

222

하나미 선생은 수인이의 엉뚱한 음조의 노래를 재미있다는 듯이
흉내 냈다.

그리고 처음부터 다시 풍금을 타며,

"자, 내가 부를 테니 따라 불러 봐요."

하고는 한 음절씩 자기가 먼저 목청을 뽑았다.

수인이는 조금 웃음을 띤 얼굴로 선생님을 따라 불렀다. 그러나
따라 부르는 것도 끝까지 무사히 해내지를 못하고, 약간 어렵다면
어려운 대목에서 그만 또 엉뚱한 음이 나와 버렸다.

그러자 하나미 선생은 어처구니가 없는 듯 풍금을 멈추고 가만히
수인이를 바라보았다. 이번에는 웃는 얼굴이 아니었다.

수인이는 고개를 숙였다. 선생님의 표정이 굳어진 듯해서 약간 긴
장이 되는 것이었다.

다른 생도들도 이번에는 웃지를 않고, 가만히 선생님의 표정을
바라보고 있었다.

하나미 선생은 한쪽 손을 들어 수인이의 정수리에다가 콱! 꿀밤
을 하나 먹였다.

수인이의 목이 후닥닥 움츠러들자, 하나미 선생은 다시 얼굴에
웃음을 떠올리며,

"온찌다네, 온찌.(음치구나, 음치)"

했다.

그리고 수인이의 한쪽 볼을 살짝 잡아끌었다.

"어디 입을 한 번 벌려 봐."

입을 벌려보라는 말에 수인이는 약간 어리둥절했다.

"어서, 아—"

“아—”

하면서 수인이는 입을 딱 벌렸다.

하나미 선생은 크게 벌어진 수인이의 입 안을 들여다보더니,

“어디 혀를 쑥 내밀어 봐요.”

하고는 자기도 우스운 듯 킥 웃었다.

“헤—”

수인이도 웃으면서 혀를 있는 대로 다 내밀었다.

“혀도 긴데 그래. 하하하…….”

하나미 선생이 까르르 웃자, 와— 하고 교실 안은 다시 떠들썩해졌다. 생도들은 제가끔 혓바닥을 쑥쑥 내밀어 보기도 하며 재미가 정말 좋다는 듯이 웃고 떠들었다.

수인이는 그만 선생님에게 꾸벅 절을 하고는 후닥닥 제 좌석으로 뛰어 들어가 버렸다.

그런 일이 있은 뒤로 하나미 선생은 복도나 운동장 같은 데서 수인이를 보기만 하면,

“온찌상!(음치야!)”

하고 생글 웃었다.

그럴 때면 수인이는 조금도 싫지가 않고, 좋기만 했다. 하나미 선생이 특별히 자기를 귀여워하는 것 같아 한참 동안 가슴이 두근거리기도 했다.

정말 하나미 선생이 자기를 귀여워한다는 것을 안 것은 그로부터 두어 달 후의 일이었다.

봄이 가고, 여름이 시작되는 어느 일요일 해질녘이었다. 수인이는 마을 앞 냇가에 가서 놀다가 혼자 집으로 돌아가고 있었다. 타박타

박 걸음을 옮기는 수인이는 몹시 시장했다. 배에서 쪼르르쪼르르 소리가 나는 듯했다.

냇가에서 마을로 가는 중간에 하나미 선생네 집이 있었다. 하나미 선생네 집은 과수원이었다. 복숭아나무가 이백 그루쯤 되었다. 이백 그루면 별로 큰 과수원은 아니었으나, 좌우간 그 일대에서는 그래도 이름이 나 있는 유일한 복숭아밭이었다.

수인이가 그 복숭아밭의 탱자나무 울타리를 따라 오솔길을 힘없이 타박타박 걸어서 과수원의 정문 앞을 지날 때였다.

"하하하."

어디선지 웃음소리가 났다. 그리고 곧,

"온찌상!"

하고 부르는 소리가 들렸다.

물론 하나미 선생이었다. 하나미 선생이 정문 가까운 곳의 복숭아나무 밑에서 복숭아를 따다가 이쪽을 바라보고 있었다.

선생님을 보자, 수인이는 씩 웃으며 꾸벅 고개를 숙여 인사를 했다.

"어디 갔다 오니?"

"냇가에요."

"왜 그렇게 힘이 없어 보이지?"

"……"

"이리 와 봐."

그러나 수인이는 그 자리에 서서 약간 수줍은 듯한 표정을 지었다.

"이리 와 보라니까."

“…….”

“저런, 선생님이 오라는데…….”

그제야 수인이는 마지못한 듯 활짝 열려 있는 정문을 들어섰다.

수인이가 가까이 오자, 하나미 선생은,

“온찌상이 왜 그렇게 힘이 없어 보일까?”

하고는 또 호호호 웃었다.

수인이는 공연히 자꾸 수줍어했다. 학교에서 선생님을 대할 때보다 어쩐지 더 부끄러운 것 같고, 좀 멋쩍기도 한 것 같았다.

“너 배고픈 모양이로구나.”

“…….”

“그렇지? 맞지?”

“예.”

수인이는 약간 얼굴을 붉히며 대답했다.

“호호호……, 배가 고파서 그렇게 힘이 없구나. 쯧쯧쯧…….”

하나미 선생은 혀를 찼다. 그러나 측은하기보다는 재미가 있는 듯한 그런 표정이었다.

“자, 이거 먹어. 이거 먹고 힘을 내.”

하면서 하나미 선생은 바구니에서 복숭아 한 개를 집어 수인이에게 내밀었다.

벌레가 먹은 복숭아였다. 벌레가 먹어서 쓸모가 없는 복숭아만 골라 바구니에 따 담고 있었던 것이다. 그러나 먹을 수 없을 만큼 상한 복숭아는 아니었다. 나중에 훌륭한 열매로 무르익을 수는 없게 됐지만, 당장 아쉬운 대로는 얼마든지 먹을 수 있는 그런 것이었다.

선생님이 내미는 복숭아를 수인이는 얼른 받질 못했다. 입에서는 절로 군침이 돌았으나 어쩐지 쑥스러워서 손이 얼른 내밀어지지가 않았다.

"받아. 어서."

"고맙습니다."

그제야 수인이는 꾸벅 절을 하며 두 손으로 그것을 받았다. 그러나 그것을 곧 입으로 가져가지는 않았다. 선생님 앞에서 와작와작 씹어 먹기가 아무래도 부끄러운 것이었다.

"먹어."

"……."

"먹으라니까. 왜 안 먹지?"

"헤헤헤……."

수인이는 묘하게 수줍은 웃음이 나왔다.

"하하하……. 먹지 않고 왜 웃는 거야? 부끄러워?"

"예, 집에 가지고 가서 먹겠습니다."

"그래? 그럼 자, 몇 개 더 가지고 가."

그러면서 하나미 선생은 한 손에 두 개씩 네 개를 바구니에서 집어 수인이에게 주었다.

수인이는 그것을 받아 옷섶에 싸안다시피 하고는,

"선생님, 고맙습니다."

꾸벅 인사를 했다. 그리고 좋아서 어쩔 줄을 모르며 정문 밖으로 내달았다.

달려가는 수인이의 뒷모습을 바라보며 하나미 선생은 약간 장난기 어린 목소리로,

"온찌상—, 또 놀러 와요."

하고는 기분이 좋은 듯 미소를 지었다.

비록 벌레가 먹은 것이긴 하지만 복숭아 다섯 개를 옷섶에 싸안은 수인이는 의기가 양양했다. 더구나 그것을 하나미 선생이 주지 않았는가 말이다. 기쁘고 자랑스럽기까지 했다.

"야— 하나미 선생님이 나를 참 귀여워하는구나."

수인이는 감격적으로 중얼거리며 복숭아 한 개를 입으로 가져가 벌레가 먹지 않은 성한 데를 물어뜯었다. 다섯 개를 나 집에 가지고 가서 어머니랑 동생들한테 자랑하고 싶었으나, 당장 배에서 꼬르르 소리가 나고 군침이 흘러서 견딜 수가 없었던 것이다.

나머지 네 개를 옷섶에 싸안고 집 사립문을 들어서기가 바쁘게 수인이는,

"엄마, 복숭아 봐라."

하고 소리를 질렀다.

그러나 아무 대답이 없었다.

"엄마—"

하고 소리를 질렀다.

그러나 아무 대답이 없었다.

"엄마—"

그제야,

"와?"

부엌에서 어머니의 목소리가 들렸다.

낮에는 늘 열려 있는 부엌문이 어찌 된 셈인지 딱 닫혀 있었다. 그리고 그 안에서 어머니의 목소리가 흘러나와서 수인이는 이상하다

싶으며 얼른 부엌 쪽으로 가서 삐거덕 하고 문을 열어젖혔다.

어머니는 부엌에서 머리를 감고 있었다. 윗도리는 홀랑 벗은 채 자배기에 담긴 더운물에 철벙철벙 머리를 적시고 있는 중이었다.

"복숭아 봐라, 엄마."

"……"

"네 개나 된다."

"웬 거고?"

어머니는 머리를 물에 담근 채 물었다.

"선생님이 줬다."

"선생님이?"

"응, 하나미 선생님이."

"하나미 선생 같으면 일본 여선생 앙이가?"

"응, 복숭아밭 여선생님 말이다."

"그 여선생이 와 너한테 복숭아를 주지?"

"그 선생님 나를 참 이뻐한다, 아나?"

"뭐, 너를 이뻐해?"

"응."

"니까짓 게 뭐라고 이뻐하능공?"

어머니는 같잖다는 듯이 흥! 콧방귀를 한 번 뀌었다.

"정말이다. 참 이뻐한다. 와 이뻐하는고 하면 말이지, 헤헤헤……."

"……?"

"창가를 너무 못한다고 이뻐하는 기라."

"뭐라? 창가를 너무 못한다고 이뻐해?"

"응."

"하하하……."

어머니는 그만 어처구니가 없는 듯 웃음을 터뜨렸다. 그리고 물에서 치렁치렁한 머리채를 건져내며 힐끗 수인이를 바라보았다.

"나 참 기가 맥혀서……. 창가를 너무 못 하는데 와 이뻐하노? 잘해야 이뻐하지."

"몰라……."

"못한다고 이뻐하는 선생이 천지에 어디가 있노. 말도 앙이다."

"참말이다. 가서 물어 봐라. 내가 거짓말잉강."

"그럼 그 여선생 돌았는가 보다. 무슨 놈의 선생이 못한다고 좋아하는 선생이 다 있노 말이다. 그러면 뭐 할라고 공부를 가르치능공? 나 참 벨놈의 일도 다 있네."

"……."

"그래, 창가를 못하니까 이쁘다고 복숭아 주더나?"

"히히히……."

물에 젖은 어머니의 표정이 어째 시원찮자, 수인이는 키드득 웃으며 그 자리를 떠버렸다. 복숭아 한 개를 얼른 입에 물며.

그러자 어머니는,

"혼자 다 묵지 말고, 동생들 한 개씩 줘라!"

냅다 소리를 질렀다.

벌레 먹은 복숭아이기는 했지만, 그 맛이 여간 상큼한 게 아니어서 수인이는 그 후로 토요일 오후나 일요일 같은 때 곧잘 하나미 선생네 집으로 살금살금 찾아갔다.

그럴 때면 하나미 선생은

"온찌상 오는구나."

"어서 와요, 온찌상."

혹은,

"하하하……. 또 오시는군."

하고 반겼다. 조금도 얼굴에 싫어하는 기색이 떠오르지 않았다.

그러나 번번이 복숭아를 주는 것은 아니었다. 복숭아밭에 나와 있을 때 같으면

"자, 먹어봐."

하고 한두 개 주었지만, 그렇지 않고 집에 있을 때면 복숭아 생각이 떠오르질 않는 모양이었다.

그럴 때면 수인이는 안타까웠다. 그렇다고

"선생님, 오늘은 복숭아 안 주세요?"

할 수는 없는 노릇이었다. 공연히 마음이 들뜬 것처럼 힐끗힐끗 복숭아밭을 바라보기도 하고, 선생님의 눈치를 보기도 하다가, 끝내 체념을 하고 돌아올 때면 수인이는 여느 때보다 월등히 큰 목소리로,

"선생님, 안녕히 계세요!"

꽥 고함을 지르듯 인사를 하고는 냅다 도망치듯이 달렸다.

하루는 살금살금 찾아가니 하나미 선생은 보이지 않고, 선생 어머니가,

"선생님 모욕한다. 기다려라."

무표정한 얼굴로 말했다.

수인이는 선생님이 목욕을 마치고 나올 때까지 기다릴까, 그냥 돌아갈까 하고 망설이고 있는데, 어디선지,

"온찌상. 하하하……."

하나미 선생의 목소리가 들렸다,

수인이는 얼른 소리 나는 쪽을 바라보았다. 조그마한 창문이었다. 도화지 두 장 크기만 한 창문으로 하나미 선생의 웃는 얼굴이 살짝 내다보고 있었다. 물론 목욕탕에 붙어 있는 창문이었다.

그런데 하나미 선생의 얼굴이 여느 때보다 월등히 곱고 싱싱해 보였다. 물에 젖은 얼굴이 발그레 익어서 마치 싱싱한 과일 같았다.

수인이는 묘하게 왈칵 부끄러운 생각이 들었으나,

"선생님, 안녕하세요?"

하고 히히 웃었다.

"가만있어. 다 끝났어. 곧 나갈 거야."

그리고 하나미 선생의 발그레한 얼굴이 창문에서 사라졌다.

잠시 후, 하나미 선생은 수건으로 머리를 닦으며 마루로 나왔다.

"아— 시원하다. 자, 이리 와 앉아."

그러나 수인이는 여느 때와는 달리 얼른 선생님 곁으로 다가갈 수가 없었다. 어쩐지 얼떨떨하고, 눈이 약간 휘둥그레지는 느낌이었다. 그래서 멀뚱멀뚱 선생님을 바라보고 서 있기만 했다.

"아— 시원해, 시원해."

하나미 선생은 정말 시원하고 기분이 좋은 듯 수건으로 머리랑 목덜미를 곧장 닦으며 소리 없이 하얀 덧니를 활짝 드러내 보였다.

여느 때보다 그 덧니가 월등히 흰빛으로 보였고, 웃음을 띤 눈매도 훨씬 더 곱게 보였다. 방금 목욕물에서 나온 터이라 얼굴 전체가 알맞게 분홍빛을 띠고 있어 한결 화사하게 느껴졌다.

얼굴뿐 아니라, 두 팔과 두 다리도 마찬가지였다. 은은한 분홍빛을 띤 싱싱하고 피둥피둥한 두 팔과 두 다리에서는 엷은 김이 피어

나고 있었다.

　하나미 선생은 소매가 없는 러닝샤쓰에 짧은 속치마만 입고 있었다. 그래서 팔다리가 온통 허옇게 드러나 보이는 것이었다. 수인이는 공연히 수줍은 생각도 들고 해서 머뭇머뭇 그 자리에 서 있기만 했다.

　"왜 그래? 이리 와 앉아."

　"……."

　"하하하……. 이리 와 앉으라니까."

　그제야 수인이는 어색한 표정으로 마루에 가서 걸터앉았다. 그리고 선생님의 발가락을 보면서 말했다.

　"선생님, 목욕하셨어요?"

　"하하하……."

　이제야 그런 말을 하는 수인이가 재미있다는 듯이 하나미 선생은 까르르 웃었다.

　"그래, 목욕을 하니 시원하구나."

　"선생님 발톱이 꼭 이쁜 단추 같애요."

　"뭐? 단추 같애?"

　"예."

　"하하하……."

　그 말이 무척 마음에 드는 듯 하나미 선생은 두 눈을 반짝거리며 자기의 발톱을 내려다보았다.

　아닌 게 아니라 갸름갸름한 발가락 끝에 박혀 있는 동그스름한 발톱들이 여느 때보다 한결 곱게 반질거리고 있어 정말 예쁜 단추처럼 보였다.

"글쎄, 꼭 단추 같네, 호호호⋯⋯."

하나미 선생은 기분이 좋으면서도 약간 쑥스러운 듯 발가락을 몇 번 꼼지락거리다가 마치 그 단추 같은 발톱들을 감추듯이 살짝 꿇어앉아버렸다.

수인이는 선생님의 허옇게 드러난 싱싱하고 피둥피둥한 팔이나 무릎을 곧장 힐끗힐끗 훑어보았다. 어쩐지 신기하고 눈부신 듯한 느낌이었다.

그날 밤, 자리에 누워서 수인이는,

"엄마, 오늘 하나미 선생님 목욕했다."

이렇게 입을 떼었다.

어머니는 들었는지 못 들었는지 아무 말이 없었다.

"엄마."

"와?"

"하나미 선생님 목욕했어."

"목욕했으면 우짜라고?"

어머니는 귀찮은 듯이 내뱉었다.

"발톱이 꼭 이쁜 단추 같더라."

"뭐?"

"꼭 이쁜 단추같이 반질반질해."

"하하하⋯⋯. 나 참⋯⋯."

어머니는 웃지 않을 수 없는 모양이었다.

"선생님 목욕하는 것을 어디서 봤노?"

"선생님 집에 놀러가니까 목간통에서 목욕 안 하나."

"그래서 목간통을 들여다봤다 말이가."

"아니."

"그럼?"

"목욕하고 나오는데 보니까 발톱이 이쁜 단추 같애."

"……."

"엄마 발톱은 조개껍질 같은데……."

"뭐라? 자식도 참……."

"헤헤헤……. 안 그러나?"

"내 발톱도 야, 옛날에는 얼마나 이뻤다고. 너거 집에 시집와서 하도 고생을 해서 지금은 그렇지만……."

어머니는 별로 기분이 안 좋은 듯한 표정이었다.

수인이는 잠시 말이 없다가 또,

"선생님 팔하고 다리하고 억씨기 허옇더라. 살도 찌고……."

혼잣말처럼 중얼거렸다. 그러자 어머니는 별안간 화라도 난 사람처럼 내쏘았다.

"일본 년들은 잘 처묵어서 안 그러나! 어서 자거라."

뜻밖의 신경질에 수인이는 어리둥절했다. 그리고 어머니의 그 말이 못마땅하기만 했다.

일본 년들이라니……, 마음씨 좋고 자기를 귀여워해 주는 하나미 선생님을 일본 년들이라고 마구 욕을 하다니……, 될 말이 아니었다.

"엄마는 괜히야……."

수인이는 볼멘소리로 투덜거리며 슬그머니 돌아누워 버렸다.

하나미 선생이 연애를 한다는 소문이 돈 것은 여름도 다 가고, 가을바람이 일 무렵이었다.

아이들은 연애를 '냉가이'라고 했다. '랭아이'(戀愛)를 쉽게 나오는 대로 '냉가이'라고 발음하는 것이었다.

연애가 확실히 어떤 것인지 잘 알지도 못하는 조무래기들이 무슨 신나는 일이라도 생긴 듯이,

"하나미 선생 냉가이한단다."

"냉가이 하는 것 나 봤다."

"하나미 선생 냉가이 박사다."

이런 식으로 떠들어댔다.

그럴 때면 수인이도 덩달아 히히히…… 웃었다. 그러나 어쩐지 기분이 썩 좋은 것만은 아니었다. 하나미 선생님이 놀림감이 된 것 같아 언짢기도 했지만, 그것보다도 하나미 선생님이 연애를 하기 시작했다는 그 사실이 왠지 모르게 조금 섭섭한 것 같고, 묘하게 허전한 것 같은 그런 생각이 들었다.

하나미 선생의 연애 상대는 '헤이따이상(병정)'이었다. 헤이따이상이라도 보통 헤이따이상이 아니라, 말을 탄 장교였다. 말을 타고 칼을 찬 젊은 소위가 가을바람이 일면서부터 토요일 오후면 으레 긴 신작로를 달려서 마을을 찾아오기 시작했던 것이다. 읍내에 주둔하고 있는 부대의 장교였다. 젊은 소위는 마을에 당도하면 곧바로 하나미 선생네 집으로 향했다.

그럴 때면 여기저기서 놀고 있던 아이들은,

"야— 또 왔다."

"헤이따이상 왔다—"

"야— 신난다."

하고 소리들을 지르며 우르르 뒤를 따라 하나미 선생네 집으로 몰

려갔다. 말을 탄 헤이따이상이란 여간 신기하고, 멋지고, 당당하게 느껴지는 것이 아니었다.

무엇보다도 그 허리에 찬 군도(軍刀)가 눈을 끌었다. 기다랗고 듬직한 군도가 빠까각 빠까각 하고 말이 달리는 동작에 따라 건들건들 흔들리는 게 정말 그럴 듯했다. 그리고 금빛으로 반짝거리는 계급장이라든지, 긴 가죽장화, 손에 쥔 말채찍 같은 것이 약간 으스스하면서도 가슴을 부풀게 했다.

소위가 당도하면 누구보다도 먼저 뛰어나오는 것은 물론 하나미 선생이었다. 그리고 하나미선생 못지않게 선생 어머니도 달려 나와 반겼다.

선생 어머니는 말에서 내린 소위를 대견스레 맞아들인 다음엔 으레 몰려온 아이들을 향해,

"가에리나사이! 가에리나사이!(돌아가! 돌아가!)"

하고 소리를 질렀다.

그래도 아이들이 잘 물러서지 않을 것 같으면,

"가라는데 왜 안 가? 가! 가!"

이번에는 마치 닭이나 오리 같은 것을 몰아내듯이 두 손으로 냅다 쫓는 시늉을 하며 기어이 정문 밖으로 모두 물리쳐버리는 것이었다. 그리고 어떤 때는 몹시 심술이 동하는 듯 문을 굳게 닫아버리기도 했다.

그래도 하나미 선생은 본 체 만 체하고, 소위와 나란히 희희낙락하며 안으로 사라져가는 것이었다.

그럴 때면 수인이는 여간 서운한 게 아니었다. 다른 아이들은 설사 못 본 체한다 하더라도 자기까지 본 체 만 체하다니……. 자기

한테만은 "온찌상은 이리 들어와" 해주면 얼마나 좋은가 말이다. 이제 선생님이 자기를 귀여워해주지 않는 것만 같아 울고 싶은 심정이었다. 그리고 하나미 선생님을 그, 소위에게 빼앗겨버린 듯한 묘한 기분이기도 했다.

정문 밖으로 쫓겨나고, 문이 닫혀버려도 아이들은 쉽사리 그곳에서 떠나질 않았다. 닫힌 문틈으로 안을 들여다보는 것도 재미가 나는 모양이었다. 마당 한쪽에 매놓은, 소위가 타고 온 말이 히히힝! 하고 코라도 불 것 같으면 아이들은 좋아서 야단이었다.

어떤 때는 그 말의 아랫배 쪽에 달린 물건이 기다랗게 늘어져가지고는 덜렁거리는 수가 있는데, 그런 때면 아이들은 마치 무슨 큰 경사라도 난 듯이 온통 야단법석을 떨었다.

"햐— 길다, 길다."

"신난다, 신난다."

"꼭 홍두깨가 늘어진 것 같다."

"말도 냉가이하고 싶은 모양이지."

"히히히……."

"흐흐흐……."

어떤 녀석은 마구 손뼉을 쳐대기도 했다.

그러나 그런 신나는 구경을 할 수 있는 행운은 드물고, 대개의 경우 아이들은 문 밖에서 얼마 동안 히히덕거리다가 슬금슬금 그곳을 떠나버렸다. 개중에 몇몇 아이는 무엇을 기다리기라도 하는 것처럼 끝내 그곳에 남아 있기도 했지만.

그런 아이들은 하나미 선생과 소위가 집 안에서 나와 나란히 복숭아밭을 거니는 장면을 보기도 했고, 간혹 두 사람이 말을 타고 집을 나서는 놀라운 광경에 부딪치기도 했다.

이따금 소위는 하나미 선생을 말안장 앞쪽에 앉혀서 마치 안다시피 해가지고 집을 나서서 들길을 소요하기도 했고, 냇둑을 따라 바람을 쐬기도 했으며, 멀리 야산이 있는 곳까지 갔다 오기도 했다.

그런 광경을 볼 때면 아이들은 바로 냉가이를 하는 장면을 목격하는 셈이라, 멀리서도 신기하고 얄궂어서 히히히 흐흐흐 웃어댔고, 어떤 녀석은 '이것 묵어라! 이것 묵어라!' 하고 냅다 손으로 감자를 몇 개나 내질러 주기도 했다.

수인이는 하나미 선생님을 말에 태우고 다니는 소위가 까닭 없이 미운 생각이 들어 속으로,

'헤이따이상도 지랄 같다.'

하고 투덜거렸다.

논에서 일하던 어른들도 얼굴을 들고 어이가 없는 듯이 바라보며,

"참 팔자 좋구나."

"저거들 세상이구먼."

"부끄럽지도 않는 모양이지."

"왜놈들이 부끄럼을 아나."

이렇게 중얼거렸다.

아무튼 그런 일이 한동안 계속되다가 마침내 하나미 선생이 그소위와 약혼을 했다는 말이 나고, 곧 결혼을 할 것이라는 소문이 돌았다. 그리고 참말인지 거짓말인지 하나미 선생이 벌써 어린애를 뱄다는 망측한 소문도 있었다. 그 소문을 들은 수인이는 무엇이 어떻게 된 영문인지 알 수가 없었다. 신랑각시가 되어야 어린애를 낳을 수가 있는 줄만 알고 있는데, 아직 각시가 안 된 하나미 선생님

이 어린애를 배다니…… 도무지 이해할 수가 없는 이야기였다.

그래서 어머니에게 물어 보았다. 하나미 선생님이 어린애를 뱄다는데, 신랑각시가 되기 전에도 어린애를 밸 수 있느냐고.

그랬더니 어머니는 킬룩킬룩 묘하게 웃고 나서,

"이누묵 자식 어디서 못된 소리만 듣고 와서……. 공부나 해!"

하면서 콱! 옆구리를 쥐어박아버리는 것이었다.

학교에서 하나미 선생님의 배를 눈여겨보기도 했다. 그러나 배는 종전과 다름없이 조금도 불러 보이지가 않았다. 어린애를 뱄으면 조금이라도 불룩할 터인데 말이다. 알쏭달쏭한 그 소문은 웬일인지 수인이의 머리에서 좀처럼 사라지지가 않았다.

그런 어느 날, 가을도 저물어가는 토요일 해질녘이었다. 수인이는 어머니의 심부름을 갔다 오다가 걸음을 하나미 선생네 집 쪽으로 돌렸다. 토요일이라 소위가 와 있겠지 싶으니 공연히 한 번 가보고 싶은 생각이 들었던 것이다.

예측한 대로 소위는 와 있었다. 마당 한쪽에 말이 매여 있었다. 그러나 집안은 조용했다. 아무도 사람이 없는 집안처럼 말이 이따금 발굽으로 땅을 차는 소리만 크게 울렸다.

수인이는 꿀컥 침을 한 번 삼켰다. 그리고 숨을 죽이며 가만가만 안으로 걸어 들어갔다.

마당 가운데까지 걸어들어 가도 아무 기척이 없자, 수인이는 그 자리에 멈추어 서서,

"하나미 선생님."

하고 불러 보았다. 그런데 목소리가 어째 크게 나오지가 않았다.

목소리가 작아서 그런지 아무 대답이 없었다. 그래서 이번에는

좀 힘을 주어,

"하나미 선생님!"

또 불러 보았다. 그러자 반응이 있었다. 목욕탕의 창문 열리는 소리였다. 도화지 두 장만한 그 창문이 열리며 하나미 선생의 얼굴이 거기에 나타났다. 물론 물에 젖은 얼굴이었다.

"온찌상이로구나."

하나미 선생은 생글 웃었다.

그런데 곧 또 하나의 얼굴이 창문에 나타나는 것이 아닌가. 뜻밖에도 그것은 남자의 얼굴이었다. 소위의 얼굴이었다. 소위의 얼굴도 물에 젖어 있었다.

수인이는 그만 눈이 휘둥그레지고 말았다. 하나미 선생님과 소위가 함께 목욕을 하고 있다니…… 놀라지 않을 수 없었다.

"아노꼬 온찌데수요.(저 애 음치예요.)"

물에 젖은 하나미 선생의 얼굴이 역시 물에 젖은 소위의 얼굴을 돌아보며 말했다.

"온찌? 허허허……."

소위는 재미있다는 듯이 웃었다.

수인이는 자기도 모르게 그만 홱 돌아섰다. 그리고 냅다 도망치듯이 문 밖으로 내달았다.

그길로 수인이는 집을 향해 계속 달렸다. 마치 무슨 큰일이라도 난 것처럼.

집 사립을 뛰어들며 수인이는 소리쳤다.

"엄마! 엄마! 정말 얄궂더라!"

부엌에서 호박범벅을 쑤고 있던 어머니는 무슨 일인가 싶어 멀뚱한 표정을 지었다.

부엌으로 달려간 수인이는,

"하나미 선생님이 말이지……."

하고는 숨을 헐떡거렸다.

심부름을 보냈는데 심부름 갔다 온 이야기는 안하고 무슨 호들 갑인가 싶은 듯 어머니는 약간 화난 것 같은 얼굴로 노려보다시피 했다.

수인이는 숨을 몇 번 헐떡거리고 나서 무슨 야단난 일이라도 보고하듯이 말했다.

"하나미 선생님이 남자하고 목욕하더라, 아나?"

"뭐?"

어머니는 호박범벅을 휘젓고 있던 주걱을 멈추었다. 이 녀석이 또 무슨 소린가 싶은 모양이었다.

"목간통에서 남자하고 둘이 목욕 안 하나. 빨가벗고……."

마치 발가벗은 것을 직접 보기라도 한 것 같은 말투였다.

"정말이가?"

"정말이다. 내가 봤다 말이다. 말 타고 오는 그 소위하고 둘이 하더라."

"얄궂어라, 얄궂어라. 벨놈의 일이 다 있네. 히히히…… 내 참."

"기가 막히제? 그제? 엄마."

"기가 막혀 말이 안 나온다. 히히히……. 부끄러워서 우째 같이 목욕을 하능공. 신랑각시도 아니면서. 아이고 얄궂어라. 세상에, 세상에……. 히히히……."

어머니는 다시 주걱을 휘젓기 시작했다.

"엄마, 신랑각시는 같이 목욕하나?"

"……."

"응? 엄마."

"안 한다. 우리 조선 사람은 절대 그런 일 없다. 같이 목욕을 하다니, 큰일 날 소리……."

"일본 사람은 하나?"

"일본 사람들은 그런다더라. 참말인지 거짓말인지 공동목욕탕에서도 남자하고 여자하고 같이 한다 카더라."

"햐— 흐흐흐……. 일본 사람들은 부끄럽지도 않는 모양이지. 그제? 엄마. 흐흐흐 흐흐흐……."

수인이가 묘한 표정으로 곧장 키들키들 웃자, 어머니는 이거 안 되겠다는 듯이 얼른 정색을 하고,

"심부름 간 일은 우째됐노?"

좀 큰소리로 말머리를 돌렸다.

수인이는 심부름 갔던 일을 얼른 보고했다. 그리고 또 물었다.

"엄마, 우리 조선 사람은 양반이지? 남자하고 여자하고 같이 목욕 안 하니까. 그제?"

어머니는 히죽 웃으며 고개만 끄덕거렸다. 그리고 혼잣말처럼,

"그러고 보니 그 여선생 어린애 뱄다는 소문도 헛소문이 아닌 모양인데……. 에이 더럽은 것들."

하고 중얼거렸다.

"며칠 뒤, 창가 시간이었다.

하나미 선생이 들어와 교단 위에 서자, 기립, 경례를 하고, 생도들은 모두 자리에 앉았다.

그러자 별안간 수인이가 킬킬킬 웃기 시작했다.

"아니? 왜 그러지?"

하나미 선생은 의아한 표정을 지었다. 혹시 자기의 얼굴이나 옷 같은 데 무엇이 묻어 있지나 않는가 싶은 듯 여기저기를 살피기도 했다.

킬킬킬…… 수인이는 약간 고개를 숙이고 계속 웃었다.

"별안간 온찌상이 쓸개가 터졌나, 왜 그러지? 하하하……."

하나미 선생도 그만 하얀 덧니를 드러냈다.

《신동아》(1976. 9)

남행로(南行路)

1

산줄기 위에 머흘머흘*(구름이 매우 무서운 형세로 움직이는 모양을 나
타내는 말) 떠서 흐르는 구름 빛깔이 조금 엷어지는 듯하면서 서서
히 산그늘이 내리기 시작했다. 더위가 한결 누그러지는 것 같았다.

삼베 바지저고리에 옥양목 조끼를 입은 나그네가 한 사람 산그늘
속으로 건들건들 걸어 들어가고 있었다. 흰 고무신을 신은 한쪽 발
을 조금씩 절면서.

저만큼 산자락에 안긴 듯 자리 잡고 있는, 여남은 가호 되는 마을
을 향해 가는 것이었다.

마을 앞에 개천이 흐르고 있었다. 징검다리를 휘청휘청 건너면서
나그네는,

"죽장망혜(竹杖芒鞋) 단표자(單瓢子)로 이 가—앙산에 들어오

니……."

나지막한 소리를 흥얼거리기 시작했다.

그 소리는 나그네가 일부러 부르고 싶어서 부르는 소리라기보다는 언제나 몸에 배어 있는 것이 자기도 모르게 절로 입에서 흘러나오는 그런 소리 같았다. 부드럽고 은은하면서도 심지가 박힌 듯 힘이 서려 있는 소리였다.

"만산홍록(滿山紅綠)은 일녀―언일차(一年一次) 다시 피어 춘색(春色)을 자랑하야……."

징검다리를 건넌 나그네는 등에 짊어진 조그마한 룩작*(등산용 배낭 '류색'의 독일식 발음)을 벗었다. 나그네는 괴나리봇짐 대신 낡아빠진 룩작을 짊어지고 있었다.

물가에 주저앉아 세수를 하고 발을 씻으면서도 연신 나그네의 입에서는 노랫가락이 흘러나왔다.

"유상노비(柳上鷺飛) 편편금(片片金)이요, 화가― 안접무(花間蝶舞)는 분분설(紛紛雪)이라― 삼춘가절(三春佳節)이 좋을시고, 도화―아만발(桃花滿發) 점점홍(點點紅)이로구나……."

이렇게 '삼춘가절 좋을시고'를 흥얼거리면서 발을 씻고 있는데, 멀리 산줄기 너머에서 쿵, 쿵, 쿵…… 하는 소리가 들리고, 우르르 우르르…… 그 여운이 산을 타고 흘러왔다. 대포소리였다.

대포소리가 나자 나그네는 잠시 멈칫하며 먼 산줄기를 바라보았다. 그러나 나그네는 다시 노랫가락을 흥얼거리며 씻던 발을 마저 씻었다. 그리고 일어났다.

얼른 룩작을 짊어진 나그네는 마을 쪽을 향해 조금 빠른 걸음으로 걷기 시작했다.

마을 어귀에 당도한 나그네는 잠시 서서 머뭇거렸다. 어느 집을 찾아 들어가야 좋을지 모르겠는 모양이었다.

산자락에 안긴 듯 자리 잡고 있는 마을은 호젓하기만 했다. 산그늘에 묻혀서 더욱 그렇게 느껴졌다. 이 집 저 집에서 가느다란 연기가 나부껴 오르고 있었다. 그러나 사람의 그림자는 얼씬거리지도 않았다.

그때 또 쿵, 쿵, 우르르 우르르…… 포성이 들려왔다.

나그네는 마치 그 대포소리에 등을 떠밀리기라도 한 것처럼 얼른 걸음을 떼놓았다. 아무 집이나 얼른 보기에 지붕이 좀 두두룩하고 커 보이는 집을 찾아 사립문을 들어섰다.

"주인장 계시오?"

아무 반응이 없었다.

"어험, 어험, 주인장 계시오?"

그러자 부엌에서 젊은 아낙네 하나가 빼꼼이 얼굴을 내밀었다. 아낙네는 맥없이 겁을 집어먹은 듯 경계하는 눈으로 이쪽을 바라보았다.

"저…… 주인장은 안 계시나요?"

"왜 그러세요?"

"하룻밤 좀 신세를 지고 갈까 해서……."

그제야 사랑채의 방문이 열렸다. 수염이 허연 노인이 멀뚱멀뚱 나그네의 행색을 훑어보았다.

"저…… 주인장 되십니까?"

"그렇소."

"다름이 아니라, 피난을 가는 사람입니다. 하룻밤 좀 신세를 질까

하고…….”

“음―”

노인은 이맛살을 찌푸렸다. 달갑지 않은 손님이 찾아왔구나 하는 기색이 역력했다.

“헛간에서라도 좋으니 하룻밤 신세를 지고 갑시다.”

“……”

“날은 저물고, 갈 길은 멀고……. 후유―”

나그네는 한숨을 내쉬며 염치 불구하고 그만 마루에 가서 털썩 걸터앉았다. 이럴 때는 너무 고지식해도 못쓴다는 생각이었다. 난리를 피해가는 놈이 체면을 차리고만 있을 계제가 되는가 말이다.

“어험!”

노인은 헛기침을 한 번 하며 허연 수염을 가늘게 떨었다. 뭐 이런 건방진 자가 다 있는가 싶은 듯 몹시 못마땅한 눈으로 나그네를 노려보았다.

그러나 나그네는 아랑곳없이 짊어진 룩작을 벗었다.

“여보! 여보!”

노인의 목소리에는 가시가 돋쳐 있었다.

“예?”

“우리 집에는 잘 데가 없소. 다른 데 가보시오.”

“……”

“어두워지기 전에 어서 나가시오.”

그리고 노인은 방문을 쾅! 소리가 나도록 닫아버렸다. 순간, 나그네의 미간에 굵은 여덟팔자가 곤두섰다. 그러나 곧 나그네는 비시그레 웃음을 떠올리며 타당탕! 하고 별안간 넓적한 손바닥으로 마룻바닥을 두들겼다.

"여보, 주인장—"

그리고 또 타당탕! 장단을 치듯 마룻바닥을 두들기고 나서 나그네는,

"여보오 주이—인자앙—"

하고 목청을 뽑기 시작했다.

"사라—암의 이인심이 이럴 수—우우가 이이있는가요—"

판소리가락이었다. 오장육부로부터 뽑아 올리는 듯한, 우렁차면서도 절절한 소리가 호젓하던 집안을 사정없이 마구 뒤흔들었다.

"해는 적적 서사—안에 지고, 갈길으—은 천 리 이로구나— 난리 피해 가느—은 이내 신세 가아아련토다—"

이렇게 즉흥적인 노랫가락이 우렁우렁 울려 퍼지자, 부엌에서 저녁을 짓고 있던 젊은 아낙네는 놀란 얼굴로 부지깽이를 쥔 채 자기도 모르게 마당으로 나와 서서 멀뚱히 나그네를 바라보고 있었다. 그리고 이웃집 노파도 한 사람 슬금슬금 와서 무슨 일인가 싶은 듯 사립문 밖에서 안을 기웃거렸다.

나그네의 노랫가락은 계속되어 나갔다.

그러자 잠시 후, 슬그머니 방문이 도로 열리고, 약간 긴장이 된 노인의 얼굴이 다시 나타났다. 노인의 눈빛은 아까와는 전혀 달랐다. 놀람과 두려움이 뒤섞인 그런 눈을 껌벅거리며 꿀꺽 침을 한 번 삼켰다.

"주이—인자아앙, 하룻밤 쉬어어서 갈 수는 없으으을까요—"

타당탕! 나그네는 또 마룻바닥 장단을 힘껏 쳤다.

노인은 찔끔 놀라며 후유— 약간 떨리는 듯한 한숨을 내쉬었다.

그리고 조심조심 입을 열었다.

"손님, 어디 사시는 뉘시오?"

"송정리(松汀里) 사는 임방울(林芳蔚)이라는 사람이오."

"임방울? 아니, 그럼……?"

노인의 마른 입술이 약간 벌어졌다. 휘둥그레진 눈으로 나그네를 바라보며,

"명창 임방울이란 말이오?"

하고 물었다.

"그렇소."

나그네는 빙그레 웃었다.

"아이고 그러시오. 아이고 이거 몰라봤소이다. 누추하지만 자, 좀 들어오시오."

"주인장 고마워라우."

나그네는 고무신을 벗었다.

나그네가 방에 들어오자, 노인은 아랫목에 앉기를 권했다. 그리고 공손한 어조로 물었다.

"송정리가 고향이신가요?"

"예, 얼마 전에 볼일이 있어 서울에 와 있다가 난리를 만났지요."

"아, 예예. 송정리 같으면 전라남도지요?"

"예, 광주 곁이지요."

"아― 음―"

노인은 이름만 들어서 알고 있던 명창 임방울이 이렇게 자기 집에 불쑥 나타날 줄이야 정말 천만 의외의 일이어서 얼떨떨하고 기분이 이상한 모양이었다.

잠시 후, 노인은 부엌 쪽을 향해,

"아가—"

소리를 질렀다.

"예—?"

"손님하고 겸상 차려라—"

"예—"

부엌에서 대답하는 젊은 아낙네의 목소리도 맑고 부드러웠다.

2

그날 밤, 임방울은 술까지 대접을 받으며 모여든 마을 노인네들 앞에서 〈심청가〉 몇 대목, 〈춘향가〉 몇 대목을 불렀다. 세상은 전쟁에 휩쓸려 요지경 속이 되어 있었으나, 절절하고 구성진 판소리 가락이 울려 퍼지는 그날 밤의 그 마을은 마치 태평성세를 누리는 어느 한촌 같은 느낌이었다. 조오타! 얼씨구! 조오치! 무릎을 툭툭 치는 노인네들의 얼굴에는 난리 같은 것은 염두에도 없는 듯했다. 실제로 밤에는 포성도 들리지 않고, 사위는 여느 때와 다름없이 적요하기만 했다.

그러나 이튿날, 임방울은 주인 노인의 하루 더 쉬었다 가라는 만류를 뿌리치고, 조반상을 물리자 서둘러 길을 떠났다. 난리를 피해서 고향을 찾아가는 몸이 한가로이 낯선 동네에서 노래나 부르며 쉬고 있을 수는 없었다.

"가고지고 가고지고—고햐앙 산처언을 찾아—아 가고지고—"

임방울은 흥얼거리며 남으로 남으로 걸음을 재촉했다.

해가 중천을 지났을 무렵, 임방울은 신작로를 헐떡거리며 걸어가고 있었다. 자갈이 깔린 신작로는 내리쏟아지는 뙤약볕에 마치 지글지글 타는 듯했다. 드문드문 서 있는 가로수들도 더위에 지쳐 흐늘흐늘 늘어져 있었다. 한쪽 발바닥이 부르터서 마치 절름발이처럼 절름절름 걸음을 옮기는 임방울의 이마에는 땀이 물처럼 젖었다. 이럴 때는 이야기라도 나누며 쉬엄쉬엄 같이 갈 한 사람의 동행이라도 있었으면 좋겠는데, 어찌된 셈인지 신작로에는 사람의 그림자라곤 비치지가 않았다. 피난길을 나선 그 많은 사람들이 다 어디로 갔는지, 앞서 가버렸는지, 뒤처져 오는 것인지, 아니면 딴 길로 가는 것인지, 좌우간 이상할 지경이었다.

쿵 우르르…… 쿵, 쿵 우르르 우르르……. 멀리서 산줄기를 울리며 포성은 쉴 새 없이 들려오는데, 세상은 무인지경이었다.

이제 임방울의 입에서는 아무 소리도 흘러나오지가 않았다. 흥얼거릴 기력도 없는 것이었다. 입이 바싹바싹 마를 지경이었다. 마치 백주의 죽음의 길 같은 신작로를 헐떡헐떡 걸어갈 따름이었다.

어떤 산모롱이를 돌아선 임방울은 주춤 걸음을 멈추었다.

저만큼 길가에 지프차가 한 대 멎어 있었다. 빵구*('펑크'의 방언)가 난 모양으로, 사병 하나가 차바퀴를 갈아 끼우고 있는 중이었다. 권총을 찬 장교 한 사람이 곁에 서서 지켜보고 있었다.

주춤 걸음을 멈춘 임방울은 자기도 모르게 바짝 온몸이 굳어지는 듯했다. 순간적으로 혹시 인민군이 아닌가 싶었던 것이다. 곧 국군이라는 것을 알아차린 임방울은 수건을 꺼내 이마의 땀을 닦았다.

그러나 긴장이 완전히 풀리는 것은 아니었다. 권총을 차고 지프차 곁에 서 있던 장교가 날카로운 시선으로 이쪽을 쏘아보았던 것이다. 철모를 눌러쓴 장교의 표정은 얼른 보아도 긴장될 대로 긴장되어 있었다. 평상시에도 군인이란 별로 부드러운 인상을 주지 못하는 법인데 하물며 바야흐로 전쟁이 터져 더구나 적에게 밀려 후퇴를 하는 판국이니 그 서슬이 예사로울 수 있겠는가 말이다.

임방울은 조금 조심스런 걸음으로 다가갔다.

장교는 여전히 날카로운 시선으로 임방울을 쏘아보고 있었다. 혹시 수상한 자가 아닌가 경계를 하는 그런 눈초리였다.

장교는 소령이었다. 눌러쓴 철모에 하얀 소령 계급장이 선명했다.

임방울이 지프차 곁을 지날 때까지 소령은 그에게서 눈을 떼지 않았다. 그러나 임방울을 불러 세우지는 않았다. 그 행색으로 보아 수상한 자로는 여겨지지 않았던 모양이다.

차바퀴는 이제 거의 다 갈아 끼워져 가고 있었다.

지프차 곁을 지나며 임방울은 문득 이 차를 얻어 타고 갈 수 있으면 얼마나 좋을까 싶었다. 소령하고 운전병 두 사람이 타고 가는 차가 아닌가. 한 사람쯤 더 태운다고 해서 지장이 있을 까닭이 없다. 그러나 그것은 한낱 부질없는 생각이었다. 자기를 향한 소령의 눈초리가 저렇게 날카롭고 싸늘한데 감히 어떻게 그런 말을 붙여 볼 수가 있는가 말이다.

지프차 곁을 지나 조금 걸어가던 임방울은 문득 어제 해질 무렵의 일이 머리에 떠올랐다. 주인 노인의 몰인정을 판소리 가락으로 흔들어 뒤집었던 일 말이다.

그래서 임방울은 옳구나, 밑져야 본전이지, 하는 생각으로 길가에 서 있는 가로수 그늘로 들어섰다. 지프차에서 십여 미터 떨어진 곳에 먼지를 뿌옇게 뒤집어쓴 가로수 한 그루가 마치 지쳐빠진 낙오자 같은 모습으로 덜렁 서 있었던 것이다.

가로수 그늘에 임방울은 털썩 주저앉았다. 그리고 수건으로 얼굴과 목덜미의 땀을 닦았다.

그늘로 들어서 앉으니 갈증이 한층 더 심해지는 듯 물 생각이 간절했다. 그러나 마실 물이 있을 턱이 없었다.

바짝 마른 입술을 혀로 억지로 좀 축인 다음, 임방울은 아랫배에 꾹 힘을 넣었다가 서서히 내뱉기 시작했다. 절로 흥얼흥얼 노랫가락이 흘러나왔다.

"도려─엉님 한삼(汗衫)으로─ 춘향 누운물 씻으─으으면서……."

처음에는 은은하고 부드러운 저음이었다. 그러나 곧 임방울은 목에 불끈 힘줄을 세우며 냅다 목청을 뽑아 올렸다.

"울지 마라─우울지이 마라─ 네 설움이 그러어 할 제 내 마음이─ 어떠어엏겠나."

지그시 눈을 감은 체 하면서 임방울은 슬그머니 고개를 돌려 실눈으로 소령의 표정을 슬쩍 살폈다.

소령은 난데없는 노랫가락소리에 약간 놀란 사람처럼 뚱한 표정으로 이쪽을 보고 있었다.

"금낭을 선뜨웃 풀어─ 며엉경을 내어 주며─ 대장부의 평생 마음 며엉경 빛과 같으으은 지라─ 몇 해가 지나아도록 벼언치 아니 이이할 것이니─ 깊이깊이─ 간지익하고오 내 생각이 날 제에마다 아 나알 본 듯이이이 열어 보라─"

애간장을 다 쥐어짜는 듯 간절하고 절절하면서도 서리서리 힘이 맺혀 화끈거리는 듯한 유창한 판소리 가락이 죽음의 길 같은 고요

한 신작로를 마구 뒤흔들어댔다.

그러자 뚱한 표정이던 소령의 얼굴이 그만 확연히 달라졌다. 처음에는 이 전쟁판에 나무그늘에 앉아 춘향이와 이도령의 이별가라니 별 정신 나간 놈도 다 있구나 하는 표정이더니, 그 가락이 예사로운 게 아니자, 야, 이것 봐라, 싶은 모양이었다. 두 눈에 호기심이 가득 어렸다. 호기심은 곧 어떤 경건한 빛으로 바뀌어 소령은 약간 고개를 기울인 채 가만히 듣고 있었다.

차바퀴를 갈아 끼우고 있던 사병도 잠시 일손을 멈추고 임방울을 멀뚱히 바라보았다.

"춘햐—앙이가 며엉경 받고 저어어 꼈던 옥지환으을 한짝 벗어드리면서, 여자아아의 정절행이 백옥무하(百玉無瑕) 같사아오니 천첩(賤妾)의— 일펴언다은심 이로 신물 삼으으으소서—"

판소리가 이쯤 이르렀을 때, 부르릉 하고 지프차의 발동이 걸렸다. 소령이 껑충 앞자리에 오르자, 지프차는 스르르 움직이기 시작했다. 임방울은 당황했다.

"아이고 아이고 소령님—"

후닥닥 일어나며 한 손을 벌렁 쳐들었다.

"나알 좀 태워 주오— 나알 좀 태워어어 주오— 갈 길은 천 리인데 다리이이가 아파 야아단났소—"

그러나 지프차는 멎을 생각을 않고 그냥 앞을 지나쳐버렸다.

부릉부릉 속도를 가하는 지프차를 향해 임방울은 냅다 핏대를 세우며 목줄기를 뽑아 올렸다.

"아이고 아이고 소령니임— 무정하오— 무저엉하오오— 이럴 수가 있느은가요— 나알 좀 태워어 주면 백골난망 할 터어인데— 아이고 아이고— 소려엉니이임—"

원망과 절망이 뒤섞인 그런 목청이었다. 그런 목청을 내뿜으며 임방울은 그만 그 자리에 풀썩 무너지고 말 것처럼 비실거렸다.

그러나 그때 저만큼 멀어져가던 지프차가 찌익— 요란한 소리를 내며 급정거를 했다. 그리고 소령이 뒤를 돌아보며 어서 오라는 손짓을 했다.

임방울은 정신이 번쩍 들어 두 손을 불끈 부르쥐고 마구 달렸다. 부르튼 한쪽 발의 아픔도 잠시 느낄 수가 없었다.

헐레벌떡 달려가자, 소령은 씨익 웃었다.

소령은 물었다.

"어디까지 가오?"

"송정리까지 갑니다."

"송정리면 전라남도구면."

"예"

"뭐하는 사람이오?"

"창하는 사람입니다."

"창하는 사람이라니?"

"노랫가락 부르는 사람 말입니다."

그러자 소령은 또 씨익 웃었다.

"이름이 뭐요?"

"임방울이라고 합니다."

"임방울?"

"예."

"임방울……? 아, 음—"

"어디서 들은 적이 있는 이름인 듯 소령은 고개를 두어 번 끄덕거렸다. 그리고,

"어서 타시오."

했다.

이제 살았다는 듯이 임방울이 뒷좌석에 오르자, 지프차는 부르릉 다시 움직이기 시작했다.

부릉부릉 쏜살같이 무섭게 달리는 지프차에 흔들리면서 임방울은 이대로 곧장 송정리로 가 준다면 얼마나 좋을까 싶었다. 그리고 기분 같아서는 한 가락 구성지게 내뽑고 싶었으나 그만두었다. 어쩐지 그래서는 안 될 것 같았던 것이다. 앞자리에 앉은 소령의 철모를 눌러쓴 뒷모습이 너무 빳빳해 보여서 그런지도 몰랐다.

쿵, 쿵, 우르르 우르르…… 어디선지 또 포성이 들려왔다.

3

지프차에 몸을 싣고 줄곧 송정리 고향까지 갈 수 있었다면 얼마나 좋았을까. 그러나 임방울은 조치원에서 차를 내리지 않을 수 없었다. 청주 쪽으로 가는 지프차였던 것이다.

겨우 시간 반 정도 신세를 진 것이었다. 그러나 이백 리가량을 단숨에 뛴 셈이니 여간 도움이 된 게 아니었다. 좋이 사흘 길은 단축한 터이니 말이다.

소령에게 거듭거듭 감사를 표하고, 임방울은 다시 두 다리에 의지해서 남행길에 올랐다.

하루에 칠십 리 팔십 리 걷던 것이 차츰 줄어들어서 나중에는 겨우 삼십 리 사십 리가 고작이었다. 처음에는 한쪽 발바닥만 부르텄으나, 며칠 안 가서 양쪽이 다 결딴났다. 기력도 부쳐 오 리를 못 가서 주저앉곤 했다. 그래서 숫제 하루를 마을에서 노랫가락이나 불러주며 쉬기도 했고, 어떤 마을에서는 그만 몸살이 나 며칠을 앓아눕기도 했다. 쉰 고개를 바라보는 터이니 그럴 수밖에 없었다.

그렇게 쉬엄쉬엄 충청도를 지나 전라도 땅으로 들어선 것은 7월도 중순으로 접어들 무렵이었다. 서울을 떠난 지 열흘이 훨씬 넘어 있었다.

전라도 땅을 밟자, 임방울은 아직 송정리까지는 몇백 리가 남아 있었으나, 벌써 고향에 다 온 것 같은 기분이었다. 사람들의 말씨뿐 아니라, 산천도 어쩐지 퍽 낯익어 보이고 정답게 느껴졌다. 임방울은 절로 기분이 느긋해지고, 기운도 좀 솟는 듯해서 곧잘 노랫가락을 입 밖에 내어 뽑으며 건들건들 길을 걸었다.

그러나 그의 기분은 곧 망가뜨려지고 말았다.

어떤 지서 앞을 지날 때였다. 벽이 마치 보루(堡壘)처럼 되어 있고, 돌로 쌓아올린 망루가 우뚝 솟아 있는 것이 누가 보아도 분명히 그것은 지서였다. 그러나,

"여보! 이리 좀 와!"

하고 그를 불러 세운 것은 순경이 아니었다. 보릿짚 모자를 쓴 웬 젊은 녀석이었다. 낡은 광목바지에 러닝샤쓰 바람인데, 한쪽 러닝 소매 끝에는 붉은 완장이 매달려 있었다.

임방울은 야, 이것 봐라! 싶었다. 그러고 보니 아닌 게 아니라 지서의 정문 기둥에 간판이 걸려 있지가 않았다. 간판을 떼버린 흔적

이 뚜렷했다.

임방울은 가슴이 철렁했으나, 애써 태연한 표정으로,

"나 말이오?"

하고 그 젊은 녀석을 바라보았다.

"그래, 이리 좀 와."

젊은 녀석이 뭐나 되는 듯이 예사로 반말이었다.

임방울은 배알이 꼴려,

"나 갈 길이 바쁜 사람인데…… 뭣 땜시 그러는가?"

자기도 반말을 했다.

그러자 녀석은 약간 핏발이 선 것 같은 눈으로 임방울을 노려보더니 가소롭다는 듯이 씩 웃었다.

"뭣 땜시 그러는지 몰라서 물어?"

"……."

"이거 눈에 안 보여?"

녀석은 붉은 완장을 찬 한쪽 팔을 불쑥 앞으로 내밀어 보이는 것이었다.

완장에는 '자위대'라는 세 글자가 씌어 있었다. 시뻘건 바탕에 검은 글씨가 커다랗게 씌어 있는 그 완장은 어쩐지 몹시 기분 나쁜 느낌을 주었다. 으스스하기까지 했다.

자위대라는 것이 무슨 뜻인지 임방울은 알 수가 없었다. 그러나 그 완장이 어떤 성질의 것이라는 것은 첫눈에 대뜸 짐작이 간 터였다. 임방울은 두 눈을 껌벅거리며 멀뚱히 서 있었다. 마치 무슨 잘못이라도 범한 사람처럼.

"이리 들어와!"

녀석이 돌아서서 정문 안으로 걸어 들어가자, 임방울도 도리 없이 뒤를 따라 들어갔다.

현관은 휑하게 열려 있었다. 실은 열려 있는 것 아니라, 문짝을 때려 부숴서 뜯어 치워버린 듯 문이 한 짝도 붙어 있지가 않았다. 사무실 내부 역시 비슷했다. 마치 약탈을 당한 집 같았다. 마구 약탈을 자행한 다음 대강 정리를 한 그런 분위기였다.

그런 분위기 속에 꼭 약탈자들 같은 모습의 사내들이 한쪽 팔에 똑 같은 붉은 완장을 두르고 들락날락하고 있었다. 임방울은 어쩐지 도살장 같은 곳에 들어선 듯한 기분이었다. 절로 아랫도리가 후들거렸다. 이거 참 세상이 어쩌다가 이 모양이 됐나 싶었다. 고향인 전라도 땅까지 벌써 이 꼴이라니…… 어이가 없고, 얼떨떨하기만 했다.

"뭣하고 있어! 이리 와!"

녀석이 냅다 고함을 질렀다.

사무실 입구 쪽에 멀뚱히 서 있던 임방울은 약간 이맛살을 찌푸리며 녀석 곁으로 다가갔다.

녀석은 사무실 한쪽 구석에 놓여 있는 걸상을 조금 끌어내어 털썩 걸터앉았다. 임방울은 그 앞에 가서 엉거주춤히 섰다.

녀석은 쓰고 있던 보릿짚 모자를 벗어 훨훨 몇 번 부채질을 했다. 그리고 곁에 있는 책상 위에 모자를 던져놓고는 입을 한쪽으로 약간 삐딱하게 해서 제가 제법 뭐나 되는 듯한 표정으로 임방울을 바라보았다.

임방울은 왠지 조금 속으로 웃음이 나왔다. 같잖은 것이었다.

"어디서 오는 길이여?"

녀석이 화난 듯한 목소리로 불쑥 물었다.

"서울서 내려오는 길입니다."

젊은 녀석이 떵떵 반말로 묻는데, 오십이 다 되어가는 몸이 고분고분 존댓말로 대답하기가 몹시 창피하고 더러웠으나, 임방울은 도리가 없다고 생각했다. 같이 반말로 대거리를 했다가는 무슨 변을 당할지 알 수가 없는 것이다. 세상 참 입맛 없게 됐구나, 싶으며 임방울은 꿀꺽 침을 한 번 삼켰다. 고향인 전라도 땅에 들어서서 이게 무슨 꼬락서닌가 말이다.

"서울서?"

"예."

"서울 사는 거여?"

"아니올시다. 서울에 볼일이 있어서 가 있다가 난리를 만나 내려오는 길입니다."

"난리라니…… 난리가 뭐여? 해방전쟁이란 말이여. 해방전쟁!"

녀석은 떵 울리며 두 눈을 부라렸다. 임방울은 그저 좀 멍청한 표정으로 눈을 끔벅거리며 두 팔을 덜렁 늘어뜨리고 서 있을 따름이었다.

"서울엔 무슨 볼일로 가 있었어?"

"사사 볼일로……."

"사사 볼일이라니 무슨 볼일?"

"……."

"글쎄, 무슨 사사 볼일로 서울에 가 있었는가 말해보란 말이여!"

"허, 그것 참, 사람이 살다 보면 볼일이 생기기 마련 아니오. 뭐 그런 것까지 세세히……."

임방울은 그만 불쑥 불만 비슷한 것이 튀어나왔다.

"뭣이라고? 아니 이것 보소. 간뎅이가 부었어."

"……."

"아니 이것 반동분자 아니여. 반동분자."

반동분자라는 말에 임방울은 가슴이 덜컥했다. 이 자들한테 반동분자로 몰린다는 것은 곧 볼 장 다 본다는 것을 의미하는 것이다. 이래서는 안 되겠다 싶어 임방울은 아랫배에 지그시 힘을 넣으며 넉살좋게,

"헛헛헛허……."

너털웃음을 토해냈다. 억지로 웃는 웃음이었으나 매우 자연스러웠다. 그리고 말했다.

"날 보고 반동분자라는 사람도 다 보겠네. 나 참 기가 맥혀서……. 헛헛허……."

그러자 녀석은 뚱한 표정으로 새삼스레 임방울을 위아래로 훑어보더니,

"그럼 동무, 뭐하는 사람이여?"

조금 누그러진 목소리로 물었다. '동무'라는 말에 임방울은 속으로 야, 이것 봐라, 맹랑하구나 싶었다. 공산당들은 아무한테나 동무, 동무 한다는 말은 들었지만, 막상 젊은 녀석이 자기한테 동무하고 부르니 기분이 이상했다. 지랄 같았다. 그러나 좌우간 반동분자로 몰리는 것만은 면하는가 싶으니 좀 마음이 놓이는 듯해서 임방울은 얼른,

"노래를 부르는 사람 올시다."

하고 대답했다.

"뭣이? 노래를 부르는 사람······?"

녀석은 뜻밖의 대답이라는 듯 또 임방울의 행색을 멀뚱멀뚱 살폈다.

"아니, 그럼 가수란 말이여?"

삼베 바지저고리에 조끼를 입고 룩작을 짊어진 뭐 이런 촌놈 같은 가수가 다 있는가 싶은 듯한 표정이었다. 가수라면 으레 말쑥한 멋쟁이로 짐작하고 있는 모양이었다.

"허허허······. 가수가 아니라······."

"그럼 뭐여? 노래 부르는 사람 같으면 가수지 뭐여."

"유행가를 부르는 가수가 아니라, 창을 부르는 사람이오."

"창······? 창이라니?"

"노랫가락 말이오."

"핫하— 노랫가락. 흐흐흐······."

무엇이 우스운지 녀석은 콧구멍을 벌름거리며 히들히들 웃었다. 그리고 약간 장난기가 섞인 빈정거리는 투로 물었다.

"그래, 노랫가락 부르는 것이 직업이란 말이여?"

"예"

"아니, 노랫가락을 불러서 밥 먹고 산단 말이여?"

"고향에서 농사도 쪼께 짓기는 짓소마는······."

"고향이 어디여?"

"송정리올시다. 송정리 사는 임방울이오."

임방울은 묻지도 않는 이름까지 댔다.

"임방울?"

"예."

"그것이 본이름이여?"

"예."

"방울이라……. 별 요상한 이름도 다 보네. 흐흐흐……."

녀석은 또 히들히들 웃었다.

임방울은 기분이 썩 언짢았다. 마치 무슨 이 녀석한테 놀림감이 되어 있는 듯한 느낌이었다. 젊은 녀석이 오십이 다 되어가는 중늙은 이의 이름을 가지고 방울이라…… 어쩌고 하면서 장난처럼 히들히들 웃다니, 정말 고얀 호래자식*(막되게 자라 버릇이 없는 사람을 얕잡아이르는 말)이 아닐 수 없었다. 속에서 무엇이 불끈 치솟는 듯했다.

이름을 대면 혹시 알지나 않을까 싶었던 것인데……. 공연히 묻지도 않은 이름을 대서 망신이구나 싶으며 임방울은 쓰디쓴 침을 꿀 컥꿀컥 삼켰다.

히들히들 웃고 나서 녀석은,

"어디 손 좀 봐."

불쑥 말했다.

난데없이 이번에는 손을 좀 보자니, 이건 또 무슨 수작인가 싶어 임방울은 멀뚱한 표정을 지었다.

"손 좀 보잔 말이여."

"손 좀 보자니요?"

"손도 몰라? 두 손을 내밀어 보란 말이여."

임방울은 힘없이 늘어뜨리고 있던 두 손을 들어 올려 녀석 앞으로 조금 내밀었다. 손등을 위로 하고서였다.

"손바닥을 보잔 말이여."

임방울은 두 손을 뒤집어 손바닥을 위로 했다.

그러자 녀석은 손바닥에 굳은살이 박혔는가 안 박혔는가를 살피는 것이었다.

　　임방울의 손바닥에는 굳은살이 박혀 있지 않았다. 목청을 뽑아 올리는 것이 주업이니 손바닥에 굳은살이 생길 턱이 없었다. 비교적 고운 손바닥이었다.

　　"흥!"

　　녀석은 콧방귀를 뀌었다.

　　"팔자 좋았구나. 손바닥이 이렇게 매꼬롬 한 것을 보니."

　　"……."

　　"반동이구만. 반동."

　　"예? 반동요?"

　　"노랫가락이나 부르며 놀고먹었으니 반동이지 뭣이여!"

　　"허, 내 참……."

　　임방울은 어이가 없었다. 이마빼기라도 한 대 얻어맞은 듯한 느낌이었다. 손바닥에 굳은살이 안 박혔으면 반동이라니, 어처구니가 없는 노릇이었다.

　　"그 룩작 속에는 뭣이 들었어?"

　　"헌 옷하고, 세면도구하고……."

　　"어디 끌러 봐."

　　임방울은 짊어진 룩작을 벗었다. 그리고 끈을 풀었다.

　　"속에 든 것 다 내놔 봐."

　　주섬주섬 꺼내기 시작했다.

　　입다가 벗은 러닝샤쓰, 잠방이 같은 것과 수건, 칫솔, 소금 봉다리, 비누 나부랭이가 나왔다. 그리고 누룽지가 한 뭉텅이 나왔다.

누룽지를 보자, 녀석은 무슨 희한한 것이라도 발견한 듯,

"야— 흐흐흐……."

하고 웃었다. 그리고 물었다.

"이거 뭣이여?"

"……."

"흐흐흐……. 어른이 누룽지를 다 먹는 모양이지. 흐흐흐……."

참 고얀 놈이었다.

임방울은 야, 이 자식아! 누굴 놀리는 거냐, 뭐냐? 하고 냅다 핏대를 올리고 싶었다. 그러나 참았다. 인간 같지도 않은 놈을 상대해서 열을 올려봤자 결과는 뻔한 것이다. 음— 노여움을 속으로 삼키며 임방울은 꺼냈던 물건을 도로 주섬주섬 룩작 속에 집어넣었다. 정말 이게 무슨 곤욕인가 싶었다. 그때, 얼굴이 온통 검실검실한 수염에 묻힌 듯한 사내가 들어섰다. 그러나 나이는 사십 정도밖에 되어 보이지 않았다.

흰 노타이 샤쓰에 국방색 바지를 입고, 이 더위에 멋대가리 없이 도리우찌를 꾹 눌러쓰고 있었다. 물론 한쪽 팔에는 붉은 완장을 두르고 있었다. 그리고 털보는 놀랍게도 허리에 턱 권총을 차고 있었다. 어디서 생긴 권총인지 모르지만, 그런 차림에 권총을 차고 있으니 어쩐지 꼭 산적의 두목 같은 느낌이었다. 아닌 게 아니라 지리산 같은 데서 공비 노릇을 하다가 갓 내려온 듯한 인상이었다.

털보는 사무실 정면에 놓여 있는 자리에 가서 털썩 앉았다. 그전 같으면 지서 주임의 자리였다. 얼른 보아도 자위댄가 뭔가의 대장이라는 것을 알 수 있었다.

털보가 자리에 앉자, 녀석은 걸상에서 일어났다. 그리고 그 앞으

로 가서,

"대장동무, 저 자를 어떻게 했으면 좋을지 모르겠습니다."

하고 입을 열었다.

"뭣인디?"

"반동분잔 것 같애라우. 노랫가락을 부르는 것이 직업이래요. 손바닥을 보니 매꼬롬합니다."

"뭐? 노랫가락을 부르는 것이 직업이라?"

"예."

털보는 룩작 속에 물건을 주섬주섬 집어넣고 도로 끈을 매고 있는 임방울을 유심히 지켜보다가,

"여보, 이리 와 봐."

불쑥 말했다.

임방울은 룩작을 한쪽에 밀어놓고, 털보 앞으로 나갔다.

털보는 임방울의 행색을 잠시 훑어보더니,

"어디서 오는 길이요?"

무뚝뚝하게 물었다. 그러나 녀석과는 달리 반말은 아니었다.

"서울에 볼일이 있어 갔다가 난리를…… 아니, 전쟁을 만나 내려오는 길입니다."

임방울은 무의식중에 나온 난리라는 말을 전쟁으로 정정을 해서 말했다. 녀석은 아까 '해방전쟁'이라고 떵떵거렸으나, 아무래도 그런 말은 입에서 나오지가 않았다.

"어디까지 가요?"

"송정리까지 갑니다. 송정리가 고향이올시다."

"뭐, 노랫가락 부르는 것이 직업이라고요?"

"예, 그렇습니다. 농사도 몇 마지기 짓기는 짓소마는."

"이름이 뭣이요?"

"임방울입니다."

"임방울?"

"예."

털보는 잠시 말없이 임방울의 얼굴을 바라보더니,

"당신이 명창 임방울 씨란 말이오? 틀림없소?"

하고 씨 자까지 붙이며 물었다.

"예, 틀림없습니다."

"아, 그래요. 음—"

털보는 표정이 매우 달라지며 도리우찌를 쓴 채 고개를 끄덕끄덕
했다.

그러나 곧 정색을 하며,

"어디 틀림없는가 봅시다. 한 가락 불러보시오."

했다.

임방울은 씩 웃음이 나왔다. 자기가 잔짜 임방울인지 아닌지 보
려고 한 가락 뽑아보라니 재미있지 않을 수 없었다.

"〈박타령〉을 한 대목 불러볼까요?"

"불러보시오."

임방울은 침으로 입술을 두어 번 축였다. 그리고 먼저 사설조로
뇌까리기 시작했다.

"가련한 흥보 신세, 하루는 놀보 앞에 엎드려 비는 말이……."

그러자 털보가,

"잠깐."

제지를 하고는, 녀석에게 걸상을 가져오라고 했다.

녀석이 걸상을 가져오자, 임방울에게 앉아서 노래를 부르라는 것이었다. 임방울은 걸상에 앉았다. 그리고 다시,

"가련한 흥보 신세……."

하고 처음부터 시작했다.

"비나이다― 비이나아이다― 형제는 일시인이라― 한 조가악을 베면 두울 다아 벼엉시인 될 것이니―"

임방울은 지그시 눈을 감으며 냅다 목청을 뽑아 올렸다.

"동새―앵 신세 고사아하고, 젊은 아내―어린 자시익 뉘이이이 집에 의타악하여― 무어엇 먹여어어 살리이리이까―"

절절하면서도 유창하고, 서리서리 힘이 맺힌 가락이 사무실 안에 온통 우렁우렁 넘쳤다.

털보는 약간 뒤로 기댄 채 두 눈을 떴다 감았다 하면서 가만히 귀를 기울이고 있었다. 녀석은 한쪽 걸상에 팔짱을 끼고 앉아 조금 놀란 듯한 표정으로 멀뚱멀뚱 듣고 있었고, 몇몇 다른 대원들도 앉거니 서거니 숨을 죽이고 임방울을 지켜보고 있었다.

임방울은 거의 이십 분가량을 마음껏 목청을 뽑아 휘둘렀다. 그리고 뚝 그치고는 후유― 크게 숨을 내쉬며 수건으로 이마에 맺힌 땀을 닦았다.

아무도 말이 없었다. 털보도 무슨 말을 했으면 좋을지 모르겠는 듯 가만히 앉아만 있었다. 마치 임방울의 노랫가락에 휘감기고 취해서 얼떨떨해진 사람 같았다.

땀을 닦고 나서 임방울이 웃으며 입을 뗐다.

"저…… 갈 길이 먼 사람인데, 인제 가도 되겠지요?"

그러자 털보는 그제야 정신이 돌아온 듯,

"임방울 동무, 수고스럽지만 한 가락 더 불러줄 수 없겠어요?"

하고 씩 웃었다.

임방울은 기분이 나쁘지가 않았다. 비록 동무라고 불리긴 했지만, 좌우간 재청을 받은 셈이니 말이다. 그렇다고 썩 내키는 것은 아니었지만, 까짓것 한 가락 더 뽑아주는 것쯤 문제가 아니었다.

"예, 그러지요. 에— 요번에는 〈심청가〉를 한 대목 불러볼까요?"

"예, 좋습니다."

털보는 자기도 모르게 침을 꿀꺽 삼키고 있었다. 꽤나 노랫가락을 좋아하는 사람인 모양이었다.

〈심청가〉 한 대목을 더 불러주고, 그곳을 놓여나온 임방울은 기분이 묘했다. 기분이 좋다면 좋은 것도 같고, 더럽다면 더러운 것도 같았다. 좌우간 약간 들뜬 듯한 얄궂은 기분이었다. 그런 데서, 그런 자들 앞에서 창을 하게 될 줄이야 정말 의외의 일이었다. 우습기도 했고, 좀 창피하기도 했다. 아무튼 반동분자로 몰리지 않고 무사히 놓여나온 것만은 천만다행이었다.

그게 다 노랫가락의 덕분이라고 생각하니 임방울은 왠지 별안간 가슴이 뿌듯해지는 느낌이었다. 자기의 창이 아주 소중한 것으로, 그리고 대견한 것으로 여겨지고, 그 힘이 보통이 아니로구나 싶은 것이었다. 이번에 서울을 떠나 피난길을 내려오는 동안 순전히 노랫가락 덕분에 큰 불편 없이 얻어먹을 수가 있었고, 잠을 잘 수가 있었다. 그리고 난리 중인데도 어떤 곳에서는 극진한 대접을 받으며 며칠을 앓아눕기도 했지 않았는가. 지금까지 삼십여 년 동안 노랫가락을 불러왔지만, 이번처럼 요긴하게 그것을 써먹어 본 적은 없었다. 지금도 그야말로 요긴하게 그것을 써먹은 셈이 아닌가.

공산당들까지 자기의 노랫가락 앞에는 수굿해진다는 사실을 안 임방울은 기분이 이상했다. 어쩐지 자기가 대단한 무기를 지니고 있는 듯한 느낌이 들어 조금 어깨가 으쓱거려지기도 했다.

"허, 그것 참, 빨갱이들도 내 창을 좋아하다니…… 허, 그것 참."

임방울은 아무래도 자기가 대단한 사람인 것만 같아 절로 콧구멍이 벌름거렸다. 그리고 신작로를 의기양양 휠휠 걸으면서,

"허기야 그럴 수밖에 없지. 저거들도 종자가 다 같은 조선 종자 아니냐, 조선 종자……."

하고 중얼거렸다.

"같은 종자끼리 죽이고 싸우다니, 안 될 말이지. 안 될 말이고말고……."

중얼거리던 임방울은 그만 그것이 저절로 가락이 되어 목에서 터져 나오기 시작했다.

"안 되앨 마알이고오오 마알고— 싸우지 마라— 싸우우지이 마아 알아— 골육상쟁이 웨엔 말이냐— 고올유욱 사응응쟁이 웨엔 마알 이이이냐— 너 죽고— 나아 죽어서어어 쓸 것이이 무어어엇이냐—"

즉흥적인 노랫가락이 이번에는 그만 적벽가(赤壁歌)의 한 대목인 마구 죽는 장면으로 옮아붙었다.

"불에 타서 죽고, 물속에 빠져 죽고, 총 맞아 죽고, 살 맞아 죽고, 칼에 죽고, 창에 죽고, 눌려 죽고, 엎어져 죽고, 자빠져 죽고……."

이 대목은 속사포처럼 내리 쏘아대는 대목인 것이다. 장단이란 없고, 그야말로 정신없이 엮어 내려가는 것이다. 혀가 어찌나 빠르게 돌아가는지 잘 알아들을 수가 없을 지경이었다.

"팔 부러져 죽고, 다리 부러져 죽고, 피 토하여 죽고, 똥 싸고 죽고, 웃고 죽고, 뛰다 죽고, 소리 지르다 죽고, 달아나다 죽고, 앉아 죽고, 서서 죽고, 가다 죽고, 오다 죽고, 장담하다 죽고, 이 갈며 죽고…… 수없이이이 죽으은 것이— 적벼억가앙이이 피가 되에여—"

임방울은 마치 약간 실성한 사람 같았다. 이마에서 지르르 흐르는 땀도 아랑곳없이 목줄기를 뽑아 올리며 휘청휘청 산모롱이를 돌아가고 있었다.

어디선지 멀리서 파팡 파팡 까르르까르르 따쿵 따쿵…… 총소리가 은은히 산허리를 타고 들려왔다.

《문학사상》(1977. 5)

전쟁을 기억하는 '리얼리티'의 윤리와
하근찬의 문학세계

이정숙(문학평론가)

1. 하근찬을 읽는 '잘못된' 독법에 대하여

이 책에는 표제작인 「흰 종이수염」(《사상계》, 1959. 10)을 포함해 총 열 편의 소설이 실려 있다. 「흰 종이수염」을 제외하면 모두 1970년대에 발표한 소설이다. 이들 수록작 중 아홉 편이 하근찬이 지속적으로 형상화해 온 두 전쟁, 즉 한국전쟁과 태평양전쟁 시기와 연관된다. 그중 어린이와 소년이 주인공이거나 주제를 함축하는 주요 모티프에서 어린이가 등장하는 작품이 일곱 편이나 된다는 점에서, 전쟁을 형상화하되 전쟁이 남긴 유년의 상흔이나 감정을 통해 세계의 실상을 드러내는 방식을 작가가 하나의 작법으로써 견지해 왔음을 깨달을 수 있다.

하근찬은 1931년생으로서 전쟁 체험 세대가 겪은 아픔에 대해 여러 차례 털어놓은 바 있다. 전쟁의 아픔을 세대론적으로 거론한

다는 것은 전쟁에 대한 세대론적 공유 방식의 유사성을 지목한다
는 의미일 것이다. "나는(나뿐 아니라 같은 연배는 다 마찬가지겠지만)
전쟁의 그늘 속에서 태어나 전쟁과 더불어 자랐고, 또 꿈 많은 시
절을 전쟁 때문에 괴로움으로 지샌 것만 같이 회상되기 때문이다."
(「전쟁의 아픔, 기타」, 『산울림』, 한겨레, 1988. 4면)라는 그의 언급에서 드
러나듯 전쟁으로 인한 고통과 피해의식이 세대론적 경험에 각인돼
있다.

그런데 이러한 전쟁 기억을 문학 작품으로 형상화하는 맥락은
이와는 별개의 문제의식에서 비롯한다. 작가는 늘 두 전쟁을 언급
할 때면 어제 일처럼 선명하게 떠오른다고 말하고 있지만, '기억'을
중심으로 전쟁이 재구성될 때 기억하는 현재 주체가 어떤 식으로
든 기억을 정리하지 않는다면 말해질 수 없는 '표상' 작업이 허구적
작업에 개입하기 마련이다. 하근찬은 겪지 않은 일은 쓰지 않는다
는 모종의 리얼리즘 원칙을 고수하는 작가로 널리 알려져 있다. 따
라서 이런 점에서도 하근찬이 창조한 '전쟁서사'들은 '전쟁'과 '(전
쟁)기억 내러티브' 그리고 '이야기'의 함수 안에서 새롭게 탄생하는
세계이자 '기록'을 넘어선 기록으로서 살펴보아야 할 필요가 있다.

하근찬은 문학사에서 모종의 '오해'를 벗지 못한 작가이기도 한
데, 전쟁 경험을 전승하는 역사적 방식이 지나치게 '민족 이야기'의
문법으로 진행되어 왔다고 할 수 있다면 그것은 하근찬을 읽는 독
법에서도 동질적으로 적용하는 측면이 있기 때문이다. 그러나 하
근찬의 작품을 그렇게 읽는 것은 명백히 선입견에서 벗어나지 못
하는 독법의 오류를 범하는 일이다. '민족 이야기'의 문법은 피해와
수난이라는 이분법적 지형에서 전쟁을 이해하는 인식틀에 갇혀 있

는 독법이기 때문이다. 하근찬이 전쟁을 다루는 방식은 분명 이와 다른데, 전쟁의 포화 속에서 민중의 삶이 어떻게 이루어졌는지를 일상의 모습을 관찰하고 복원해내는 방식으로, 다시 말해 인간의 본질과 세상의 면모를 현미경식으로 들여다보는 방식으로 형상화하기 때문이다.

이에 따르면 하근찬이 창조한 문학 세계는 오히려 여전히 진행 중인 전쟁에 대한 기억투쟁에서도 중요한 참조점이 될 수 있다. 고유명사로서 하나의 전쟁이 '역사'가 되기 위해서는 기억, 젠더, 계층, 경험의 방식, 공간, 시간 등과 관련된 많은 '집합적' 기억을 필요로 하며 이 개별 경험들의 총체가 모여 하나의 '전쟁'이 되기 때문이다. 이 역사화 과정에서 아직 말해지지 않은 부분이 많이 남아 있을수록 '전쟁'은 상반되는 기억 사이의 투쟁을 활발히 불러일으킨다면, 하근찬의 문학은 여전한 참조점으로서 가치를 갖는다.

하근찬이 문학사에서 벗지 못한 또 한 가지의 '오해'는 그가 1957년에 등단하면서 '전후 작가'의 '끝물'로 오인된다는 점이다. 그러나 하근찬의 문학적 이력은 명백히 1960년대와 1970년대를 전성기로 하며, 소위 전업작가로서의 필생을 다짐하고 소설쓰기에 매진한 것도 이 무렵이다. 문학자로서 하근찬을 규정하는 작업에서 그다지 강조되지 않은 지점이 그에게 있어 문학이 하나의 사명이었다는 점이다. "나에게는 해야 할 일이 따로 있었던 것이다. 그것은 소설을 쓰는 일이었다. 소설을 쓰는 일, 즉 문학을 하는 것이 나의 살아가는 목적이고 보람이었다."(『내 안에 내가 있다』, 59면) 이러한 태도가 60~70년대의 문학적 행보에서 갖는 문화사적 의미 또한 찾아야 할 것이다.

하근찬에 대한 세 번째 오해는 그가 60년대 작가들, 즉 (좁은 의미에서) '4·19세대' 작가들과 달리 처음부터 민중의 공통경험에 관심을 가졌다는 데서 비롯한다. 그런데 엄밀히 말해 그것은 소재 자체보다는 방식의 차이에서 기인하는바 하근찬은 지식인 주체의 자의식을 내세우지 않으면서, 또 민중을 지식인의 눈으로 대상화하지 않으면서 민중의 눈높이에서 이들을 형상화하는 전략을 구사했기 때문이다. 이 점이 당시의 작가들이 견지한 '주체'를 형상화하는 방식과 달랐기 때문에 '60년대 문학'이라는 범주에서 하근찬에 대한 논의는 소외되는 측면이 있었다. 이로 인해 하근찬 문학의 독특함이란 긍정적인 동시에 부정적 측면을 동시에 포함하는 언사가 되었던 것이다.

그러나 민중의 눈높이에서 공통경험을 이야기한다는 말이 '민중'을 하나의 집합적이고 단일한 정서적 주체로 놓고 이야기한다는 의미는 아니다. 오히려 하근찬만의 특유한 리얼리티적 감각에 주목하여 그의 문학적 성취에 접근할 필요가 발생한다. 이 책에 수록된 작품들은 전쟁으로 인해 인간의 내면이 어떻게 물드는지를 굽어보고 거기 저항하는 주체의 감정을 통해 인간다움에 접근하는 공통점을 지닌다. '어린이' 혹은 소년주인공은 여기서 민중의 순수한 인격을 외화하여 보여주는 하나의 눈높이로서 존재한다. 확장하면, 이들의 순수함이란 그 시대를 이겨낸 민중의 품성에 가장 가까웠다고 할 수 있다. 하근찬이 이러한 작법을 견지한 것은 당대를 그려낼 수 있는 가장 근접한 프리즘이 그들의 순수성에 내재한 시선이었기 때문이다. 한국문학사에서 하근찬 문학이 지니는 독특함은 이 점을 발견한 작가적 탁월함에서 비롯한다.

2. 전쟁을 통해 탄생하는 윤리적 주체의 모습

「흰 종이수염」은 어린이와 청소년 독자를 위한 단행본 표제작으로 출판되는 사례가 빈번한 만큼, 실상 동화로 읽어도 무방한 작품이다. 다만 '동화'가 좋은 작품일 때 그것은 장르적인 화법이나 문체의 경계를 넘어 하나의 세계를 그리는 엄연한 깊이를 지닌다는 의미에서 분명 그렇다.

「흰 종이수염」은 「수난이대」의 자매편 혹은 후속작으로 일컬어져 온 측면이 있다. 한국전쟁 직후를 배경으로 전시에 노무자로 동원되어 신체적 장애를 입고 돌아온 주인공이 등장한다는 점에서 연결고리가 생기는 것이다. 그런데 「수난이대」에서 만도가 역 대합실에서 진수를 기다리며 징용에서 팔을 잃었던 순간을 떠올리면서 신체가 훼손되던 당시의 고통과 충격을 플래시백하는 방식과는 달리, 「흰 종이수염」은 동길이라는 어린이의 시선으로 그려진다는 점과 오른 팔을 잃고 돌아온 아버지와의 생활이 서사의 새로운 중심을 차지한다는 점이 다르다. 결론 역시 막연한 희망으로 맺어지는 대신 동길이(네)의 대결의지가 부각된다는 점에서 차이가 있다. 「수난이대」는 억울하고 두렵지만 살아야 한다는 당위에 압도되어 있는 진수와 만도의 운명을 민족의 수난사로 수렴시키는 관념적인 지점도 있는 데 비해, 「흰 종이수염」은 이 점에서 훌쩍 나아가 전후의 풍경을 동길이가 놓인 일상을 중심으로 서정적으로 다룬다는 점이 특징이다.

하근찬은 1957년 「수난이대」로 등단하고 나서 이듬해 의가사 제대를 한 이후 「흰 종이수염」(1959)을 대단히 의욕적으로 쓴 것으로 보인다. 《사상계》에 발표되었다는 점도 작품의 밀도를 가늠하는 데 참조가 된다.

「수난이대」와 마찬가지로 「흰 종이수염」의 등장인물이 경상도 사투리를 쓰는 점은 흥미로운 지점이다. 작가 자신이 밝힌 바 있듯 경상북도 영천을 '안태고향'으로 여기면서도 교사인 아버지의 전근지로 이주해 어려서부터 고향을 떠나 살았고, 특히 유년의 감성이 무르익을 무렵은 전라북도 김제군 죽산의 풍경을 '고향'의 정경으로 새기면서 자라난 탓으로 감성의 영역에서 '고향'의 풍경과 언어가 불합치되는 성장이력의 특징이 있기 때문이다. 그러므로 그에게 경상도 사투리는 하나의 '발견'에 속하기도 하는 문학적 언어인 셈이다. 실제로 작품에서 그는 풍경은 죽산 부근의 평화로움을 떠올리면서 묘사하고 경상도 사투리를 입힌다고 밝혔다. 언어에 대한 이러한 감각은 열여덟 아홉 무렵 영천의 외가로 향하는 기차가 경상도에 가까워졌을 때 느낀 감동에서 비롯한다. 하근찬은 이 순간을, "전라도 사투리에 묻혀 살던 나에게 경상도 사투리는 야릇한 감동으로 다가왔다.", "작가가 되면 반드시 경상도 사투리를 쓰리라고 다짐했었다."(『내 안에 내가 있다』, 17면)고 회고하는데, 하근찬의 문학적 공간에서 경상도 사투리가 만들어내는 장면이 유독 생생할 수 있었다면, 언어적 감각을 포착해낸 이러한 기민함 덕분이라고 할 수 있다.

「흰 종이수염」의 가장 큰 특징은 동길이의 성격화에서 기인한다. 동길이는 사친회비를 내지 않았다고 학교에서 쫓겨났을 때 다른 아이들과 달리 쉽사리 기죽지 않고 훌훌 개울가로 뛰어들어 노는 호방함을 지녔다. 그것은 물론 내심 믿는 구석이 있기 때문이다. 동길이는 속으로 "'울아부지 인제 돈 많이 벌어갖고 돌아오면 다 줄 낀데 자꾸 지랄같이…….'" 하고 되뇌는데, 며칠 뒤 돌아온 아버지의 모습은 놀라움을 안긴다.

꼬박 이 년 만에 돌아온 아버지……. 동길이는 조심히 아버지의 얼굴을 들여다보았다. 꺼멓게 탄 얼굴에 움푹 꺼져 들어간 두 눈자위, 그리고 코밑이랑 턱에는 수염이 지저분했다. 목덜미로 식은땀이 흐르고 있었고, 입언저리에는 파리 떼가 바글바글 엉겨 붙어 있었다. 그러나 아버지는 그런 줄도 모르고 푸푸 코를 불면서 자고만 있다. 동길이는 파리란 놈들을 쫓았다.

어머니가 조심스러운 눈길로 동길이를 힐끗 돌아본다. 집에 와서 갈아입었는지 아버지의 입성은 깨끗했다. 징용에 나가기 전, 목공소에 다닐 때 입던 누런 작업복 하의에 삼베 샤쓰…… 그런데,

"에!"

이게 웬일일까?

동길이는 두 눈이 휘둥그레지고, 입이 딱 벌어졌다. 그러나 어머니는 동길이의 놀라는 모습을 돌아보지 않고 후유 한숨을 쉴 따름이었다. 동길이는 떨리는 손으로 한쪽 소맷부리를 들추어 보았다.

없다. 분명히 없다.

동길이는 어머니를 향해 소리쳤다.

"어무이, 아부지 팔 하나 없다."

동길이는 어머니에게 "팔이 하나 없어져서 어떻게 목수질 하노? 인제 못하제, 그제?" 하고 묻는데, 활달하고 솔직하며 분명한 동길이의 성격이 경상도 사투리의 영향을 받은 직설적인 화법을 구사함으로써 더욱 부각된다. 초점화자인 동길이의 생각이나 말은 곧이어 벌어질 '이야기'에 대한 궁금증을 자아내는 서사적 전략과도 부합한다.

과연 아버지는 목공소 주인 김 주사의 주선으로 극장에 취직했다고 호언하지만, 자조 섞인 슬픔을 숨기지는 못한다. 동길이의 아버지는 사친회비를 내지 못해 책보를 빼앗겼다는 동길이에게 "이놈아, 아버지가 징용에 나갔다고 선생님한테 와 말을 못 하노. 아버지가 돌아오면 다 갖다 바치겠다고 와 말을 못 하노 말이다. 입은 뒀다가 뭐 할라카는 입이고?" 하고 나무랄 만큼, 무기력한 인물이 아니며 책임감이 있다. 그러나 생활력을 잃지는 않았지만 훼손된 신체에 대한 자조감에서 자유롭지는 않다.

"그래 와, 나는 극장에 취직하면 안 될 사람이가? 그것도 다 김 주사, 우리 오야붕 덕택이란 말이여. 팔뚝을 한 개 나라에 바친 그 덕택이란 말이여. 으ᄒᄒᄒ…… 내일 나갈 적에 종이로 쉬염을 만들어 갖고 가야 돼. 바로 이 종이가 쉬염 만들 종이 앙이가."

그리고 잠시 후 아버지는 훌쩍훌쩍 느끼기 시작하는 것이었다. 두 눈에서 솟구친 눈물이 양쪽 귓전으로 추적추적 걷잡을 수 없이 흘러내렸다. 동길이는 도무지 어찌된 영문인지 알 수가 없었다. 그러면서도 덩달아 코끝이 매워왔다.

「흰 종이수염」은 아버지의 귀환을 다루되 철저히 동길이가 겪는 일상을 중심으로 동길이의 시선에 따라 구성된다. 따라서 극장 앞에서 구경거리가 된 아버지를 놀림감으로 삼는 창식이를 때려눕히는 마지막 장면은 실존의 고통을 웃음거리로 대상화하는 행태를 응징하는 장치인 동시에 동길이가 위축되지 않고 억눌린 긴장감을 한껏 발산함으로써 서사적 긴장 또한 해소하게 만드는 효과를 얻는다. 전후 낭만적이고 화해로운 공동체의 삶이 깨진 자리에서 삶의 윤리가 재의미화되는 지점을 파고 든 작품이 「흰 종이수염」이라고 할 수 있다. 그래서 어린 주인공일망정 동길이는 '주체'가 될 수 있다.

이 작품집에서 한국전쟁과 연관한 작품은 「임진강 오리 떼」(《뿌리깊은나무》(1976. 5), 「일야기(一夜記)」(《신동아》(1976. 9), 「남행로(南行路)」(《문학사상》(1977. 5) 등이다. 시간적 배경을 기준으로 작품들을 일별해본다면, 「남행로」는 포탄이 울리는 전시 상황이고, 「일야기」는 빨치산이 활동하던 시기인 휴전 전에 겪은 일화를 현재 시점에서 회상하는 소설이며, 「임진강 오리 떼」는 중년 부부가 임진각을 방문하여 하루 일과를 보내면서 실향민들이 겪는 분단현실을 간접 경험하는 이야기이다.

「남행로」는 소리꾼 임방울(林芳蔚)이 송정리라고 하는 지금의 전라도 광주 부근까지 서울에서부터 걸어서 피난을 가는 여정을 그린 작품이다. 한국문학 작품에서는 전시 한 마을에서 겪는 인공 치하 혹은 국군 치하의 양상이 이데올로기적으로 핍진하게 그려지는 것이 일반적인 데 비해 「남행로」는 한 인물이 긴 피난길에서 만나

게 되는 전시의 갖가지 세태를 통해 이 점을 그리고 있어서 흥미롭다. 임방울은 교통수단이 따로 없이 걸어서 이동을 하는데, 인정이 메말라 가는 피난지 길목 마을의 촌로에게 하룻밤 신세를 지기도 하고 이동 중인 국군부대를 만나 차를 얻어 타는가 하면, '자위대'라고 쓴 붉은 완장을 차고 지서를 점령한 한 무리의 좌익 청년 무리에게 붙잡히기도 한다. 임방울은 이때마다 〈박타령〉, 〈춘향가〉, 〈심청가〉의 판소리 한 대목을 들려주면서 위기를 모면한다.

「남행로」는 명창 임방울의 소리를 곡조에 맞춰 언어로 구성지게 재현해내는데, 이 창작과정에도 숨은 일화가 있다. 하근찬은 중학교 3학년 때 친구와 남원을 방문했는데, 그때 동행한 친구로부터 문학평론가 천이두를 소개받고 이후 평생 절친한 교우관계를 유지했다고 한다. 천이두 선생 자신이 북을 치며 판소리 가락을 뽑는 준명창의 실력을 지녔을 뿐만 아니라 판소리 문화에 조예가 깊었는데, 그 점을 부러워하던 하근찬에게 어느 날 천이두 선생이 임방울 명창의 판소리 테이프를 보내주었다는 일화가 수필에 소개돼 있다.(『내 안에 내가 있다』, 124~127면) 말하자면 실제 임방울의 판소리 테이프를 듣고 언어화했기 때문에 판소리 곡조가 잘 살아날 수 있었던 것이다.

소리꾼 임방울의 명성은 전국에서 자자했던 모양으로, 「남행로」에서도 임방울의 이름만 듣고도 사람들은 기색이 달라지는 것으로 묘사돼 있다. 임방울이 우여곡절 끝에 무사히 송정리에 도달해 갈 무렵 혼자 소리를 한 곡조 뽑는 장면이 「남행로」의 주제를 담은 결말이다.

임방울은 아무래도 자기가 대단한 사람인 것만 같아 절로 콧구멍이 벌름거렸다. 그리고 신작로를 의기양양 휠휠 걸으면서,

"허기야 그럴 수밖에 없지. 저거들도 종자가 다 같은 조선 종자 아니냐. 조선 종자……."

하고 중얼거렸다.

"같은 종자끼리 죽이고 싸우다니, 안 될 말이지. 안 될 말이고말고……."

중얼거리던 임방울은 그만 그것이 저절로 가락이 되어 목에서 터져 나오기 시작했다.

"안 되앨 마알이고오오 마알고— 싸우지 마라— 싸우우지이 마아알아— 골육상쟁이 웨엔 말이냐— 고올유욱 사응응쟁이 웨엔 마알이이이냐— 너 죽고— 나아 죽어서어어 쓸 것이이 무어어엇이냐—"

즉흥적인 노랫가락이 이번에는 그만 적벽가(赤壁歌)의 한 대목인 마구 죽는 장면으로 옮아붙었다.

임방울은 마치 약간 실성한 사람 같았다. 이마에서 지르르 흐르는 땀도 아랑곳없이 목줄기를 뽑아 올리며 휘청휘청 산모롱이를 돌아가고 있었다.

어디선지 멀리서 파팡 파팡 까르르까르르 따쿵 따쿵…… 총소리가 은은히 산허리를 타고 들려왔다.

「일야기」는 소품으로, 전쟁으로 인해 일상적인 두려움이 엄습하는 긴장감을 다룬 소설이라고 할 수 있다. '나'는 지리산 부근에 있

는 학교의 선생으로 소사가 제사를 지내러 가는 바람에 혼자 숙직을 하게 된다. 당시 '산군(山君)'이라고 불린, 호랑이보다 무섭다는 빨치산이 곧잘 내려오는 산중에 마침 눈이 내리는데, '나'는 아랫목에 누워 학생들의 시험지를 채점하면서 밤을 보내고 있는 중이다. 그런데 통금이 지난 시각 인기척이 있어 놀란 마음으로 내다보니 분홍색 치마저고리를 입은 화장기 짙은 여인이 하룻밤 신세를 지고 갈 것을 부탁하여 마지못해 숙직실에서 하룻밤을 함께 지새우게 된다. 자칫 일탈이 발생할 수도 있었으나 때마침 "따쿵! 따따쿵 따따쿵! 파팡 파팡 까르르 까르르……." 하고 총소리가 요란하게 울려 일탈의 유혹조차 저만치 사라졌다는 일화를 다루고 있다.

앞서 살핀 「남행로」에서도 포성을 재현하고 있고 「일야기」에서도 총소리를 재현하는데, 이 점은 전쟁이 남긴 공포심이 얼마나 각인된 감각인지를 드러낸다. 하근찬은 한국전쟁을 다룬 몇몇 소설에서 피범벅이 되도록 훼손된 갖가지 신체의 형상을 실사(實辭)에 가깝도록 장면화하여 배치하곤 하는데, 내러티브 흐름에서 생경한 느낌을 줄 만큼 시각적 장면화를 상세하게 묘사하여 삽입하는 특징이 있다. 이 점은 작가 자신의 전쟁 트라우마를 반영한 것으로 보이는데, 「남행로」와 「일야기」에서 재현된 포성이나 총소리는 정도의 차이는 있지만 전쟁 경험을 묘사하는 하근찬의 방식이라는 점에서 연관된다.

「임진강 오리 떼」는 전쟁에 대한 작가의 현실감각을 여과 없이 제시한 담백한 작품이다. 7·4남북공동성명(72년 7월 4일)이 한국 문단에 끼친 영향도 무시할 수 없거니와 76년의 시점에서 국제정세의 변화를 감지하는 하근찬의 감각을 엿볼 수 있는 작품이기도 하다.

'나'와 아내는 1월 1일을 기념하여 "실향민은 아니지만 분단된 이 나라의 백성으로서 한 번쯤은 임진각에라도 찾아가보아야 될 게 아닌가." 하는 마음으로 임진각행 관광버스를 타기로 한다. '나'는 평소 "전쟁이 일어나지 말기를 바라는 심정, 평화를 갈구하는 심정"으로 "한반도와 4강, 즉 남북한의 대립과 이를 둘러싼 국제정치의 기류에 관한" 기사를 눈여겨보는 편인데 그 바탕에는 전쟁 발발의 두려움이 있기 때문이다.

지난 해 봄 인도지나반도가 적화된 뒤로 바짝 고조된 한반도의 긴장은 곧 나 자신의 긴장으로 다가왔던 것이다. 또 다시 이 땅에서 전쟁이 일어난다면…… 골육상쟁의 엄청난 참상이 또 빚어진다면…… 생각할수록 비통하고 암담하기만 했다. 여섯 살짜리 막내둥이를 안고 누워서 밤이 이슥토록 잠을 이루지 못한 적이 한두 번이 아니다.

부부는 임진각 주변을 산책하면서 '자유의 다리'와 임진강 철교, 실향민들의 합동제단을 둘러보는 내내 "현장이 주는 긴장감"을 느낀다. 그리고 젊은 내외가 자신들과 달리 관광지에 온 듯 편안하게 즐기는 모습에 격세지감을 느끼기도 한다. 그러다가 우연히 혼자 견학 왔다는 한 소녀를 만나는데, 이 소녀는 오리 떼가 남한과 북한 어느 쪽의 오리인지를 순진하게 묻는다. 식당에서 동석하면서 소녀의 아버지가 마침 실향민이라는 사실을 듣고 또 다른 실향민 두 사람과도 잠시 동석하는 동안 부부는 혈육에 대한 그리움이 절실한 실향민들의 안타까움을 경험한다.

그러나 두 시간 반 머무르기로 한 관광버스의 일정대로 돌아오는 차 안에서 부부는 "서울이 너무 가깝군. 휴전선에서⋯⋯." 하는 의외의 발견을 공유하면서 불안감을 끝내 떨치지 못한다.

비슷한 시기에 쓴 「전차 구경」(《문학사상》(1976. 1)은 전쟁과는 무관한 소품이다. 지하철이 개통되었다는 신문기사를 읽은 조 주사는 손자인 기윤이와 함께 지하철을 구경하러 간다. 그는 지금은 복덕방을 운영하고 있지만 과거 삼십여 년 동안 전차를 운전한 경력이 있어서 남달리 지하철 개통에 관심을 지니고 있다. 그러나 청량리에서 서울역까지 지하철을 타보고 기술력을 경험하는 동안 손자인 기윤이와 달리 그는 쓸쓸함을 느낀다. "지하철 건설 바람에 그만 전차와 함께 자기의 인생도 밀려나버리고"만 것처럼 느껴진 것이다. 그 기분을 떨쳐내려고 남산에 견학용으로 전시돼 있는 전차를 보러 가지만 "곰팡이 냄새가 나는 것 같"다고 말하는 손자의 말에 쓸쓸함이 가셔지지 않는다.

전쟁이 아닌 일상의 삶을 소재로 다룰 때 하근찬이 관심을 두고 다룬 것은 소박한 경지의 제도적인 변화들이었다. 말하자면 중간 지식인 계층에 속하는 교사나 우편배달부 같은 평범한 사람들이 종사하는 제도와 변화에 늘 관심을 기울였는데, 1976년의 서울의 일상에서 다룰 수 있는 소재로 전차 운전수에게 주목한 것은 그 연장선에 있다. 소박한 제도와 더불어 살아간 사람들이란 곧 소박하게 인생을 꾸려간 평범한 사람들이었다는 점이 작가적 관심의 핵심일 터인데, 이 점이 「전차구경」에서도 엿보인다.

3. 태평양 전쟁에 대한 기억내러티브와 문학적 형상화

태평양전쟁 시기를 다룬 서사는 한국전쟁처럼 주로 전장의 후방을 공간적 배경으로 한다는 점에서는 같지만, '총후'에서의 일상적 삶을 식민주의 제도나 방식과 연관하여 그린다. 이 작품집에 등장하는 작품들은 거의 어린이와 소년이 주인공인바 식민지에서 태어나 자란 이들에게 타자로서의 일본에 대한 적대감은 일상적 차별 속에서 이미 만들어져 내재해 있다. 이 때문에 하근찬 소설에서 어린이들은 내선일체 교육을 철저히 받고 있지만 어린이들에게조차 '국민'은 완전히 내면화되지 않는다. 일본인의 입성이나 조선 아이들에 대한 일본인 선생의 냉대, 일본인이 다니는 국민학교와 조선인이 다니는 국민학교의 시설 차이 등 일상적 차원에서 눈에 띄는 차별들이 타자에 대한 인식을 어렴풋하게나마 심어놓았기 때문이다. 따라서 '헤이따이상(병정)'이나 '껨뻬이(헌병)'는 아이들 사이에서 대단한 경외의 대상인 동시에 적대적인 대상이 된다.

「조랑말」(1973)에는 헌병 삼촌을 둔 다께오가 등장한다. 다께오는 "분명히 조선아이면서" 일본 아이들이 다니는 동국민학교에 다닌다. 이 동국민학교 옆이 용식이네 토종 조랑말인 '빌빌이'가 묶여 있는 곳이다. 다께오는, 누덕누덕 기운 바지저고리에 제대로 된 신발이 없어 짚신이나 조리를 끌고 춥지 않을 때는 숫제 맨발인 조선 아이들과 달리 양복에 운동화를 신고 꼭 란도셀을 맨다. 용식이들은 다께오의 입성보다 자기들과 같은 조선학교에 다니지 않는 것이 불만이다. 그러던 어느 날 용식이는 다께오를 비롯한 일본 아이

들이 빌빌이를 둘러싸고 놀리는 것을 발견하고 다께오를 '응징'한
다. 용식이는 다께오에게 "이 짜식, 조선 밥 묵고 와 일본 똥 뀌노?
일본 학교 댕기면 젤인 줄 아나?"하고 따지지만 며칠 전 같은 말을
내뱉었다가 일본인 선생에게 "빰을 수없이 얻어맞고, 또 꿇어앉아
두 손으로 걸상을 쳐들고 있어야 했다."

기분 좋게 다께오를 한방 먹였다고 생각한 찰라 "보꾸노 오지상
기다라 미요! 보꾸노 오지상 겜빼이다소, 겜빼이! 와깟다까? 기사
마 고로수!(우리 삼촌 오거든 보자! 우리 삼촌 헌병이다, 헌병! 알았나? 너
이 자식 죽인다!)" 하는 말을 듣고 용식이는 걱정이 든다. 얼마 후 다
께오의 삼촌은 미끈한 양마(洋馬)를 타고 일본도와 권총을 양쪽에
나누어 차고 마을에 나타났는데, 그가 면장을 "아주 골병이 들도록
두들겨 팼다는" 소문이 돌자 더욱 겁이 난다.

그러던 어느 날 동국민학교에서 가을운동회가 열리고, 운동장을
밭으로 만들어 구황작물을 심은 탓에 운동회를 열지 못하는 남국
민학교의 아이들과 마을 사람들이 모두 구경을 와 있는 가운데 다
께오의 삼촌이 말을 타고 운동장에 등장해 말에게 뜀틀을 넘기고
여러 재주를 선보이자 구경꾼들은 환호하고 다께오의 삼촌은 일본
도를 빼들고 화답한다. 순간 운동장 주변을 슬금슬금 돌던 용식이
네 빌빌이가 흥분을 했는지 운동장 한복판으로 돌진하자 그만 말
이 놀라 앞발을 높이 쳐들고 "'겜빼이'는 일본도를 든 채 보기 좋게
땅바닥으로 나가떨어졌다."

재미있는 것은 결말을 처리하는 방식인데, 헌병이 말에서 떨어지
는 순간 본부석에서 사람들이 뛰어나오고 용식이는 놀라는 한편
기분이 좋아 휘파람을 날리고 빌빌이는 신나게 운동장을 달리는

장면이 동시에 이루어지는 것이다. 헌병은 인격화된 인물이라기보다 그의 용모나 행태를 통해 식민 제국의 '권력'이 제시되는데, 마지막 장면을 통해 초라한 타자의 허상을 둘러싼 진면목이 드러나게 만드는 것이다.

「준동화」《신동아》(1976. 9)는 조선인 아이인 수인이를 귀여워하는 하나미 선생이 등장한다는 점이 조선인과 일본인을 적대적인 관계로 그리는 여타의 작품들과 대비된다. 수인이가 음치인 점을 귀여워하는 하나미 선생의 호의로 수인이는 선생님네 복숭아밭에서 복숭아를 얻기도 하고 하나미 선생의 집에서 벌어지는 일상을 가까이에서 볼 기회를 갖는다. 그 중 수인이가 일본인의 목욕문화와 성문화를 알게 되는 점이 흥미로운데, 성풍속이야말로 '이민족'의 풍속을 타자화하는 효과적인 기제로 쓰인다. 「준동화」에서 일본인의 성문화는 미개한 것으로 그려진다. 하나미 선생의 연애 상대는 '헤이따이상'(병정)인데, "헤이따이상이라도 보통 헤이따이상이 아니라, 말을 탄 장교"로 칼을 차고 등장한다. 그러나 여선생이 헌병과 밀착하여 안겨 말을 타는 장면이나 남녀혼욕 문화는 "왜놈들이 부끄럼을 아나" 하고 부도덕한 것으로 치부된다. 수인이는 "엄마 우리 조선 사람은 양반이지? 남자하고 여자하고 같이 목욕 안 하니까. 그제?" 하고 되물음으로써 풍속적 차별화에 가담한다. 요컨대 '일본' '국민'으로서 포섭되지 않는 조선인이라는 '민족' 사이의 거리가 발생하면서 아이들의 내면도 분화되어 존재한다는 점이 「준동화」를 통해 드러난다.

하근찬은 이 작품들을 통해 끊임없이 일본을 타자화하는 전략을 취한다고 볼 수 있는데, 칼 찬 헌병이 면장을 때린다거나 조선의 풍속 질서를 가로지르는 행위를 서슴없이 행하는 점을 부각함으로써 식민제국주의의 무도함과 폭력성을 드러낸다. 그러한 행위를 하는 존재들로부터 이질감을 막연하게나마 감지한 조선인 아이들의 정동을 포착함으로써 식민지 공간에서 전통적 윤리적 기제가 굳건하게 작동하는 내러티브를 그려 보이는 것이다.

「죽창을 버리던 날」(《창조》(1971. 10)과 「삼십이 매의 엽서」(《월간중앙》(1972. 6)는 전주사범학교 시절을 담은 자전적인 소설이다. 하근찬은 60년대 말부터 일제 말기를 서사화하는 데 주력했는데, 이 작품들은 그 대표작들이다. 그의 회고에 따르면 당시는 입학이 4월이었기 때문에 하근찬은 1945년 4월부터 해방이 될 때까지 전주사범의 기숙사 '청명료'에서 생활했는데, 청명료의 생활은 군인들의 병영 생활과 유사하게 짜여진 고된 근로봉사와 군사훈련으로 점철된 것이었다고 한다. 그중 배고픔이 가장 큰 고통이었는데, 기숙사로 돌아와서는 사감의 묵인 하에 이루어진 선배들의 비인간적인 기합까지 감당해야 했다. 신입생이었던 하근찬은 늘 기합에 대한 공포심에 시달렸는데, 수필 「죽창을 버리던 날의 회상」, 「잊을 수 없는 그날의 기쁨」, 「아버지의 편지」 등에는 당시의 규율이 "일종의 사디즘에 가까울 만큼" 비인간적인 것이었으며 상급생들은 번듯이 누운 채로 하급생들에게 무릎을 꿇리고 이마가 땅에 닿도록 절을 시키면서 누가 더 빨리 하는지 경쟁하게 하고 후배들을 일렬로 세워 팬티를 벗으라고 명령하는 등 노예식으로 병정을 길들이는 군국주의의 폐해에 깊이 노출되어 있었다는 것이다.

이런 정도의 실상을 몰랐던 아버지가 매주 아들을 '사마(樣)' 혹은 '도노(殿)' 자를 붙여 귀하게 호명하면서 보낸 32매의 엽서에 대한 추억담이 「삼십이 매의 엽서」이다. 이 단편은 자전적 경험을 바탕으로 쓴 소설이지만 문학적 형상화의 완성도가 뛰어난 작품이다. '나'는 전란 속에서도 고이 간직했던 엽서들을 꺼내 사범학교 시절을 회상하는데, 겸양과 사랑으로 아들의 생활을 응원하는 아버지의 말들이 '나'에게 앙심을 품은 선배 미우라의 괴롭힘 속에서 대비된다.

> 6.25의 전란 속에서도 나는 그것을 잘 간직해냈고, 그 후 지금까지 이리저리 수없이 옮겨 다니면서도 그 엽서만은 한 장도 흘려버리는 일 없이 고이 간직해오고 있다.
> 그것은 다름 아니라, 가친(家親)이 나에게 보내주신 엽서인 것이다. 정확하게 말하면 1945년 4월부터 7월까지 사 개월 동안에 보내주신 것이다.

'나'는 아버지의 엽서 덕분에 군대식 편제로 구성된 학교생활을 겨우 버텨나가지만 자루나 보자기 같은 것으로 얼굴을 덮어씌워 놓고 여러 사람이 빙 둘러서서 마구 두들겨대는 기합인 '후꾸로다다끼'만은 견딜 자신이 없다. 그런데 아버지가 보낸 엽서로 인해 미우라의 심기를 건드린 나머지 후꾸로다다끼를 당할 위기에 직면하는데, '자유'를 갈망하는 심약하고 부드러운 심성을 지닌 '나'가 일순간 미우라에게 대항하면서 위축된 정서를 떨쳐내는 것이 결말이다.

> 나는 주먹을 불끈 쥐었다.

그러자 미우라는 주먹으로 자기를 치려는 줄 알고 흠칫 놀라는 것이었다. 좁은 미간을 더 좁히며 가느다란 눈꼬리에 바르르 경련을 일으켰다. 그러나 그것은 화가 치밀어서라기보다도 덜컥 겁을 집어먹었기 때문인 듯했다. 보기 딱할 정도로 패색이 역력한 얼굴이었다.

나는 조금도 겁나는 생각 같은 것은 없었고, 오히려 시원하고 통쾌하기까지 했다. 두 다리를 쭉 뻗었다. 쭉 뻗은 두 다리에 짜릿한 기운이 흘렀다.

그러나 앞서 아버지가 '나'를 부르던 일본적 호칭에 밴 따뜻함을 그대로 소환한다든지 아버지가 보낸 엽서에 새겨진 하이쿠의 문필적 아름다움을 낭만적으로 소환하는 방식은 식민지배가 남긴 혼종성을 드러내는 측면이라는 점도 짚을 필요가 있다. 특히 아버지의 엽서를 회상하는 시점이 성인이 된 현재 시점이라는 점에서 이 점은 모종의 균열을 드러낸다고 할 수 있다.

「삼십이 매의 엽서」보다 몇 달 앞서 발표했지만, 해방을 다룬 것이 「죽창을 버리던 날」이다. 이 작품 역시 회상하는 현재 시점에서 그 일을 신문에 기고한 스크랩북을 들춰보며 회상의 원체험을 재구성하는 방식으로 쓰고 있다.

내 스크랩북의 넷째 페이지 한쪽에 「8.15와 나」라는 조그마한 잡문 하나가 오려 붙여져 있다. '죽창을 어깨에 메고'라는 소제목이 붙어 있는 글이다. 꽤 오래 전에 어떤 신문에 발표했던 것으로, 어느덧 종이 빛깔도 바래었고, 거기 곁들여 있는 동전짝만 한 사진도 희끄무레해져 가고 있다.

이 원체험은 고통스러운 학교로 다시 돌아가지 않도록 구원해 준 날에 대한 회상인 셈이다. 겨우 보름 동안의 방학이 끝나고 다시 학교로 돌아가야 하는 날, "교복 배급이 안 나와서, 중학생이라는 것이 국민학교 때 입던 양복을 그대로 입고" "그러니까 자연히 맨다리에다가 각반을 치는" 꼬락서니로 죽창을 들고 나섰지만 도저히 발길이 떨어지지 않아 학교를 그만두겠다며 집주변을 방황하다가 기차역으로 가는 도중 해방 소식을 듣고 '나'는 어리둥절한 기쁨으로 죽창을 던져버린다.

하근찬은 죽창이나 일본도 등 군국주의 표상을 우스꽝스러운 모양새가 되도록 다루는데, 이 작품에서도 그렇다. '나'는 들고 있던 죽창을 하필 시궁창에 던져버리는데, "투창 선수의 솜씨처럼 그렇게 멋있게 날아가는 것이 아니라, 아무렇게나 날아가서는 그 시꺼먼 시궁창 속에 죽창은 철버덕 떨어져 형편없는 꼴이 되어버렸다."고 묘사함으로써 그 쓸모없음을 강조한다.

실제의 해방을 역사화하는 견지에서는 이러한 허구들은 산뜻하고 기분 좋은 형상화 전략이자 미학적 구도이지만, 「노은사」(《신동아》(1976. 9)는 감정적 민족주의에 대해 재고하는 계기를 맞닥뜨린 '나'의 고심을 다룬 무게감 있는 작품이다. 해방 이전 '치문학교'에서 민족의식을 고취하는 열정 어린 수업으로 뭉클하게 남아 있던 진사문 선생이 호구지책으로 일본어 강사된 상황을 목격한 화자 '나'는 씁쓸함에 잠겨 배신감마저 느낀다. 이 과정에서 '나'는 민족의식이 고취되던 감격 어린 기억이 훼손되는 심리적 불편함을 겪지만 곧 "그동안에 역사는 큰 굽이를 돌아 이제 과거의 일 때문에 일본을 원망하고 있을 수만은 없는 시점에 이르러 있다. 물론 과거를 잊을 수가 없고, 또 잊어서도 안 되지만, 그러나 이제는 우방으로서 선린을 도모하고, 여러 모로 상호 교류를 아니 할 도리가 없는 것이다."는 자의식을 갖는다. 물론 거기에는 "광화문 지하도에서 복권 한 장을 고르느라고 한참 동안 복권 상자 앞에 엉거주춤 서 있던 진 선생의 모습"이 개입되지만, 일본어가 정규과목으로 채택되고 일본어 상점과 관광객이 즐비한 일상에서 역사를 새롭게 전유하지 않으면 안 된다는 의식 또한 발생하는 것이다.

「노은사」는 태평양전쟁 서사를 다루는 하근찬의 문학세계에서 실상 이례적인 작품이다. 하근찬은 유독 60년대 말부터 칼 찬 '권력'의 형태로 순박한 민중들에게 군림하는 일본제국주의의 방식들을 다루어온 것인데, 특히 70년대 내내 태평양전쟁기를 다루는 데 주력했다. 이들 작품이 대개 일본식민주의와 대비되는 조선 민족의 '단일한 정체성'을 주제로 구성해나간 점은 분명하다. 그러나 「노은사」에서 보이는 균열의 지점들은 타자화의 기획으로 쓰인 태평양전쟁 서사가 민족주의적인 집단 정체성으로 기울면서 무화되었던 주체를 서서히 복원해 준다. '피해담'의 기획에서 벗어났을 때 비로소 주체의 '내면'이 생성되고 그럼으로써 '탈식민'의 가능성도 열리는 것임을 하근찬은 열린 결말로 제시하고 있는 것이다.

4. 타자화의 기획에서 벗어나는 윤리적 모색

이 작품집에 수록된 작품은 공교롭게도 두 전쟁 서사 각각의 전체 작품세계를 담았다기보다는 일부를 담고 있다는 점에서 과정적인 일면을 조명할 수 있을 뿐이라는 한계가 있다. 그런데 하근찬이 다룬 전쟁서사들을 보다 총체적으로 조명한 결과에 따르면[*] 하근찬은 전쟁에 대한 형상화에서 '공동체의 문법'이 놓치거나 왜곡하려는 기억욕망에 늘 투쟁해왔음을 알 수 있다.

특히 한국전쟁을 다룬 서사는, 하근찬이 소설을 쓴 시기가 반공주의 이데올로기에 좌우되는 시절임을 상기할 때 이데올로기적 대립이 조장하는 '집단기억'의 기획이 더욱 강력하게 존재하고 있었음에도 불구하고, 반공주의가 왜곡하려는 기억욕망에 이중으로 유린될 위기에 놓인 민중을 구하려는 한결 같은 작가적 태도로 임했음을 알 수 있다. 이 점은 비단 작가의 체험적 시선이나 양심의 '깊이'로만 해명되지 않는 작가적 탐색과 관찰이 주효했음을 의미한다. 그가 한국전쟁과 관련하여 포착한 장면들은 그런 점에서 충격적이기도 한데, 어느 쪽의 이데올로기에도 복속하지 않는 기억의 윤리를 보여주기 때문이다. 제도적 우위에 서서 민중을 유린하는 세속 윤리의 더러움이나 이데올로기적 적대감이 지워버린 학살 현장의 비인간성에 대한 기억투쟁들이 이에 속한다.

---

[*] 필자는 이 두 전쟁을 서사화한 하근찬의 문학적 성취를 논구한 바 있다. 이 글의 일부는 이 논문을 참조하였다. 이정숙, 「전쟁을 기억하는 두 가지 방식」, 『현대소설연구』 42호, 현대소설학회, 2009. 12.

반면 태평양전쟁 서사는 회상하는 기억주체의 정체성과 서사정
체성이 동일한 경우가 빈번했지만 단순한 피해의식에 빠지지 않는
윤리적인 틈입의 가능성을 열어두는 작품세계로 나아갔다고 할 수
있다. 말하자면 경직된 민족주의로부터 한발 떨어져 피식민의 교
훈을 전유할 방법을 구상하는 고민을 늘 보여주었다. 이 지점에서
기억윤리의 이타성을 재고해 볼 여지를 남기는 것이다.

하근찬의 문학적 자양분에 대한 연구는 미지(未知)의 영역이라고
할 수 있는바, 리얼리티를 향해 철저하게 문학적 형상화를 꾀하는
뿌리가 어디서 비롯한 것인지는 아직 더 밝혀보아야겠으나 그것이
리얼리즘에 대한 하근찬만의 방법론임은 분명해 보인다. 이 때문에
그의 소설은 읽을 때마나 재미있고, 담백하면서도 솔직한 언어를
구사함으로써 얻어지는 문학적 효과가 시간이 흐를수록 빛을 발한
다는 점만은 유효하다. 개인적 체험이 바탕이 된 작품이 유독 많이
수록된 이 작품집에서 윤리적 흔적을 발견할 수 있는 까닭도 문학
적 형상화에 대한 그의 이러한 태도에 힘입은 바 크다.